CELIA C. PÉREZ

Celia C. Pérez es la autora de *La primera regla del punk*, libro de honor del premio Pura Belpré, 2018. Celia creció en Miami, Florida, y actualmente vive con su familia en Chicago, donde además de escribir libros sobre personajes adorables y fuera de lo común, trabaja como bibliotecaria. Cuando estaba en la escuela secundaria llenaba cuadernos con resúmenes de los combates de lucha libre que veía en la televisión. Puedes visitar a Celia C. Pérez en línea en celiacperez.com.

También de Celia C. Pérez

La primera regla del punk

TUMBOS

CELIA C. PÉREZ

Traducción de
MARÍA LAURA PAZ ABASOLO

Vintage Español

Penguin
Random House
Grupo Editorial

Originalmente publicado en inglés bajo el título *Tumble*
por Kokila, una división de Penguin Random House LLC, Nueva York, en 2022.

Primera edición: octubre de 2022

Copyright © 2022, Celia C. Perez
Todos los derechos reservados.

Publicado en los Estados Unidos por Vintage Español,
una división de Penguin Random House Grupo Editorial USA, LLC.
8950 SW 74th Court, Suite 2010
Miami, FL 33156

Traducción: María Laura Paz Abasolo
Diseño interior: Jasmin Rubero
Diseño de la cubierta: Kelley Brady
Ilustración de la cubierta: © 2022, Steph C.

Impreso en México / *Printed in Mexico*

Información de catalogación de publicaciones disponible
en la Biblioteca del Congreso de los Estados Unidos.

ISBN: 978-1-64473-592-3

22 23 24 25 26 10 9 8 7 6 5 4 3 2 1

Para Brett

★ CAPÍTULO 1 ★

Mordí una papa frita, uno de esos trocitos crujientes que siempre se van hasta el fondo, justo cuando Apolo azotaba una silla plegable en la espalda de El Águila. El pequeño televisor sobre la repisa detrás de la barra estaba silenciado, y si bien no pude escuchar el golpe del metal contra el músculo, me espantó de todas maneras. Salté y me encajé tan fuerte un trozo de la papa que se me nublaron los ojos.

—Uyyy —dijo Alex. Miró hacia el televisor desde el asador y soltó un lento silbido—. Le están partiendo la cara a El Águila otra vez, ¿no, Adelita?

—Sí —dije. Pasé la lengua sobre la cortada fresca en mi paladar—. *Otra vez.*

—A lo mejor gana esta, ¿eh? —Alex me guiñó un ojo y rompió un huevo en un tazón.

Lo observé mientras atacaba el huevo con un tenedor. Alex decía que la clave para preparar unos buenos huevos revueltos era mantener el fuego bajo y batir el huevo antes de verterlo en la sartén. En general, la idea de comer huevos me parecía asquerosa, pero hasta yo tenía que admitir que Alex preparaba unos huevos revueltos muy buenos.

Aun así, cuando me vio y señaló aquella plasta líquida, negué con la cabeza.

La grasa del tocino brincaba y crepitaba en la parrilla cuando Apolo estrelló la palma de su mano contra el pecho de El Águila. Un siseo y el roce de una espátula acompañaron el momento en que El Águila rebotó en las cuerdas, volando a través del ring para tratar, sin éxito, de aplicar un tendedero. Las entrañas me brincaban como si la lona, que vibraba a cada impacto, estuviera en medio de mi estómago.

En la pantalla, El Águila no daba señales de poder ganar esta. Le costó trabajo pararse, solo para encontrarse con la punta de la bota dorada de Apolo. No tenía ninguna posibilidad.

—¿Por qué El Águila siempre tiene que perder? —pregunté.

—Porque es un *jobber* —dijo Alex, sin levantar la mirada de la parrilla.

—¿Qué es un *jobber*?

—Un *jobber* se hace menos frente al otro luchador —explicó Alex en el momento que El Águila intentaba zafarse de las cuerdas.

—En español, por favor.

—Quiere decir que su trabajo es perder y hacer que el otro tipo se vea bien —dijo Alex—. No es ni rudo ni técnico. No es bueno ni malo. Solo...

—...un *jobber* —completé.

A diferencia de Apolo, que era definitivamente el bueno. Se supone que quieres que él gane. Pero Apolo ya tenía suficientes personas aplaudiéndole, así que yo me fui por el luchador enmascarado. Mi mamá dice que alguien tiene que apoyar al perdedor. Ese alguien soy yo.

Mientras El Águila se levantaba lentamente y rodaba de vuelta al ring, Apolo trepó a uno de los postes y esperó como si él fuera el ave de rapiña. Yo ya sabía lo que iba a pasar después. La lucha libre puede parecer un caos, un par de personas peleándose nada más, pero es un ballet. Y cualquier fan sabría que el telón estaba a punto de caer.

Y así, cuando El Águila se levantó y se dio la vuelta, Apolo saltó como si sus botas tuvieran resortes, volando por los aires con su movimiento característico para el cierre: el Atardecer.

—¡Y se le apagaaaaaron las LUCES! —gritó Alex, justo como hacía el anunciador cada vez que Apolo acababa con un oponente. Cortó el aire con la espátula para añadirle un efecto dramático.

—¡Ey! —dije, frunciendo el ceño—. ¿De qué lado estás?

—Del tuyo, Adelita. —Me señaló con la espátula—. Siempre.

Subí los ojos. Alex era mi padrastro. Se supone que debe decir cosas empalagosas como esa.

Alex levantó su gorra de beisbol de los Isótopos de Albuquerque, revelando una brillante calvicie que se había extendido con

los años; el área de su cabeza que aún tenía cabello enco-
giéndose como un glaciar en los polos. Se limpió la frente
con el dorso de la mano antes de volver a ponerse la gorra.

—¡Orden lista! —gritó, golpeando la campana encima
de la barra.

En la televisión, El Águila yacía inmóvil sobre el cuadri-
látero. *Levántate levántate levántate.* Pensé en esas palabras
con tanta fuerza que la cabeza empezó a dolerme.

El réferi se hincó junto a los luchadores y empezó a contar.

—¡Uno! —Le dio una palmada a la lona.

Levántate.

—¡Dos! —El público ya contaba junto con él.

Le-ván-ta-te.

—¡Tres!

Sonó la campana, anunciando el final del combate. Apolo se irguió y levantó los puños en señal de victoria mientras el público aplaudía y silbaba en reconocimiento.

En la imagen granulada podía ver el abdomen de El
Águila subir y bajar con cada respiración pesada, como una
bola de masa sin hornear. Se giró hacia un costado y la cámara se centró en él. Su máscara dorada y café estaba ligeramente chueca. Había algo en la forma como las aberturas
para la boca y los ojos no se alineaban con su rostro que me
hizo sentir pena por él. Se veía indefenso, como un niño
pequeño que necesitara que un adulto arreglara su disfraz.
Quería entrar en el televisor y enderezarla por él.

Me desplomé en mi banco, sintiendo que también había perdido. Desvié la mirada de la pantalla y empujé mis papas fritas en el plato, creando un rostro de papas a la francesa con lo que quedaba de la miel de mis hot cakes.

La puerta de la cocina se abrió y mi mamá salió de la parte trasera, recogiendo sus rizos en una cola de caballo suelta. Se levantó un poco la playera, exponiendo su abdomen, la piel estirada como un gran globo café listo para estallar.

—Mamá —murmuré.

—¿Qué? —murmuró de vuelta.

Abrí los ojos y miré en dirección de su torso.

—Ah. —Se rio y bajó su playera—. Sentí un airecito.

—No es gracioso —dije.

—Ay, ay, ay. —Mamá gruñó y le hizo una cara al televisor, donde Los Padres de la Paliza cabalgaban mientras sonaba el himno de Estados Unidos—. Por lo menos podrían ser históricamente correctos —dijo—. Los Padres de la Patria fueron antes del himno.

—No se supone que sean históricamente correctos —dije—. Son *zombis*.

—Y los zombis fueron *después* del apocalipsis —añadió Alex—. Todo mundo lo sabe.

Mamá y yo nos volteamos a ver y sacudimos la cabeza.

—¿Tiene que estar prendida todo el tiempo? —preguntó mamá, estirándose sobre la barra y apagando el televisor.

—Sí —dijo Alex—. Esta es tierra de luchas, señora.

Y lo era. Roswell tenía a sus aliens. Albuquerque tenía sus globos aerostáticos. Nosotros teníamos las luchas. Mucha gente llegaba a Esperanza, el pueblo de al lado, para ver las luchas de la Liga Cactus en la arena. El merendero se quedaba abierto hasta tarde los fines de semana para alimentar a los fans hambrientos después del espectáculo. El menú se dividía en dos secciones: Preliminar —desayuno y comida— y El Evento Principal, que era la cena por supuesto.

Alex había crecido siendo fan de las luchas. La pared al otro lado de la barra estaba decorada con máscaras de lucha libre que había en eventos en Esperanza y en viajes a México. Sus viejos muñecos de luchadores estaban en las estanterías atrás de la barra, flexionando los músculos entre frascos enormes de salsa casera, chiles en escabeche y tubos de plástico con especias. Su posesión más preciada era una foto en blanco y negro autografiada y enmarcada de André el Gigante, que tenía apoyada encima de una repisa arriba de la plancha. Junto estaba una foto a color de Alex de niño, parado con un luchador de siete pies y cuatro pulgadas que había visitado el merendero después de un evento en Esperanza. Del otro lado de la foto autografiada había un muñeco de André el Gigante. Era un altar a su luchador favorito.

Era difícil que no te gustaran las luchas en la zona de Dos Pueblos, los pueblos vecinos de Thorne, donde nosotros vivíamos, y Esperanza, donde estaban las Luchas Cactus. Yo no era fanática como Alex, pero me gustaban los personajes, los trajes y las historias. Las luchas se parecían mucho a la mitología, y a mí me encantaba la mitología.

—Es muy temprano para andar azotando cuerpos —dijo mamá. Mi madre definitivamente *no* era fan—. Y me está dando indigestión.

—¿Estás segura de que no es ya sabes quién? —Señalé a su vientre de embarazada.

—Es posible —dijo mamá. Miró mi plato—. Hablando de indigestión, hasta donde yo sé, las papas a la francesa no son desayuno.

—¿Quién dijo? —pregunté.

—Intenté darle un poco de esperanza —dijo Marlene desde la mesa que estaba limpiando. Se rio de su propia broma.

Había varias cosas del Merendero Cuatro Hermanas que no habían cambiado desde que el abuelo de Alex abriera en 1963. Marlene Rosado era una de ellas. Era lo más cercano que tenía a una abuela. Era pequeñita y muy viejita, con un remate de apretados rizos negros que la hacían ver como si trajera una zarzamora en la cabeza. A pesar de su edad, se movía con más velocidad que la mayoría de los meseros jóvenes. Ella siempre decía que, cuando se dejara de mover, sabría que era tiempo de irse.

—Y por irme, me refiero a *IRME* —decía, y bajaba la mirada al suelo, en caso de que la gente dudara de a qué se refería.

A Marlene le encantaba gritar órdenes en el léxico del merendero. Decía cosas como "muuu y envuelto" para referirse a enchiladas con carne y "no le llores encima" para sin cebolla. Ella decía que el léxico del merendero era un lenguaje en extinción.

—Estos jóvenes de hoy hablan en mojitos —dijo un día.

Yo le dije que la palabra era *emojis*.

—Mojitos, emojis, lo que sea, ya no hay poesía —se quejó Marlene.

De cualquier manera, *esperanza* es como llaman a la avena en el merendero, lo cual es chistoso porque la avena me parece el desayuno más desesperanzador que puedo imaginar.

—La avena da asco —dije. Aún más que los huevos—. Además, las papas a la francesa son básicamente *hash browns*. Y también me comí una rebanada de pan francés.

—Uh, la, la. —Alex se retorció un bigote imaginario—. Papas a la francesa *y* pan francés. Oui, oui, mademoiselle.

—Estás alcanzando niveles muy peligrosos de cursilería —dijo mamá, pero se rio de todos modos mientras se agachaba para sacar algo de la barra.

—Mira de qué me acordé. —Dejó una cartulina blanca frente a mí—. ¿Para qué la necesitabas?

—Ya te dije —respondí—. Como tres veces.

—¿Una cuarta? —Mamá me miró apenada—. ¿Por favor?

—Es para la tarea de mitología —dijo Alex, caminando hacia nuestro extremo de la barra mientras Carlos se hacía cargo de la parrilla.

—¿*Ves? Él* se acuerda.

—¿Y eso qué quiere decir? —Alex puso cara de puchero.

No dije nada, pero lo que quería decir es que los padrastros no tienen por qué acordarse.

—Ya lo sabía. —Mamá se dio un golpecito en la frente. Entre prepararse para el bebé, ayudar con el merendero y su trabajo en el museo, mamá decía que no le quedaba espacio para nada más en el cerebro. Ese "nada más" era yo, supongo. Ella dijo que era bueno que yo ya fuera lo suficientemente mayor para encargarme de muchas de mis cosas. Yo pensé que era bastante conveniente que fuera lo suficientemente grande para encargarme de las cosas que ella no podía recordar o para las que no tenía tiempo, pero no lo suficientemente grande para todo lo demás.

—Tu mamá tiene mucho en su plato ahorita —dijo Alex. Miró su reloj—. No se vayan. Voy por sus almuerzos.

Mamá salió de atrás de la barra y pasó un brazo sobre mis hombros. Me dio un apretoncito. Mi mamá no abrazaba, y los abrazos incómodos de mamá solían significar una cosa.

—¿Cómo te sientes? —preguntó, pasándose un mechón de cabello atrás del oído.

Mi mamá no era muy buena para mostrar sus emociones. Creo que expresarse la hacía sentir incómoda, como yo me siento cuando veo a la gente besándose en las películas.

—Estoy bien —dije, zafándome de su brazo.

Alex salió de la cocina con dos bolsas de papel color café y las dejó en la barra frente a nosotras.

—Sándwiches de sardinas y rábanos. —Soltó una carcajada demente y volvió a la parrilla.

Las dos arrugamos la cara.

—Siempre estás bien —dijo mamá con un suspiro—. Ojalá me dijeras cómo te sientes. Eres igual que yo.

—¿Por qué siempre haces eso? —pregunté, abriendo mi bolsa del almuerzo para olisquear. Por si acaso.

—¿Qué hago?

—"Igual que yo" —la imité y suspiré—. ¿A quién me iba a parecer?

La pregunta se quedó atorada en medio de nosotras, como cuando tres personas nos tenemos que apretar en un asiento del camión de la escuela durante una excursión.

—No hemos hablado realmente de la adopción —dijo mamá. Nos miró a mí y luego a Alex.

Tenemos unos adornos que colgamos en el árbol de Navidad del merendero todos los años. El cristal es tan delgado que se rompen fácilmente y luego es imposible limpiar;

18

quedan trocitos por todas partes. A veces, hablar con mi mamá se siente como colgar esos adornos. Cada palabra, cada sentimiento, era un adorno delicado de cristal que se podía romper si no lo manejabas con cuidado. La adopción era uno de ellos. Mi padre biológico era otro. Algunas veces era más fácil simplemente no hablar.

—Estoy bien —dije de nuevo. Le di un trago a la leche. Me ardió la herida en el paladar—. Me tengo que ir a la escuela. A menos que...

—A menos que nada —dijo mamá—. Hablamos luego. —Pero parecía aliviada de no tener que continuar su intento de tener una conversación—. No se te olvide esto.

Me alcanzó la cartulina, luego volvió a bajarse la playera antes de recoger mi plato. Cuando se giró para tirar a la basura la carita de papas a la francesa, agarré mi bolsa del almuerzo y la cartulina, y salté tan rápido del banco que casi me tropiezo con mis propios pies.

Empujé la puerta del merendero con mi tenis, ignorando el *Disfruta tus sardinas con rábanos* de Alex, ignorando el *Que tengas buen día* de mi mamá, ignorando el saludo de Marlene a través de la ventana. Aventé la bolsa de papel en la canastilla de mi bicicleta y me alejé pedaleando.

★ CAPÍTULO 2 ★

Hay un póster del panteón que aparece en el libro de mitología griega de D'Aulaires colgado en el salón de la señorita
Murray. Se parece a una toma en una sesión de fotos familiares. Hera está sonriendo y Zeus se ve como el patriarca
serio. Están viendo fijamente a la cámara. Están listos para
que les tomen la foto, pero el resto de la familia no. Afrodita agacha la cabeza con los ojos cerrados. Poseidón mira
a su izquierda, como si alguien fuera del cuadro lo hubiera llamado. Hermes parece a punto de hacer una travesura.
Por como lo mira Ares, él también lo sabe. Deméter se en-
tretiene con la bebé Perséfone sobre su regazo. Hades ni se
molestó en llegar. Es demasiado rebelde para prestarse a un
retrato familiar.

Me imaginé a los dioses y diosas griegos usando extravagantes suéteres de Navidad, todos iguales, de pie para
la fotografía frente a un muñeco de nieve hecho con plantas rodadoras en la Ruta 13, como mamá y yo hacemos año
con año. Una vez nos pusimos suéteres grises que tenían un
reno con una nariz roja de plástico que chillaba si la aplas-
tabas. Otro año nos pusimos suéteres verdes gruesos que

tenían guirnaldas plateadas brillantes. Uno de mis favoritos fue el suéter con un patrón de chimenea y calcetas reales colgando al frente.

Mamá colgaba la foto de cada año en la misma pared de la sala. Usaba una regla para asegurarse de que los marcos estuvieran derechos y luego hacía que me parara atrás con ella para revisar que no necesitáramos ajustar nada. Teníamos una foto con un muñeco de nieve de plantas rodadoras en la pared por cada Navidad juntas. O por lo menos era lo que yo siempre había asumido.

Hasta un día, hace algunos años, cuando iba en tercer grado. Estaba trabajando en una tarea de matemáticas donde teníamos que contar grupos de cosas en nuestra casa. Yo conté las fotos del muñeco de nieve y luego conté la edad que tenía en cada una. Fue entonces cuando me di cuenta de que mi primera Navidad no estaba en la pared.

—No hubo foto ese año —dijo mamá cuando le pregunté.

La siguiente vez que pregunté dijo que seguro se había perdido. Ahí aprendí que los adultos a veces mienten.

Cuando yo mentía, por lo general era porque me daba miedo que me castigaran. Porque sabía que había hecho algo que no debía. Como la vez que me comí la mitad de la crema de mantequilla y limón que Alex había preparado para el pastel de cumpleaños de Marlene. Pero, ¿qué motivo podía tener mi mamá para no decir la verdad? Yo no sabía. Lo que sí sabía era que esa pared de pronto se sentía...

incompleta. Así como la ilustración del panteón sin Hades. Así como yo me sentía. También supe que la verdad tiene su propia forma de salir a la luz. Como pasó cuando vomité toda la crema de mantequilla y limón en el piso del merendero.

La señorita Murry empezaba todas las clases leyendo del gran libro de mitología. Aunque estábamos en séptimo grado, nadie se quejaba de que nos leyera. Dejaba que nos estiráramos y nos pusiéramos cómodos. Era el único momento del día que se sentía casi como si no estuviéramos en la escuela y podíamos, solo, ser. Era el único momento en que todos ponían atención... incluso Brandon Rivera.

Hoy, la señorita Murry nos leyó sobre Cronos devorando a sus hijos porque temía que uno de ellos se volviera más poderoso que él. Cuando acabó, nos dejó pasar el resto de la clase pensando en nuestros proyectos de mitología.

Cy arrastró su mesa hasta juntarla con la mía.

—¿Qué vas a hacer? —preguntó, dejándose caer en su silla.

—¡Tu cabello! —Miré hacia la señorita Murry, temiendo haberlo dicho muy fuerte. Desenrollé mi cartulina, pero mis ojos volvieron al nuevo peinado de Cy.

—¿Te gusta? —dijo, posando—. Le pedí a la señora que le arregla el pelo a mi mamá que me dejara como Cleopatra en esa vieja película.

La cabeza de Cy estaba cubierta de minúsculas trencitas que colgaban hasta sus hombros y terminaban en cuentas doradas que creaban sonidos tintineantes cuando se movía. Su copete era recto y cortado al ras de su frente, como si alguien lo hubiera cortado siguiendo el borde de un tazón. Cy meneó la cabeza y las cuentas rozaron sus mejillas morenas.

—Se ve muy tú. —Le sonreí a mi mejor amiga.

A muchas personas les costaba creer que Cyaandi Fernández y yo fuéramos mejores amigas porque parecíamos opuestos. Era la clase de niña que podía llegar a la escuela usando dos tacones diferentes —uno morado y otro negro—, mallas verdes, un vestido dorado y un nuevo peinado completamente distinto sin sentirse incómoda en lo absoluto. Lo cual era admirable porque a veces el séptimo grado no era otra cosa más que incomodidad.

Yo nunca me había cortado el cabello más allá de la mitad de la espalda. Hoy traía una de las camisas de botones de mi mamá encima de una playera, pantalones de mezclilla enrollados y tenis de cuadros sin agujetas. Cy decía que yo me vestía como si quisiera una capa de invisibilidad, y ese era exactamente el punto. Mi estilo era del tipo *por favor no te fijes en mí.*

Pero Cy no solo era mi mejor amiga. Era más bien mi hermana. Nos conocíamos desde el kínder, y aunque éramos distintas en muchas formas, éramos idénticas en esencia. Nos cuidábamos. Lo que nos volvía mejores amigas.

—Entonces —Cy inclinó la cabeza hacia mi cartulina—, ¿cuál es el plan?

—Todavía no hay plan. —Subí los hombros—. Todavía falta mucho para entregarlo. ¿Por qué quiere que lo hagamos ahorita?

—Yo voy a hacer cartas del oráculo —dijo Cy, levantando una baraja de tarjetas moradas—. Voy a dibujar dioses y diosas y personajes de la mitología. A lo mejor haré lecturas. Seré como el oráculo de Delfos sin los gases raros.

—Es una buena idea —dije, deseando tener también un plan.

—Brandon recibirá la carta de Medusa. —Cy frunció el ceño viendo al niño que aventaba bolas de papel al bote de basura, el hechizo de la lectura en voz alta de la señorita Murry ya roto.

—¿Te puedo hacer una pregunta? —dije, mirando mi cartulina blanca. Parecía una tarjeta extragrande del oráculo que no revelaba nada.

—Escucho. —Cy se inclinó hacia una tarjeta en blanco y empezó a dibujar.

—Si fueras adulta y quisieras esconder algo de tus hijos, ¿dónde lo esconderías?

—Interesante pregunta —dijo Cy. Esperé mientras dibujaba. Se quedó en silencio tanto tiempo que pensé que quizá se le había olvidado mi pregunta. Al fin habló—: Depende.

—¿De qué?

—Bueno, si fuera un niño, definitivamente pondría lo que estuviera escondiendo en un lugar donde él nunca miraría —dijo.

—Obvio —dije—. Pero, ¿dónde?

—Como en una caja de toallas sanitarias —dijo Cy. Se rio, pero no levantó la vista de su dibujo.

—Sí —dije, pensando—. Es un buen lugar. Pero, ¿y si fuera niña?

—Si es niña —dijo Cy—, es más difícil.

—¿Por qué?

—Porque las niñas son mucho más curiosas y no se asustan por algo como las toallas femeninas —dijo.

—No sé si sea cierto —dije.

Hasta hace poco, *yo* nunca sentí la suficiente curiosidad para investigar nada de mi padre biológico.

Me volteó a ver.

—¿Esto es por la adopción?

—Tal vez —dije.

—Estás buscando algo. —Cy dejó su lápiz y me miró con sospecha—. ¿Qué? Quiero saber.

—No estoy segura... —Dudé.

—Pues, en ese caso, nunca lo vas a encontrar —dijo Cy y volvió a sus tarjetas, las trenzas resbalando sobre sus hombros.

Miré fijamente mi cartulina blanca. ¿Y si mi mamá había estado diciendo la verdad? ¿Y si nunca hubo una primera foto? Pero, ¿por qué mentir y decirme que se había perdido? En el fondo sabía exactamente lo que estaba buscando.

—Tienes razón —dije con certeza—. Estoy buscando algo, y creo saber qué. ¿Me ayudas?

★ ★ ★

Mi mamá y Alex me habían soltado la sorpresa de la adopción en mi cumpleaños. Debí darme cuenta de que estaban tramando algo porque estuvieron distraídos todo el día. Aun en la cena, en mi restaurante de asado coreano favorito, mi mamá no habló de fósiles ni dijo nada raro, como que el bebé estaba sentado en su vejiga. Y Alex no estaba trabajando en nuevas ideas para el menú del merendero. Parecían escuchar a medias nada más todo lo que yo decía.

Después de abrir mis regalos y comer el mejor chocoflán casero, mientras jugaba con la pequeña cámara instantánea azul que me habían regalado, mamá anunció que Alex tenía otro regalo.

—¿Adoptarme? —pregunté después de que Alex dijera que me quería y se sentiría honrado de ser mi papá, y quería saber qué pensaba yo de que él me adoptara. Al parecer, nuestra definición de *regalo* no era la misma.

—Sé que tal vez es confuso y un poco extraño —dijo él.

—Un poco —estuve de acuerdo.

—¿Tienes alguna duda? —preguntó mamá—. Estamos conscientes de que son muchas cosas en qué pensar.

—Muchas —repetí.

Las preguntas explotaban en mi cabeza como pelotas en una tómbola de bingo. Finalmente, una llegó a la superficie.

—¿Por qué ahora? —pregunté—. Quiero decir, vivimos juntos. Y estás casado con mi mamá, ya eres mi padrastro.

—Es una muy buena pregunta para empezar. —rio Alex nervioso.

Miré a mamá, que se estaba comiendo una uña. Su otra mano descansaba sobre su abdomen. Me miró y sonrió.

—Bueno, es más o menos la razón por la que me casé con tu mamá —dijo Alex—. Porque te quiero, por supuesto. Siento que soy tu papá, pero no soy *legalmente* tu papá. Y, así como el matrimonio, la adopción hace que nuestra relación sea legalmente vinculante. ¿Sabes qué quiere decir eso?

—¿Como un contrato? —dije.

—Sí, como un contrato. —Alex asintió—. Eso quiere decir que, ante los ojos de la ley, tenemos una relación que me vuelve responsable por ti.

—¿Y no eres responsable por mí de todas maneras? —pregunté, confundida—. ¿Por qué tiene que ser legal?

—Bueno, sí, y sería muy padre si fuera tan sencillo como decir que, porque te quiero y te considero mi hija, debería ser suficiente —dijo Alex. Arrugó la frente—. Y lo es. De cierta manera. La pieza emocional ha estado ahí por mucho tiempo y siempre va a estar ahí. Tengo un compromiso contigo y con tu mamá, con o sin un contrato. Pero otras piezas, financieras, médicas, cosas así, se vuelven un poco más difíciles sin un documento legal.

—Entonces, ¿sin un papel no te harías responsable por mí? —pregunté. Hay ocasiones en que el mundo de los adultos no tiene sentido.

—Por supuesto que sí —dijo Alex rápidamente—. Un papel no cambia cómo me siento respecto a ti o mi responsabilidad por ti.

—¿Pero?

—Pues, esto lo volvería todo legal, oficial —dijo Alex—. Puedo tomar decisiones a tu nombre mientras seas menor de edad. Y nada más es algo que he querido hacer desde hace mucho.

Alex volteó a ver a mamá. Intenté leer la mirada entre ellos, pero Alex se giró de prisa hacia mí.

—Piénsalo, ¿sí? No tiene que ser algo que decidas en este momento —dijo, tomando mi mano y apretándola—. O en lo absoluto. No me voy a sentir mal.

Ni siquiera había considerado la posibilidad de herir los sentimientos de Alex. Me gustaba imaginar que sentirte herido era algo que dejabas atrás con la edad, como un par de zapatos o tus juguetes. La idea de que pudieras ser un adulto y alguien todavía pudiera lastimarte era demasiado.

Sí consideraba a Alex mi papá. Y quizá eso debió haber sido suficiente para que ahí mismo dijera que sí. Pero sabía que algo faltaba, aun si mi mamá y Alex no lo reconocían: mi papá. Mi padre biológico.

Mamá se veía como una modesta científica nerd por fuera, pero estaba llena de secretos. Mi papá era uno de ellos. Mamá dijo que no tenía caso vivir en el pasado. Lo cual era irónico porque su trabajo en el museo era todo sobre el pasado. Quizá mi padre era parte de su pasado, algo con lo que ya había terminado. Pero él no era *mi* pasado. Él no era nada. El pasado, mi papá, no le importaban a ella, pero sí me importaban a mí.

En ese momento, mientras Alex y mi mamá me miraban con esperanza, lo único que podía pensar era en la foto faltante de Navidad. ¿Era coincidencia que no hubiera muñeco de nieve hecho con rodadoras en mi primera Navidad? No lo sabía. Pero estaba segura de que debía haber una conexión entre mi padre y la foto, y lo iba a averiguar.

★ CAPÍTULO 3 ★

—¿Por dónde empezamos? —preguntó Cy.

Nos fuimos en bici a mi casa después de la escuela.
Por lo general, Cy y yo comíamos algo, hacíamos la tarea
y veíamos nuestra telenovela favorita, *Mundo raro*, antes
de que se fuera. Pero hoy teníamos otros planes. Con mi
mamá en el museo y Alex todavía en el merendero, nos
quedaba por lo menos una hora antes de que alguien volviera a casa.

—Y a todo esto, ¿qué estamos buscando exactamente? —Cy miró alrededor, las manos sobre las caderas y las
cuentas doradas golpeando, como si lo que buscáramos
fuera un paisaje—. ¿Un acta de nacimiento?

—Un acta de nacimiento —repetí. Ni siquiera se me
había ocurrido. Y ahora, paradas en la sala, me puse nerviosa—. A lo mejor no es tan buena idea.

Tomé el control remoto y encendí el televisor.

—¿De qué estás hablando? —Cy me quitó el control de
la mano y lo apagó.

Me senté en el sillón y cubrí mi cara con un cojín.

—No quiero que mamá se enoje —dije contra el cojín—. Y lo más seguro es que me equivoque de todas maneras. Y... —Aventé el cojín.

—¿Y qué? —dijo Cy, sentándose junto a mí.

—Creo que tengo un poquito de miedo —dije—. Nunca pensé realmente en encontrar a mi papá biológico. Pero ahora siento que debo hacerlo.

—Lo dices por la adopción —dijo Cy.

—Por supuesto —dije—. ¿Cómo creen mi mamá y Alex que me pueden aventar algo así, y no hablar de él para nada? ¿Y si nunca descubro la verdad sobre él? ¿Y si lo encuentro y es horrible?

—Bueno, nunca vas a saber nada si por lo menos no lo intentas —dijo Cy, levantándose—. Ándale. Vamos a encontrar... —Me tomó de la mano y me levantó del sillón.

—Estamos buscando fotos —dije—. *Una* foto.

—¿Tu mamá tiene álbumes de fotos? —preguntó Cy. Se acercó a los libreros.

—Sí —dije—. Pero eso sería demasiado obvio si estuviera escondiendo fotos, ¿no crees?

—¿La bolsa de toallas sanitarias? —preguntó Cy y levantó las cejas.

Me encogí de hombros y nos fuimos al baño que compartían mi mamá y Alex. Yo casi nunca entraba en la recámara de mi mamá. Los espacios de los adultos me parecían aburridos. Cuando entramos a la habitación, me sentí la desobediente Pandora. Pero a diferencia de ella, yo no estaba siendo entrometida. Esto era importante.

—Me siento rara de andar buscando entre las cosas de mi mamá —dije.

—¿Quieres que yo lo haga? —preguntó Cy, siguiéndome al baño.

—Gracias. —Me arrodillé frente al tocador—. Pero yo lo hago.

Abrí la puerta de hasta abajo y me asomé. Todo estaba perfectamente organizado: las medicinas y el botiquín de primeros auxilios, barras de jabón, unos cuantos rollos extra de papel sanitario. Metí la mano y saqué una cajita azul.

—Tampones —dije, sacudiéndola. Abrí la caja por si acaso y no encontré nada más que unos cuantos tubitos de papel envueltos—. ¿Ahora qué?

—¿El clóset? ¿Abajo de la cama? ¿En el vestidor? —Cy recitó posibles escondites—. Una vez vi un programa donde alguien escondía cosas en una bolsa de plástico adentro del tanque del inodoro.

Ambas volteamos a ver el inodoro.

—Yo revisaré el clóset —dije, regresando a la recámara.

Podía escuchar la tapa de porcelana golpeando el tanque.

—Au —chilló Cy. Salió del baño apretándose el pulgar—. Esa cosa pesa una tonelada. No hay nada más que agua.

Tocó el baúl a los pies de la cama.

—¿Qué hay de esta cosa? Encima había ropa, una pila de revistas que amenazaba con desplomarse y una taza de café vacía.

—Seguro —dije.

Mientras Cy revisaba el baúl, yo miré en el clóset, teniendo cuidado de devolver todo al lugar donde lo había encontrado. Alguien que usaba una regla para alinear los marcos de sus fotos seguramente notaría que habían movido sus cosas. Empujé los ganchos de un extremo del tubo al otro, revisando el espacio en cada lado.

—Mira este vestidito —murmuró Cy desde donde estaba arrodillada ante el baúl. Levantó un vestido de pana azul con flores amarillas—. ¿Estas son tus cosas de bebé?

—Supongo —dije, empujando una maleta vacía de vuelta a un rincón del clóset.

—¡Ja! Mira esto —dijo Cy. Levantó una pequeña caja roja y negra de tenis para niño. Tenía una etiqueta de 50 por ciento de descuento en un costado—. ¿Puedes creer que alguna vez te quedaron unos zapatos tan chiquitos? —Miró la caja y luego al actual número ocho que medían mis pies.

—Déjame verlos —dije. Era la misma marca de zapatos que todavía usaba. Tal vez sí necesitaba actualizar mi guardarropa.

Cy puso la caja en el piso y la deslizó hacia mí. Abrí la tapa.

En el interior levanté capas de papel de china color café y en lugar de los zapatos a cuadros con tiras de Velcro que se veían en la etiqueta, había fotos debajo. Levanté la primera. Era una de mi mamá más joven con Nana, su abuela, quien la había criado. Yo sabía que Nana era de un pueblito justo al otro lado de la frontera con México, y que había criado a mamá cuando sus padres murieron. Yo no me acordaba de ella —mi bisabuela murió cuando yo era bebé—, pero era la única persona del pasado de la que mi mamá *sí* hablaba.

—Nada más un montón de cosas de bebé y *un buen* de suéteres de Navidad —dijo Cy, hurgando entre el contenido del baúl una vez más antes de cerrar la tapa—. Tu mamá podría abrir su propia tienda de suéteres de Navidad.

Gateó hasta mí. Saqué las fotos de la caja y las extendí por el piso.

—¿Esto es lo que estabas buscando? —preguntó Cy, emocionada. Se hincó frente a las fotografías, sus trenzas colgando, haciéndola parecer un candelabro.

—No estoy segura —dije—. A lo mejor.

Quien haya tomado las fotos era un fotógrafo terrible. Algunas estaban mal encuadradas o desenfocadas. En definitiva, no era la clase de cosas que subirías a redes para que tus amigos las vieran. Sabía que no las habían tomado recientemente. Nací cuando mi mamá acababa de cumplir veinte y no aparecía en ninguna, así que ella debía ser más joven todavía. Alex tampoco estaba en ellas, y no reconocí los lugares.

Mi mamá no tenía muchos amigos. Para ser honesta, en realidad no se juntaba con nadie que no fuera Alex o la gente del merendero o los del museo. Pero estas fotos estaban llenas de gente que parecían amistades. Tal vez incluso familia. Quienes fueran, yo sabía que eran importantes para ella, o por lo menos lo habían sido. Me preguntaba si mi papá estaba entre las caras mirándome.

Me sentí rara de no saber cómo había sido la vida de mi mamá antes de que yo naciera. Aun si no mencionaba a mi papá, uno pensaría que por lo menos tendría alguna historia de otros tiempos, como todos los demás adultos. Mi mamá siempre se había reservado la historia de su vida antes de mí. Yo imaginaba que quizá era una espía encubierta del gobierno, una agente secreta, o hasta alguien en el programa de protección de testigos. Pero las fotos que tenía extendidas frente a mí parecían, bueno, normales.

Saqué una Polaroid de la pila. Se veía como si la hubieran tomado a través de un algodón de azúcar o tul, todo en el marco suave y de ensueño. Ahí había una mamá adolescente —la misma mamá que estaba en las demás fotos— con un chico más o menos de su edad. Ella traía pantalones de mezclilla y él pants oscuros. Los dos tenían suéteres verdes iguales, horrendos, lanudos, con ornamentos bordados en el frente. Atrás de ellos había una cortina de naranjas y cafés desérticos. Y un muñeco de nieve de plantas rodadoras.

Por poco y no veo algo en la foto porque era minúsculo. Pero ahí, asomándose en el hueco del codo derecho del chico había una carita. Era yo, envuelta en mi propio suéter horrible, lanudo y verde, uno que se confundía con el del chico.

Me puse de pie de un brinco.

—¿A dónde vas? —preguntó Cy, levantándose después de mí—. ¿Qué encontraste?

Corrí hacia la sala, las piernas temblándome como un flan, hasta la pared donde colgaban nuestras fotos anuales con las plantas rodadoras. En el espacio justo a la izquierda del primer marco, sostuve contra la pared, entre mi pulgar y mi índice, el borde blanco, parecido al plástico, de la foto. La había encontrado. Era nuestra primera foto del muñeco de nieve, la que faltaba.

Cy me miró y luego a la pared. Se acercó para verla de cerca.

—¿Ese es él?

—Creo que sí —dije—. Estoy casi segura.

—Guau. —Los ojos de Cy se agrandaron—. Parece familiar, ¿no?

—Sería un poco extraño si no, ¿no crees? —dije, señalando mi cara.

—Supongo. ¿Qué vas a hacer? ¿Le vas a decir a tu mamá?

—No sé —dije. Volví a la recámara, Cy siguiéndome. Nos sentamos junto a la pila de fotos. Revisé todas a ver si podía encontrar otras con el mismo chico.

—¿Por qué crees que nunca habla de él? —Cy estudió la foto.

—Todo lo que dice de mi padre es que era alguien a quien conoció y luego ya no —dije—. Quién sabe qué pasa por el cerebro de mi madre.

—Es una señora complicada con un pasado misterioso —dijo Cy.

Puse los ojos en blanco.

—Necesitamos guardar todo esto antes de que lleguen mi mamá y Alex.

Juntamos las fotografías, las apilé bien dentro de la caja de zapatos y las cubrí con los papeles. El pequeño contenedor de pronto se sintió más pesado de lo que parecía mientras lo devolvía al lugar donde Cy lo había encontrado.

—No olvides esta —dijo Cy, sosteniendo la foto del muñeco de nieve de rodadoras.

Miré el pequeño cuadro y estudié los tres rostros una vez más, enfocándome en el muchacho adolescente. Tenía una expresión que no lograba entender. Mitad sonrisa y mitad algo más. Abrí el baúl y empecé a guardar la foto en la caja con las demás. Pero en lugar de devolverla, cerré la tapa del baúl y guardé la foto en el bolsillo de mi sudadera. Si mi mamá podía guardar secretos, yo también.

★ CAPÍTULO 4 ★

. . . .

Mamá es preparadora de fósiles, un tipo de paleontóloga. Trabaja con fósiles en un laboratorio, sacándolos con cuidado de rocas donde han permanecido por miles de años. Pero también va a excavaciones, lo que significa que llega a ser parte de esos momentos cuando alguien encuentra algo importante. Dice que es como la mañana de Navidad, solo que tal vez diez veces más emocionante. A mí siempre me pareció increíble que algo pudiera ser más emocionante que la mañana de Navidad. Pero aquella noche en mi recámara, sosteniendo la fotografía en mis manos, imaginé que así se sentía.

Miré por la habitación, pensando dónde podría esconderla para mantenerla a salvo. Había un pizarrón de corcho colgado en la pared sobre mi escritorio. La superficie estaba cubierta de recuerdos. Había fotos y una postal de un muñeco de nieve de plantas rodadoras que mi mamá me había dado, y un boleto para Destrucción en el Desierto del Cuatro de Julio, de la Federación de Lucha del Atlántico, adonde había ido con Alex el verano pasado. Había listones de ferias de ciencias y el anuncio de la boda de mi mamá y Alex de hace algunos años: una foto de los tres vestidos como Pedro,

Vilma y Pebbles Picapiedra, tomada en el museo. Pero incluso con tantas cosas clavadas en el pizarrón, había una buena probabilidad de que mi mamá notara la fotografía.

Escaneé el librero lleno de ediciones de bolsillo y novelas gráficas, y la vieja enciclopedia infantil de Alex, y algunos de los dinosaurios de plástico y geodas de mi mamá. Esconderla en el interior de un libro podría funcionar. Pero imaginé regalándolo accidentalmente y decidí que no.

Recordé el escondite de Cy en el tanque del inodoro y me estremecí. Y luego recordé estar en el cuarto de mamá y pensé en el lugar perfecto.

Abrí la puerta del clóset y empujé los vestidos, las blusas y las chamarras como si apartara unas cortinas. Apenas era septiembre, pero el suéter de Navidad de este año ya colgaba en medio. A mamá le gustaba comprar nuestros suéteres cuando todas las cosas navideñas estaban en oferta. Decía que si seguía en venta después de Navidad significaba que era feo en serio, dándole a ella puntos extra.

Siempre compraba un suéter para mí, uno para ella, uno para Alex y uno para Marlene. A veces incluso compraba de más. Yo pensaba que era algo raro cuando llegaba a casa con más suéteres de los necesarios, y la mayoría, aparentemente, terminaba en el baúl de su recámara. Pero mi mamá era esa persona del "por si acaso" y "uno nunca sabe".

—Si tú o Addie invitan a alguien más a la foto, pueden usar su propio suéter —insistía Alex—. No tienes que controlar todo.

Pero al igual que las fotos enmarcadas de los muñecos de nieve en nuestra pared, si mi mamá podía controlar algo, lo hacía. Y eso quería decir que todos usarían el mismo suéter, así fuera demasiado grande o les quedara chico. Mamá decía que no era una controladora. Solo le gustaban las cosas "de cierta manera".

El suéter de este año era rojo, con un cactus decorado con luces LED. En la punta, dentro de un hueco en el cactus, había una estrella que también se encendía. En letra cursiva dorada parecida a una cuerda estaba escrito: ¡Feliz Navidad en el Suroeste, Compañero! No era el suéter más espantoso que mi mamá hubiera encontrado, pero sí era el más luminoso.

Encendí el diminuto interruptor en la caja de las pilas, luego tomé el rollo de cinta adhesiva de mi escritorio. Corté un pedacito, saqué la foto de mi bolsillo y la pegué a la pared en la parte de atrás de mi clóset.

Moví unos cuantos zapatos y me senté justo en la entrada. Las luces de Navidad destellaron en el suéter, rojas, azules, verdes, una por una, hasta la estrella en la punta, reflejándose en la brillante superficie de la fotografía.

Cuando era más chica, mi mamá inventaba historias cada que le preguntaba por mi papá.

—Te encontré en una cholla —decía—. Como un pajarito.

Cuando se portaba todavía más tonta, me decía que era una bebé alienígena que había recogido en un viaje a Roswell. Yo solía esperar que alguna fuera verdad.

Pero desde que surgió el tema de la adopción, no saber quién era mi padre se volvió una clase de comezón que no me podía rascar.

Cuando aprendimos de genética, la señorita Gaudet nos contó de un estudio que hicieron con ratones. Se dieron cuenta de que su cerebro era más parecido al de su padre que al de su madre. En el mismo estudio, los científicos descubrieron que más de la mitad de los genes de los ratones eran copia de los de su padre. Los investigadores creían que podría ser lo mismo para las personas. Si eso era cierto, quería decir que yo era más de 50 por ciento como un tipo al que ni siquiera conocía.

¿Qué características había sacado de mi padre biológico? ¿Era como yo? ¿Tenía los pies grandes como yo? ¿Sus brazos también eran velludos? ¿Era igual de quisquilloso para escoger a sus amigos? ¿Odiaba llegar tarde?

Pronto aprendí que sacar el tema de este fantasma sin nombre era algo que ponía a mi mamá de un humor extraño. No me gustaba verla así. Ella hacía como si todo fuera normal, pero parecía callada, distraía y molesta si yo lo mencionaba. El silencio de mi mamá me enseñó que no debía hacer preguntas, o por lo menos no de él.

Aun así, tenía preguntas. ¿Por qué no me quiso conocer? ¿Por qué le molestaba tanto a mi mamá hablar de él?

A veces, cuando me miraba en el espejo, sentía que era un extraño devolviéndome la mirada. Tenía un rostro que era mitad de alguien desconocido. Eran cosas que no podía decirle a mi mamá.

—Adelita —oí la voz de Alex desde el otro extremo de mi habitación, seguida de un golpecito en la puerta.

—¿Qué pasa? —dije, levantándome. Apagué las luces del suéter.

—¿Puedo pasar? —preguntó.

—Seguro —dije. Cerré la puerta del clóset y me eché en mi cama. Agarré un libro de la biblioteca que tenía en mi buró y lo abrí en una página cualquiera justo cuando Alex entraba con un vaso alto.

—¿No hay tarea?

Negué con la cabeza.

—Entonces, necesito tus papilas gustativas —dijo, y movió sus cejas con complicidad.

—No te las doy. —Me tapé la boca con ambas manos.

—Está bien —dijo Alex, acercándome el vaso—. Quédatelas, pero prueba esto. Pienso añadirlo al menú.

Alex se encargó del merendero cuando su abuelo se retiró. Básicamente había crecido ahí y sabía todo lo que se tenía que saber del lugar. Mi mamá trabajó ahí también, atendiendo mesas mientras iba a la universidad. Así se conocieron Alex y ella. Fueron amigos mucho tiempo antes de casarse. Alex era un poco más grande que mi mamá, pero ella decía que le gustaba que fuera maduro. Creo que se refería a maduro en edad, porque Alex actuaba como niño a veces. Cuando mi mamá estaba en la maestría, después de que Nana muriera, yo pasaba mucho tiempo en el merendero, ya que mi mamá no tenía a nadie con quién dejarme. Se podría decir que, básicamente, yo también crecí ahí.

—¿Qué es? —pregunté, olisqueando.

—¿A qué sabe?

Le di un sorbo.

—Hay canela —dije, cerrando los ojos y disfrutando los sabores familiares.

—Así es —confirmó Alex.

—Sabe a Navidad —dije, dándome cuenta de qué me recordaba la malteada—. Como bizcochitos. Puedo sentir el anís.

—¡Tin! ¡Tin! ¡Tin! —dijo Alex—. Correcto. Por eso vine contigo primero. Eres una superdegustadora.

—No realmente —dije—. Un superdegustador es alguien con muchas papilas gustativas. Son sensibles a los sabores. Hicimos un experimento en la clase de ciencias y mi sentido del gusto es promedio.

—Okay, pues —dijo Alex, dejándose caer en el puf afelpado que tenía contra una esquina—. Solo eres súper.

Sacudí la cabeza, pero sonreí.

—Estoy pensando llamarle Malteada Posadas —dijo.

—Y quizá la puedas servir con una galleta para acompañar.

—Buena idea —dijo Alex—. Sorprenderé a tu mamá. Ya sabes que ama la Navidad.

Cruzó las manos atrás de la cabeza. Lo hacía siempre que pensaba algo. Esperé.

—No vine solo para que probaras la nueva malteada —dijo finalmente.

—Eso pensé. —Tomé otro sorbo.

—Quería hablar contigo de lo de la adopción.

—¿Qué hay con eso?

—Solo quiero que sepas que me puedes preguntar cualquier cosa de todo este proceso, ¿sí? —ofreció Alex—. Estamos juntos en esto.

—¿Cualquier cosa? —dije, arqueando una ceja.

—Por supuesto.

Si mi mamá no hablaba conmigo de mi papá, a lo mejor Alex sí.

—¿Qué sabes de mi padre?

—¿Tu padre? —preguntó Alex. Sus ojos inmensamente abiertos.

—Dijiste que te podía preguntar *cualquier* cosa.

—Lo dije —confirmó Alex—. Pero sabes que ese es un tema que solo tu mamá puede tocar.

—Nunca quiere hablar de él —dije—. Tú tienes que saber algo. Dime. ¿Por favor? ¿Está vivo siquiera?

Imaginé que quizá había sido un astronauta que se fue al espacio y nunca volvió. O tal vez había muerto salvando niños y perritos de un edificio en llamas. Quizá era muy duro y muy triste para mi mamá contar estas historias. El papá de mi imaginación siempre era un héroe que no estaba conmigo porque no podía, no porque no quisiera. Pero entonces entré en pánico pensando que tal vez no estaba vivo. ¿Y si nunca podía conocerlo? ¿Qué significaría eso para mí? Sentí que me habían dejado caer en medio del océano sin nada bajo mis pies más que la oscuridad.

Todos a mi alrededor parecían tener cierta idea de dónde provenían. La familia de Alex llevaba generaciones viviendo en Thorne, mucho antes de que se llamara Thorne. Como muchos en la zona, era una mezcla de los mexicanos y navajo que habían vivido en la tierra desde siempre, y de los españoles que la colonizaron. Cy se consideraba afromexicana porque su mamá era negra, proveniente de Filadelfia, y su papá era mexicanoamericano de Albuquerque. Yo también quería saber; más sobre mi mamá, y algo, cualquier cosa, de mi papá.

—Lo siento, Addie —dijo Alex, sacudiendo la cabeza—. Ojalá pudiera.

—¿Él sabe que mi mamá quiere que me adoptes? —pregunté. Esperaba engañar a Alex para que dijera un sí o un no que pudiera darme un poco de información.

—No fue idea de tu mamá —dijo Alex, evadiendo la pregunta—. Yo no pretendía poner a ninguna de ustedes en una posición incómoda.

—No es justo —dije—. Nada de esto es justo.

—Sí, supongo que no —aceptó Alex y se reclinó en el puf, mirando el techo bajo la visera de su gorra de beisbol—.

Ahora tu mamá podría estar más dispuesta a compartir algo contigo, así que habla con ella.

—¿Por qué ahora? —pregunté.

—Pues, con la adopción —dijo— tiene que hacerlo.

—Tiene que hacerlo —repetí—. ¿A qué te refieres?

—Solo... solo habla con ella —dijo Alex.

—¿Por qué ella no puede hablar conmigo? —pregunté, sintiendo el coraje borbotear en mi interior—. Ella es la adulta.

—Creo... creo que es difícil para ella también —dijo Alex, pasando la mano sobre la superficie del puf—. A lo mejor le da un poco de miedo.

—A los adultos no les da miedo. —Fruncí el ceño.

—Te sorprenderías —dijo Alex—. Te voy a decir una cosa que me asusta. Quedarme atascado en esta cosa para siempre. Te preparo otra malteada si me ayudas a salir de este puf.

Estiró los brazos y meneó los dedos hacia mí. Se veía tan ridículo que, aun enojada, me tuve que reír.

Después de ayudar a Alex a levantarse y que se fuera, abrí la puerta del clóset otra vez y tomé la foto de donde la había pegado. No creía que mi mamá me fuera a contar nada. No si podía evitarlo. Yo iba a tener que encontrar información del chico de la foto por mi cuenta.

★ CAPÍTULO 5 ★

Se encendieron las luces en el auditorio y parpadeé mientras mis ojos se ajustaban.

—Todo lo que puedo decir es que, si la señorita González me pone de copito de nieve, vamos a tener un problema —susurró Cy—. Yo no nievo.

Me picó con su copia de *El Cascanueces y el Rey Ratón*. La señorita González siempre hacía que los de séptimo grado leyeran el cuento antes de que empezara la producción de la función anual.

—Buena —dije, aunque estaba demasiado distraída para apreciar la broma.

—¿Pasa algo, niñas? —preguntó la señorita González. Se detuvo donde estábamos bloqueando el pasillo y nos miró a mí y a Cy. Sus lentes de ojo de gato hacían que los ojos se le vieran más grandes de lo que en realidad eran—. ¿Adela? ¿Cyaandi?

La señorita González había sido desde siempre la maestra de teatro en la Secundaria Thorne, hogar de los Murciélagos Guerreros de Nariz Larga. Y desde entonces había dirigido la producción de séptimo año de *El Cascanueces*.

Había sido maestra de Alex y él tenía cuarenta y tantos, así que era prácticamente tan anciana como los fósiles que mamá manipulaba.

La producción de séptimo grado de *El Cascanueces* era una tradición en Thorne. Los volantes que se entregaban por todo el pueblo, una invitación abierta a toda la comunidad, eran también señal de las fiestas decembrinas, como el muñeco de nieve de plantas rodadoras. Lo que todos esperaban en particular era el giro sorpresa que cada clase le daba a la obra. Una vez la volvieron musical. En otra ocasión se montó un espectáculo con títeres de sombra. Y un año, después de una plaga de murciélagos en el auditorio, todos los personajes se vistieron de murciélagos.

Yo sabía que Cy quería ser la directora este año. Lo había estado diciendo durante meses.

—Ningún problema, señorita González —dijo Cy alegremente—. Solo estaba comentando que ojalá recuerde que no soy el tipo de chica que es un copo de nieve y mis talentos podrían emplearse mejor en otras cosas. —Hizo una ligera reverencia de "a sus órdenes". Hoy, Cy llevaba un overol de pana amarillo, una blusa blanca con puntos negros, calcetines de rallas rojas y naranjas, y zapatos negros de plataforma.

—Cyaandi, ciertamente eres única —concedió la señorita González—. Lo mismo que un copo de nieve. Recuerda, no hay dos iguales. —Sonrió, sus labios de un naranja brillante como cono de tráfico, y se metió entre nosotras rumbo a la salida.

Los ojos de Cy se abrieron en horror.

—¿Qué crees que quiso decir con eso? —pregunté.

Yo sacudí la cabeza y junté mis cosas. Normalmente, quizá me hubiera emocionado la puesta en escena, pero este año era distinto. ¿Cómo podía pensar en algo como una producción escolar cuando tenía tanto en la cabeza?

—Es como si ni siquiera te importara la función —dijo Cy, jalándome del brazo—. Es nuestro año para brillar, hermana.

—Lo siento —dije—. Solo estaba...

—Pensando en la foto —terminó Cy por mí—. ¿Por qué no le preguntas a tu mamá y ya?

—Porque no puedo —dije. Saqué la foto de mi mochila, donde la había metido en un folder.

—¿Qué es lo peor que puede pasar? —dijo Cy, metiendo el libro en su mochila.

—No sé —dije, abanicando la foto—. Mi mamá se va a súper enojar porque la encontré.

La puerta del auditorio se cerró atrás de nosotras y nos dirigimos a la cafetería.

—Okay, ¿y? —preguntó Cy—. Te dirá lo que quieres saber o no lo hará y todo seguirá igual.

—Investigué un poco en línea anoche —dije—. ¿Sabías que mi papá necesita renunciar a su patria potestad para que me adopten?

—Mmm. Así que la persona que no ha estado aquí para ser tu papá ya no sería legalmente tu papá.

Cuando lo dijo en voz alta parecía tonto estar molesta por ello. ¿Y esta persona por qué tendría derecho a ser mi padre? ¿Por qué debería ser capaz de tomar decisiones sobre mi vida si ni siquiera quería?

—Pero si tiene que ceder su derecho —dije—, quiere decir que mi mamá tiene que hablar con él al respecto. Y...

—Y no parece tener prisa por conocerte —dijo Cy.

No era lo que iba a decir, pero también es válido.

—Lo siento. —Cy me miró empática—. Esto debe de ser muy difícil para ti.

—Sí —dije. *Era* difícil. Miré de nuevo la foto—. Oye, ¿alcanzas a ver qué dice en sus pants? —Puse la foto frente a su cara mientras Cy abría la puerta de la cafetería. Soltó la puerta y tomó la foto.

—Parece una de esas cosas que ves en banderas y edificios del gobierno —dijo entornando los ojos—. Como la cosa esta de la Secundaria Thorne. Es un escudo. ¿No?

—Un escudo, sí.

La puerta de la cafetería se abrió y Gus Gutiérrez casi nos atropella.

—Fíjense —dijo.

—Fíjate tú —replicó Cy.

—Hola, Gus —lo saludé.

Gus gruñó y nos rodeó.

—¿Qué le pasa? —preguntó Cy.

Volteé a ver a Gus mientras se alejaba. Traía puesta la cachucha de su sudadera café grande, mientras el resto colgaba sobre su espalda. Su bolso de mensajero golpeó contra su cadera.

De todos los niños en nuestro año, probablemente yo era la única que sabía algo de la historia de Gus, y era casi nada. Íbamos en el mismo salón, y cuando apareció el viernes de la primera semana de clases, el señor Tanaka me pidió que fuera su amiga durante ese día.

Thorne era un lugar lo suficientemente pequeño, así que la mayoría habíamos ido juntos a la escuela toda la vida. Hubo una ola de emoción mientras los demás intentaban descubrir quién era el nuevo. Yo tenía mis propios motivos para estar feliz de verlo en la escuela: era el único niño de todo séptimo más alto que yo.

Pero después de un día entero de hacerle preguntas, todo lo que averigüé fue que era nuevo en Thorne y no quería hablar. Y después de semanas en la escuela, seguía siendo un misterio. Nunca lo veía con nadie. No se había unido a ningún grupo de niños. Era como si *quisiera* estar solo. Era un hoyo blanco en el espacio donde nada entraba. Pero no podía evitar sentirme mal por él. Nunca se veía solitario, pero sí enojado. Entonces, siempre que lo veía, lo saludaba. Aun si él no respondía.

—No sé —dije, tomando la foto de su mano—. Pero tengo otro misterio que podemos resolver.

—¿Ahora? —preguntó Cy. Miró hacia la cafetería y olisqueó el aire con dramatismo.

—Sí, ahora —dije—. Necesito una lupa. ¿Dónde podemos encontrar una?

—Sabes que me encantan los misterios —dijo Cy—, pero tengo hambre. ¿No podemos buscar la lupa después del almuerzo?

—¿En serio? ¿Estoy buscando a mi padre y tú estás pensando en comer? Ten, cómete el mío. —Le pasé la bolsa de papel que Alex me había preparado.

—¿La biblioteca? —propuso, abriendo la bolsa para asomarse—. Espero que haya algo bueno aquí dentro.

—No. Veamos si la señorita Gaudet está en su salón.

Nos topamos con la maestra de ciencias cuando salía del laboratorio; una bolsa de palomitas de microondas y una pila de papeles entre sus brazos. Un plátano maduro de apariencia triste asomaba por el bolsillo de su bata de laboratorio.

—Señorita Gaudet, espere —la llamé.

—Hola —dijo—. Voy camino a una junta y ustedes deberían estar almorzando. ¿Cuál es la urgencia?

—Necesitamos una lupa —dijo Cy. Hizo un círculo con sus dedos y se asomó por ahí.

—Revisen el armario —dijo la señorita Gaudet, dejando la puerta abierta—. Ahí debe haber. Pero por favor asegúrense de cerrar la puerta cuando se vayan. Alguien se llevó todas las lombrices que íbamos a diseccionar la próxima semana.

—Iiiu —dijo Cy, sacando la lengua—. ¿Por qué harían eso?

—No estoy segura, pero dejaron un tipo de manifiesto —dijo la señorita Gaudet y sacudió la cabeza.

—¿Un qué? —preguntó Cy, sacando una bolsa de plástico con uvas de mi bolsa del almuerzo.

—Un manifiesto —repitió la señorita Gaudet—. Una declaración sobre la liberación de criaturas de laboratorio. Algo así.

—Bien —dijo Cy, alzando un puño—. Liberen a las lombrices.

—Cerraremos bien —dije, jalando a Cy hacia el salón—. Gracias.

—¿Qué crees que hicieron? —dijo Cy mientras buscábamos entre los contenedores de plástico del armario.

—¿A qué te refieres?

—Con las lombrices —dijo, arrugando la nariz.

—Concéntrate, Cy.

Después de buscar en varios contenedores, finalmente encontramos una caja de pequeñas lupas con mangos de plástico. Sostuve una sobre la foto y miré, emocionada por lo que pudiera encontrar, como la vez que estudiamos gotas de agua del río Bravo o musgo húmedo para ver si había rotíferas bdeloideos.

—¿Qué es? —preguntó Cy. Se sentó en una de las mesas de laboratorio, moviendo los pies y metiéndose uvas a la boca.

—*Sí* es un escudo —dije—. Es de la Preparatoria Esperanza.

Yo siempre asumí que mi mamá conoció a mi papá en Albuquerque, donde fue a la universidad y donde yo nací, no en Esperanza, donde ella creció. Moví la lupa sobre la foto, buscando otras pistas. Me detuve en el rostro diminuto de la bebé y traté de reconocer mis facciones.

—Bueno, ahora sabes que fue a la Preparatoria Esperanza —dijo Cy pensativa.

—Yo nací justo cuando mi mamá cumplió veinte; eso fue hace doce años —dije, moviendo la lupa sobre el rostro del chico—. Tuvo que haberse graduado de la preparatoria a los dieciocho. Así que debieron estar en la Prepa Esperanza hace trece o catorce años.

—Pero aun si tu mamá estuvo en Esperanza, no sabes si él también —dijo Cy—. Aunque, por qué otra razón estaría usando esos pants si no hubiera ido a Esperanza, ¿cierto?

—¿Dónde podemos encontrar anuarios de Esperanza? —pregunté, pensando en voz alta.

—¿En la Prepa Esperanza? —aportó Cy.

No era la respuesta que quería.

—¿Cómo se supone que me voy a meter a la escuela? —dije frustrada.

—Sí, ese es un problema —Cy desenvolvió mi sánd-wich—. ¿Por qué los laboratorios de ciencias siempre huelen raro?

—Ven —dije, guardando la lupa en un bolsillo de mi mochila.

—¿Adónde vamos? —preguntó Cy. Bajó de la mesa de un salto y me siguió. Revisé que la puerta quedara cerrada con llave y corrí por el pasillo.

Empujé la puerta de la biblioteca y fui directo al mostrador de préstamos, donde la señorita Baig, la bibliotecaria, estaba sentada. Desvió la mirada de su carrito de libros y nos volteó a ver; luego miró el reloj.

—Si van a devolver libros, déjenlos en la bandeja —dijo—. Está a punto de sonar la campana, así que vuelvan más tarde si quieren sacar libros.

—No venimos por un préstamo —dije rápidamente—. Tengo una duda.

—Dame un segundo —dijo la bibliotecaria, juntando una pila de libros del mostrador y acomodándolos en el carrito.

—¿Vivisección? —dijo Cy, tomando un libro con un conejo enjaulado en la portada.

—Significa hacer pruebas en animales vivos —dijo la señorita Baig, tomando el libro de manos de Cy—. Son para una exhibición sobre crueldad animal.

—Cuanto más sabe una, ¿verdad? —dijo Cy, y mostró una sonrisa tensa a la bibliotecaria—. Pobrecitos.

—¿En qué las puedo ayudar? —dijo la señorita Baig.

—¿Dónde podría encontrar viejos anuarios? —pregunté.

—¿De Thorne?

—No —dije—. De Esperanza.

—Pues, probablemente tengan copias en la escuela, pero...

—¿Pero? —dijo Cy antes de que la señorita Baig pudiera continuar.

—Déjame ver en la biblioteca pública —dijo. Sonó la campana, indicando el final del almuerzo—. Regresen después de clases y les digo qué encontré.

La tarde me pareció eterna mientras esperaba que sonara la última campana del día. Cuando sonó finalmente, cogí mi mochila, mi cuaderno, mi estuche, y salí corriendo del salón. Cy ya me estaba esperando en la biblioteca.

—He estado pensando —dijo—. Si tienes que ir a Esperanza por el anuario, podemos pedirle a Kobie que nos ayude. —Kobie era el hermano mayor de Cy. Iba en segundo año en la Preparatoria Thorne—. Puede llevarnos en el coche y, como corre a campo traviesa, a veces tiene que ir a Esperanza a alguna reunión. Nos puede dar aventón.

—Gracias, Cy —dije. Odiaba pensar que tendríamos que esperar hasta que el hermano de Cy tuviera una junta en Esperanza—. Primero veamos qué dice la señorita Baig.

La señorita Baig estaba registrando los préstamos de varios alumnos, así que esperamos aparte. Tamborileé los dedos sobre el mostrador hasta que la bibliotecaria me dio una mirada de *por favor, para.*

—Adivinen qué —dijo la señorita Baig al terminar. Tomó una hoja de papel de su escritorio.

—¿La biblioteca pública los tiene? —pregunté esperanzada.

—No —dijo—. Pero la sociedad histórica sí. Coleccionan anuarios y otros recuerdos de las dos preparatorias en la zona. Tienen toda la colección de anuarios de la Preparatoria Esperanza.

—¡Sí! —gritó Cy, saltando.

—¿Cuándo abren? —pregunté.

—Aquí tienes la información de sus horarios —dijo la señorita Baig, entregándome la hoja de papel.

—Hoy abren hasta las cinco —dije, revisando la hoja.

—Bastante... —empezó Cy.

La puerta de la biblioteca se abrió y entró Gus. Nos miró a Cy y a mí, pero no dijo nada.

Yo lo saludé con la mano.

—Hola, Gus —dijo la señorita Baig—. ¿Qué tal si terminas lo que estabas haciendo ayer? Aquí están los libros que querías para la exhibición.

Gus se fue atrás del mostrador y se llevó el carrito, ignorándonos.

—¿Está castigado, señorita Baig? —preguntó Cy, mirando en dirección de Gus.

—¿Qué? Ah, no —rio la bibliotecaria—. ¿Por qué lo dices? Gus trabaja conmigo de voluntario después de clases.

—Vámonos —dije, doblando la hoja de papel.

—¿A la sociedad histórica? —preguntó Cy.

—¿Adónde más? Si vamos en bici ahorita, tendremos tiempo para encontrar lo que necesitamos.

—¿Qué están buscando en un anuario de la Preparatoria Esperanza? —preguntó la señorita Baig.

—Está buscando a... —Cy me volteó a ver. Negué sutilmente con la cabeza.

—Fósiles —dije. Tomé el brazo de Cy y la jalé hacia la puerta.

★ CAPÍTULO 6 ★

La Sociedad Histórica de Dos Pueblos se encontraba en un edificio grande de adobe que se veía como si alguien lo hubiera cubierto con una capa de fondant naranja quemado. Pasé la mano por la suave pared hasta que llegué a la puerta. Esperé a Cy, que tenía problemas con el candado de su bicicleta.

—Ándale —dije—. No tenemos toda la tarde.

Le había dicho a mi mamá que nos íbamos a quedar en la escuela después de clases para ayudar en la biblioteca. A pesar de tener una madre que guardaba secretos, no me sentí bien al mandar el mensaje de texto con el emoji de libros apilados al final. Sabía que se iba a enojar si descubría que yo andaba husmeando. Aunque fuera su culpa que yo no tuviera otro recurso más que andarme escondiendo, no quería decepcionarla.

—Listo, vámonos —dijo Cy, trotando hacia la puerta.

Entramos y el lugar estaba en silencio. Era cavernoso, pero acogedor al mismo tiempo. El sol brillaba en ángulo a través de las ventanas orientadas al oeste y la habitación parecía brillar.

—¿Las puedo ayudar, niñas? —nos saludó un hombre mayor desde el mostrador de información, con el cabello blanco hasta los hombros, y la barba y el bigote también blancos. Llevaba una camisa azul de mezclilla con una corbata vaquera que tenía una hebilla en forma de medialuna y una placa con el nombre Rudy.

—Eh, sí —dije, encaminándome al escritorio—. Estamos buscando viejos anuarios. De la Preparatoria Esperanza.

—Seguro, los tenemos —dijo—. ¿De hace cuánto están buscando?

—¿Catorce años?

El hombre soltó una risita con la que bailaron las puntas de su corbata.

—Creí oírte decir *viejos* anuarios —dijo—. Hace catorce años fue ayer.

Yo miré a Cy, que se encogió de hombros. Era la clase de cosa que diría mi madre después de un día en el museo. Diría que este instante era un minúsculo punto en el tiempo.

—Síganme —dijo Rudy, indicándonos que lo hiciéramos.

El lugar estaba vacío, excepto por una mujer sentada ante una larga mesa de madera, inclinada sobre un libro. Levantó la vista hacia nosotras con ojos somnolientos cuando pasamos.

Seguimos a Rudy hasta una habitación con hileras de anaqueles de metal. Cada una tenía lo que parecía un manubrio al final. Rudy revisó las etiquetas de cada anaquel, pasando de uno a otro, y finalmente se detuvo. Giró la rueda y los anaqueles se movieron, abriendo un pasillo para que entráramos.

—Guau —dijo Cy, entrando por la abertura—. Es como magia.

—Abracadabra —dijo Rudy—. Bastante mágico, ¿no?

Colocó una mano sobre un anaquel a su izquierda y otra a la derecha.

—Bueno, tenemos los anuarios viejos en este lado y los antiguos en el otro. Todos en orden cronológico. Si necesitan escanear algo, díganme. ¿Suena bien?

—Sí, señor —dijimos Cy y yo al unísono.

Tan pronto como Rudy nos dejó solas, me volteé hacia los anaqueles.

—Aquí —dijo Cy, de inmediato localizando y sacando un volumen con portada café—. El anuario de la Preparatoria Esperanza de hace catorce años. Tu mamá sería de último año, ¿cierto?

—Sí. —Tomé el libro que me entregaba y el del año anterior también.

Los llevamos a una de las mesas junto a donde estaba leyendo la mujer. Abrí el más reciente y empecé desde el principio.

—¿Y si no están aquí? —preguntó Cy.

La fulminé con los ojos y seguí pasando una página tras otra de fotos de maestros y tomas improvisadas que sacaban los estudiantes fotógrafos en el almuerzo.

—Eso es —dije. Me fui hacia los retratos de los de último año y pasé mi dedo por los nombres en orden alfabético en el margen izquierdo de la página—. Y ahí está. Ahí está mi mamá. Tercera foto.

—Ay, mira a tu mami —dijo Cy—. Guau, incluso se puso maquillaje. Eso es todo, señora Ramírez.

Mi mamá traía puesta la misma blusa negra que traían todas las niñas para la foto de graduación. La forma como se había peinado y maquillado no me eran familiares, pero tenía la misma sonrisa. Nunca mostraba los dientes en las fotos, como si le diera pena hacerlo, y sus ojos se arrugaban en las comisuras. Todos los de último año tenían citas al pie de sus fotos. La de mi mamá decía: *"Nunca pierdas tu curiosidad por todo en el universo... ¡te puede llevar a lugares que nunca consideraste posibles!" —Sue Hendrickson.*

—¿Quién es Sue Hendrickson? —preguntó Cy.

—Es la paleontóloga que encontró a SUE en Dakota del Sur —dije—. SUE es el *Tyrannosaurus rex* más grande y más completo que se ha encontrado.

—Está genial —dijo Cy—. Ey, mira eso. —Señaló la foto de mi mamá—. Eso no dice Lourdes.

La mamá que yo conocía nunca usaba joyería, mucho menos un collar con su propio nombre. Miré más de cerca la placa que caía entre sus clavículas.

—Lulú —leí en la cursiva dorada—. Seguro era su apodo.

—Ah, no importa entonces —dijo Cy, decepcionada—. Pensé que era una pista.

—Espera. Mira *eso*. —Puse mi dedo índice junto a la placa de su collar, donde descansaba un medio corazón de oro.

—Me pregunto quién tiene la otra mitad —dijo Cy.

—¿Cómo sabes que hay otra mitad?

Cy me miró e inclinó la cabeza.

—Es un corazón —dijo—. *Siempre* hay otra mitad.

Saqué mi cuaderno de artes del lenguaje de la mochila y la Polaroid del bolsillo. Estudié al chico en la foto. Tenía el cabello largo y bigote, pero era difícil distinguir realmente los detalles de su rostro. Si cualquiera de los dos traía cadenas con la mitad de un corazón, no eran visibles.

—No veo chicos con el cabello largo —dijo Cy, escaneando las páginas del anuario.

—Esta foto se tomó más de un año después —dije, sosteniendo la Polaroid—. Por lo menos.

—Entonces podría ser cualquiera —dijo, pasando su pulgar por los bordes de las páginas—. Genial.

—Sí. —Suspiré, volviendo al inicio de los retratos de último año. Puse los codos en la mesa y miré de un rostro a otro—. Ninguno de estos chicos trae puesto...

—¡Un arete! —gritó Cy.

Presionó la punta de su dedo contra una pequeña foto cuadrada en la segunda página. Yo me agarré de su brazo y apreté, conteniendo el aliento.

—¡Creo que es él! —jadeé—. ¡Lleva la otra mitad como arete!

La mujer levantó la vista de su libro otra vez y se nos quedó viendo. Rudy se aclaró la garganta desde su escritorio.

—La investigación puede ser emocionante, ¿eh? —dijo.

—Así es —dijo la lectora somnolienta y regresó a su libro.

—"En las luchas no se llora" —leyó Cy la cita abajo de su foto—. Okaaay.

Yo conté los nombres en el margen y pasé mi dedo por la lista hasta que encontré el suyo.

—Bravo, Emmanuel —leí.

Me quedé viendo sus facciones definidas. Tenía la barbilla puntiaguda. Yo también tenía la barbilla puntiaguda. Su cabello negro estaba corto en los costados y parado en la parte de arriba. En la Polaroid, su cabello era largo, pero podía ver que era la misma cara. Y a diferencia de mamá, él tenía una gran sonrisa, una sonrisa torcida que mostraba sus dientes y sus hoyuelos. Tenía uno en cada mejilla, igual que yo. Se veía como alguien con quien te podías divertir. Se veía feliz. Y llevaba la otra mitad del corazón en un pequeño aro en la oreja derecha.

—Veamos si hay más fotos —dije, marcando la página con mi dedo.

Durante los siguientes minutos, hojeamos el resto del anuario. Encontré a mamá en el Club de Futuros Científicos y el Equipo de Trivia de Esperanza, y Emmanuel Bravo estaba en el equipo de lucha. Estaba de pie en la primera fila, con su uniforme de lucha de la Preparatoria Esperanza. Podía ver que también era alto. Volteé a ver mis pies del número ocho.

—Tu papá era luchador —se rio Cy.

—Mi *padre* fue luchador —corregí.

Cuando llegamos casi al final del anuario y no creía que hubiera más fotos de ellos llegamos a una doble página que mostraba la corte del baile de fin de año.

—Ohhh —jadeó Cy, mirando del anuario a mí y de vuelta al anuario.

—¿Esto es real? —murmuré—. ¿No lo estoy alucinando?

En la foto, Emmanuel llevaba un esmoquin negro y mi mamá un bonito vestido verde sin mangas. Ambos tenían bandas cruzando su pecho y coronas en la cabeza. Podía imaginar a mi mamá en muchos escenarios, pero nunca en este. Me embargó una sensación extraña. La chica en el anuario era alguien que se parecía a mi mamá, pero que la gente llamaba Lulú y por quien votaron como reina del baile. Era como mirar a alguien desconocido. Por primera vez me di cuenta de todo lo que me había ocultado.

—¿Estás bien? —preguntó Cy, mirando mis ojos.

—Sí —dije, parpadeando—. Copiemos esta.

Como si pudiera escucharnos desde donde estaba sentado, Rudy se puso de pie.

—¿Encontraron lo que buscaban?

—Sí —dije, llevando el anuario hasta él—. ¿Dónde puedo escanear esto?

—Ven conmigo —dijo Rudy—. Yo te ayudo. Usamos un escáner especial de libros para no tener que maltratar el lomo.

—Definitivamente no queremos hacer eso —concordó Cy—. Yo misma evito pisar grietas para cuidar la espalda de mi mamá.

Sus cuentas tintinearon de acuerdo.

Rudy parecía divertido.

—Está bien —dijo, extendiendo las manos—. Déjame ver qué tenemos aquí.

Le pasé el anuario. Miró más de cerca la foto de la corte en el baile.

—¿Están investigando sobre Manny Bravo? —preguntó, presionando un botón en el escáner y colocando el libro boca abajo sobre el vidrio.

—¿Quién? —preguntó Cy.

—Manny Bravo —repitió el hombre.

—¿Se refiere a Emmanuel Bravo? —pregunté—. ¿Sabe quién es?

La máquina zumbó mientras escaneaba la página.

—No son fans de las luchas, ¿eh? —dijo, sonriendo—. O quizá es demasiado viejo para que estén familiarizadas con él.

Cy y yo nos miramos. Imaginé que la confusión en su rostro reflejaba la mía.

—Bueno, pues este tipo es Manny "La Montaña" Bravo —dijo Rudy, señalando la foto—. De la familia Bravo.

—¿La Montaña? —repetí—. ¿La familia Bravo?

—Oh, sí, su padre fue uno de los más grandes luchadores que salieran de Cactus en aquel entonces. —Me entregó el libro—. ¿Quieren escanear algo más?

Encontré las fotos de último año y señalé a mamá y Emmanuel.

—Y la foto del equipo de lucha —dije.

—Cuéntenos más de Manny —dijo Cy mientras Rudy volvía al escáner—. Y de los Bravo.

—No los he seguido mucho últimamente —dijo—, pero está Manny, el más chico. Y Mateo y Speedy. Y por supuesto, su papá, Francisco el Terremoto.

—El Terremoto —murmuré. Imaginé un abuelo al que nunca había conocido sosteniendo mi mundo como Atlas y sacudiéndolo.

—Creo que hasta su mamá luchó en su juventud —dijo Rudy—. ¿Quieres que te las mande por correo, o te las imprimo?

—Impresas, por favor —dije. Miré asombrada mientras Rudy apretaba botones.

—Si están investigando a los Bravo, tenemos algunas cosas de las luchas aquí —continuó Rudy—. No hace mucho, la Liga de Lucha Cactus nos donó sus archivos.

—¿Podemos ver lo que sea que tenga sobre Emmanuel? —pregunté—. ¿Y los Bravo?

—Seguro —dijo Rudy—. Pero tendrán que volver mañana. Cerramos pronto.

La lectora somnolienta se levantó, se estiró y cerró su libro. Juntó unos libros más de la mesa y los llevó hasta el mostrador de Rudy. Llevaba una falda larga negra, una blusa negra holgada y un collar enorme de plata y turquesa. Su cabello negro estaba decorado con hebras plateadas.

—¿Crees que sea bruja? —murmuró Cy.

—¡Cy! —siseé, esperando que ni la mujer ni Rudy la hubieran escuchado.

—Hasta mañana, Rodolfo —le gritó la mujer. Rudy agitó una mano y luego nos indicó que lo siguiéramos hasta la puerta.

—¿Puedo sacar algo antes de irme? —pregunté—. ¿Cualquier cosa de la colección Bravo?

—Lo siento, pero así no funcionan los archivos —dijo Rudy—. No puedes llevarte nada a casa.

—Pensé que era una biblioteca —dijo Cy.

—Es una especie de biblioteca —contestó Rudy—, pero estas cosas —extendió los brazos y miró alrededor— son recuerdos e historias. Todo aquí es único. Ya sea lo único que hay o uno de los pocos en el mundo. Investigadores como ustedes pueden venir y usar estas cosas, pero se quedan aquí para que todos tengan oportunidad de usarlas.

—Lo devolveríamos —dijo Cy—. Por mi honor de scout.

—Lo siento, Cleopatra. —Rudy guiñó un ojo—. Vuelvan mañana.

—Está bien —dijo Cy—. Volveremos mañana, ¿cierto? —Me empujó con el hombro.

—Claro —dije—. Mañana. Y quisiera ver la colección Bravo. Todo lo que haya, por favor.

—Claro que sí —dijo Rudy, invitándonos gentilmente a salir y cerrando la puerta atrás de nosotras.

El leve sonido de la chapa hizo eco en mis oídos. Se sentía definitivo. Como si mañana no fuera a llegar.

CAPÍTULO 7

—Te ves como si necesitaras una taza de lodo.

La voz de Marlene me alcanzó desde lo que parecía una enorme distancia.

—Nada de café para ella —dijo Alex atrás de la barra. Luego se giró para observarme—. Pero sí luces cansada.

—Estoy bien —contesté seca.

Alex pareció sorprendido.

—¿Quieres ver quién anda dando de tumbos en el canal de las luchas? —Indicó el televisor con la cabeza—. A lo mejor nos despierta.

—No —dije.

Alex deslizó un sándwich sobre la parrilla y lo envolvió en una hoja de papel cuadrada. Lo metió en una bolsa color café.

—¿Qué pasa? —preguntó, dejando la bolsa del almuerzo frente a mí.

—No pasa nada —dije, frotándome los ojos—. Solo estoy cansada.

Que hasta Alex tuviera que preguntar qué me pasaba me hacía sentir más molesta.

—Te entiendo —dijo—. Creo que todos estamos bastante cansados hoy. Tu hermanito se estuvo moviendo mucho anoche, lo que quiere decir que tu mamá no pudo dormir bien, lo que quiere decir que *yo* no pude dormir bien. —Se rio—. Bien pudo estar dando patadas voladoras ahí dentro.

Alex esperó que yo dijera algo. Bostezó fuerte. Solo eran las siete y media, pero su delantal ya estaba embarrado de grasa y su gorra de beisbol estaba húmeda de sudor. Siempre usaba el viejo reloj de su abuelo, y de lunes a viernes abría el merendero a las seis en punto de acuerdo con ese reloj, sin importar lo que otro marcara: —Ni un minuto tarde —decía.

—Te preparé crema de cacahuate y mermelada a la parrilla —comentó—. Espero que no esté demasiado blando para el almuerzo.

Esperó.

—Gracias —dije, temiendo que nunca se fuera.

Me acarició la cabeza y, tan pronto como regresó a su estación de trabajo, me bajé del banco y me fui a un gabinete.

Se supone que no debía tener mi teléfono en el cuarto a la hora de dormir, pero la noche anterior no había logrado conciliar el sueño. Así que, una vez que mi mamá y Alex se quedaron dormidos, fui a la cocina en silencio y lo tomé de la barra donde lo dejo todas las noches. De vuelta en mi habitación, abrí el buscador en la página que había estado viendo desde que llegué a casa de la sociedad histórica aquella tarde.

La página web de la Liga de Lucha Cactus tenía una entrada con la historia de cada luchador. Revisé la lista de nombres y di clic en el vínculo de Manny Bravo. Ahí miré fotos de Manny "La Montaña" inmovilizando oponentes y flexionando los músculos para la cámara. Encontré unos cuantos videos de luchas donde Manny cargaba oponentes sobre sus hombros aplicándoles la Quebradora Bravo. Podía levantar a un hombre grande con un movimiento grácil y rápido. Se veía confiado y seguro de sí mismo.

Pensé cómo en la foto del muñeco de nieve con plantas rodadoras me cargaba como si yo fuera una hogaza de pan caliente, recién salida del horno, y tuviera miedo de quemarse. Me di cuenta de que la expresión en su rostro, la que no podía entender, era miedo.

Una corta biografía me contó cosas que ya sabía de él, como que había practicado lucha en la preparatoria. Listaba a su papá y sus hermanos, mi abuelo y mis tíos, todos los nombres con vínculos a sus propias páginas. Por supuesto, mi nombre no aparecía en ninguna parte. ¿Qué tanto sabía Manny de mí? ¿A alguno de los Bravo le importaba que yo existiera? ¿Habían tratado siquiera de conocerme? ¿Cómo sería mi vida, cómo sería yo, si estos extraños hubieran formado parte de ella?

Estaba molesta con Alex. Mi mamá me había ocultado la verdad, pero él también. Alex, que siempre tenía su ridículamente pequeño televisor prendido en el canal de las luchas, todo el tiempo meneando una pista en mis narices.

Una vez, cuando X Factor se volvió en contra de Cohete Cortez, su amigo y compañero de equipo, Alex me explicó lo que significaba traicionar a alguien. Yo también me sentía traicionada, engañada por todos los adultos en mi vida.

Marlene dejó un tazón de cereal frente a mí.

—Y un poco de güero con arena —murmuró, dejando una taza de café con crema y azúcar junto al tazón—. No te preocupes, es casi pura leche.

Tocó mi frente con el dorso de su mano.

—Te sientes bien por fuera —dijo—. ¿Quieres hablar?

Aplasté las hojuelas de maíz en la leche, imaginando que estaba aplastando a todos los adultos.

—¿Para qué? —refunfuñé—. Nadie quiere hablar de lo que *yo* quiero hablar.

—Pobrecita —dijo Marlene. Dejó la cafetera en la mesa y se sentó—. ¿De qué quieres hablar?

Tomé un sorbo del café con leche. Estaba caliente y dulce.

—De mi padre. —La miré expectante.

—¿Qué con él? —preguntó Marlene, volteando a ver a Alex.

—No Alex —dije—. Mi *padre* padre.

Mastiqué una cucharada de cereal que sabía a cartón húmedo.

—Okay, ¿qué pasa con el patán? —preguntó Marlene.

Tosí y las hojuelas de maíz salieron volando de mi boca. Miré a Marlene impactada.

—¿Qué? —dijo, mirando con asco los trocitos de cereal que habían caído delante de ella—. No sé nada de él, pero adivino que es un patán.

—¿Por qué le dices así?

—No sé —dijo, limpiando el cereal de la mesa con una servilleta—. A lo mejor asumo que cualquiera que abandona a su hija sin una buena razón es un patán.

—¿*Abandona?* Entonces sí sabes algo de él —dije con sospecha.

—No —dijo—. No sé nada que te pueda servir. Todo lo que sé es que aquí lo tienes todo como para estar perdiendo el tiempo pensando en un p...

—¡Marlene, basta! —dije, pero algo en la forma como soltó el insulto hizo que me riera.

—Asumo que ya le preguntaste a tu mamá.

—Mi mamá no quiere hablar de él.

—Bien por ella —dijo Marlene.

—Dice que cuando sea mayor me va a contar más —continué—. ¿Qué tan grande tengo que ser? ¿Tan grande como *tú*?

—Ey, no te desquites conmigo —dijo Marlene y se carcajeó. Exhaló un fuerte resoplido y se empujó fuera del gabinete.

—Lo siento —murmuré.

—Está bien, ya te tienes que ir y yo tengo que trabajar. —Marlene enderezó su delantal—. Vine temprano hoy porque esta noche tengo un set.

Marlene hacía comedia de stand-up y dirigía una noche de talentos una vez al mes en el Asilo de Ancianos de Thorne.

Suspiré y empujé lejos mi tazón. Le di un último trago al café y tomé mi bolsa del almuerzo.

—Addie. —Marlene me siguió hasta la puerta y la abrió para mí—. Sé que es difícil. Y ojalá no lo fuera. Pero tal vez es lo mejor.

Me miró empática.

Es lo mejor era el peor consuelo. ¿Acaso los adultos no lo sabían? Podía sentir un ardor atrás de los ojos, como algo que amenazara con romperse. Los apreté y respiré hondo. *En las luchas no se llora*, me dije a mí misma y pasé frente a Marlene.

★ CAPÍTULO 8 ★

Tan pronto como sonó la campana, Cy y yo pedaleamos tan rápido como podían nuestras piernas hasta que llegamos a la Sociedad Histórica de Dos Pueblos.

La lectora somnolienta era una imagen familiar en su mesa. De nuevo había libros esparcidos a su alrededor. Levantó la mirada. Cy la saludó con la mano como si fueran viejas amigas.

—Volvieron —dijo Rudy mientras nos acercábamos.

—Leyendo todo el día, ¿eh? —preguntó Cy, indicando el libro en su escritorio—. Este es un buen trabajo.

—*Es* un muy buen trabajo —Rudy estuvo de acuerdo—. Pero, aunque no lo creas, no solo leo todo el día.

Se levantó y nos indicó que lo siguiéramos hasta otra habitación.

—Está helando aquí —dije.

—Mantenemos la temperatura controlada para que no se...

—¿Derrita? —terminó Cy, tiritando exageradamente.

—De cierta manera —dijo Rudy, llevándonos más allá de hileras de cajas grises idénticas con etiquetas en los costados—. No queremos que nada se descomponga ni le salga moho, así que lo mantenemos agradable y frío.

—¿Guardan su almuerzo aquí? —preguntó Cy—. Este lugar sería un gran refrigerador.

—No es mala idea —dijo Rudy—. Pero no permitimos comida.

Se detuvo frente a un estante con varias cajas marcadas LIGA DE LUCHA CACTUS.

—¿Y todo esto solo está aquí? —pregunté—. ¿En cajas? ¿Como en una bodega?

—De cierta manera —dijo Rudy—. Parece una bodega, pero es mejor que estas cosas vivan aquí que en el ático o el garaje de alguien, donde no están disponibles al público y donde los insectos y la lluvia o el calor y otras cosas las pueden arruinar, ¿no crees?

—Sí —dije, imaginando las cajas con información de los Bravo guardadas en la oficina de alguien, donde yo no pudiera verlas—. ¿Podemos mirar dentro?

Rudy levantó la tapa de una caja y los tres nos asomamos. Se veía un montón de papeles.

—¿Cómo se supone que vamos a encontrar algo ahí? —preguntó Cy—. ¿Todas las cajas son así?

—Alguien del personal revisa cada una, organiza el contenido y luego crea una guía para que investigadores como ustedes puedan localizar fácilmente lo que están buscando —explicó Rudy—. En este momento, esto es todo lo que se ha juntado acerca de la Liga Cactus. No hemos tenido tiempo de revisar estas cajas todavía. Pero si alguien estuviera buscando algo en específico, una guía sería de mucha ayuda.

—No tenemos mucho tiempo —dije—. ¿Cómo se supone que vamos a encontrar algo de los Bravo aquí?

—Aparté lo que pude encontrar con una primera revisión —dijo—. Por aquí.

Lo seguimos hasta una mesa donde había otra caja. Otra caja de Pandora, pensé.

—¿Están haciendo un proyecto de investigación para la escuela? —preguntó Rudy, abriendo la caja.

—Algo así —dije.

—Un proyecto de historia —añadió Cy con naturalidad.

—Muy bien, pues las dejo en lo suyo —dijo—. Manipulen todo con cuidado. No beban ni coman nada, ¿okay? Y díganme si necesitan ayuda o tienen alguna pregunta.

—Gracias —dijo Cy—. Así lo haremos.

No me di cuenta cuando se fue Rudy porque estaba ocupada levantando cosas con cuidado para sacarlas de la caja.

—Estos son contratos viejos nada más —dijo Cy, revisando algunos de los papeles que yo había sacado—. Entre la LLC y Francisco Bravo, la LLC y Sebastián Bravo, la LLC y Mateo Bravo. Y aquí hay uno de la LLC y Emmanuel Bravo. —Dejó los papeles a un lado.

—También hay fotos aquí —dije.

Me senté para revisar la serie de promocionales de ocho por diez. Cada uno tenía un nombre impreso en la parte de abajo y una firma con marcador negro. Saqué la foto de Francisco, mi abuelo, de la pila. Era robusto y musculoso, con cabello de un negro profundo, un rostro juvenil y las fosas nasales ensanchadas. Su rostro tenía una expresión fría, como si no pudiera bajar la guardia, ni siquiera para la cámara. Llevaba pantalones y botas de lucha oscuros. Alrededor de la cintura traía un cinturón de campeonato que cubría casi todo su abdomen. Una placa de metal grabada en el centro decía FEDERACIÓN DE LUCHA DEL ATLÁNTICO. Había joyas incrustadas arriba y abajo de la placa, deletreando las palabras CAMPEÓN MUNDIAL. La foto estaba firmada: Francisco "El Terremoto" Bravo.

—Campeón mundial —dijo Cy, mirando la foto—. Guau.

Yo seguí viendo las fotografías, estudiando los rostros, todos distintos, pero similares, como una familia. Sebastián —también conocido como Speedy—, Mateo y Manny. En su foto, el cabello de Manny estaba más largo. Se parecía más a la Polaroid conmigo y mamá que a la foto del anuario. No traía puesto el arete ni estaba sonriendo. Tenía los brazos en una postura que lo hacía parecer a punto de taclear a alguien. La última foto era de los cuatro juntos, los hijos a cada lado de Francisco, con LOS BRAVO DE ESPERANZA, NUEVO MÉXICO impreso en la parte de abajo.

—Puedo ver el parecido —dijo Cy, mirando de las fotos en mi mano a mi rostro.

—¿De verdad?

—Claro —dijo—. Tienes la misma intensidad en los ojos. Y cuando te enojas, haces eso con la nariz, abres las fosas nasales. —Señaló a Francisco en la foto.

Ensanché las fosas frente a ella y se rio.

—Así justamente —dijo.

Revisamos los demás objetos de la caja, que incluían volantes y programas de espectáculos, nada particularmente reciente, y algunas notas de guiones.

—No hay mucho aquí —dije con un suspiro frustrado—. Vamos, sí, pero nada que me diga mucho de Manny fuera de las luchas. —Usé mi teléfono para tomar fotos de la fotografía promocional de Manny y de aquella en la que aparecía con sus hermanos y su padre.

—¿Y esto? —preguntó Cy.

Levantó un libro de pasta blanda. Tomé el libro de sus manos. Era la biografía de la familia Bravo, publicada por la Liga de Lucha Cactus. La contraportada tenía una lista de otras biografías en la serie. El libro era pequeño, como de noventa páginas amarillentas, con una sección de fotos en blanco y negro en medio. El resumen de atrás prometía decirle al lector "¡Todo lo que alguna vez has querido saber de los Bravo de Esperanza!".

Me quedé con el libro. Guardamos todo bien acomodado en la caja y nos acercamos al escritorio de Rudy.

—¿Acabaron tan pronto? —preguntó.

—¿Es todo lo que tienen? —dije.

—No he peinado bien todas las cajas, así que quizá haya más —dijo—. Un estudiante de universidad vendrá a ayudarme a organizar la colección. ¿Hay algo en particular que estén buscando?

Consideré su pregunta por un momento. No estaba segura de lo que esperaba encontrar en las cajas. A lo mejor algo que me conectara con Manny. Quizá algo que me dijera cómo era en verdad. Tal vez algo que explicara por qué había desaparecido de mi vida.

—No realmente —dije—. ¿Hay manera de que me pueda llevar este prestado? —Levanté el libro—. ¿Solo por esta noche?

—Ah, lo siento mucho —dijo Rudy—. Como ya te había dicho, nada puede salir de aquí. Puedo escanearte algunas páginas si hay algo en específico que quieras leer. Aunque ese libro se ve bastante maltratado. Temo que quizá se rompa si lo abro, aun con nuestro escáner especial.

—Oh —dije, decepcionada—. Okay, lo pondré en su lugar.

Volví al otro cuarto y abrí la caja. Dejé el libro encima de los papeles y empecé a cerrar la tapa. Miré hacia donde Cy estaba hablando animadamente con Rudy de algo. Sin pensarlo dos veces, tomé el libro y lo metí en el bolsillo de mi sudadera, asegurándome de que no se fuera a caer, antes de volver al escritorio.

—Los Bravo de Esperanza, Nuevo México —exclamó Cy con una voz estruendosa, como si anunciara su llegada al ring.

Rudy levantó una ceja y yo volteé a ver a la Señora Leo con Sueño, que me devolvió la mirada.

—Eso decía la foto —dijo Cy—. ¿Y lo siguen siendo? ¿De Esperanza? ¿*En* Esperanza?

Le di a Cy una mirada de *qué estás haciendo* y ella me sonrió.

—Hasta donde yo sé, sí —dijo Rudy—. Han estado ahí mucho tiempo. Creo que tienen un terreno muy grande allá.

—¿Y si alguien quisiera ponerse en contacto con ellos? —pregunté—. ¿Puedes encontrar su dirección en internet?

—Dudo mucho que eso sea público —dijo Rudy.

Se fue a su computadora y tecleó algo, presionando el mouse y bajando el cursor. Intentó con unas cuantas búsquedas, luego sacudió la cabeza.

—No encuentro una dirección —dijo—. Déjame buscar otra cosa.

Tecleó una búsqueda más e imprimió los resultados.

—Esta es la dirección de correo del Club de Fans de los Bravo —ofreció. Me entregó la hoja de papel—. Si están intentando ponerse en contacto con alguno de ellos, podría ser un buen lugar dónde empezar.

Miré la impresión con la información de contacto.

—Esperanza no está tan lejos —dijo Cy—. Y no es tan grande, ¿cierto? ¿Qué tan difícil puede ser encontrarlos? ¿Se puede llegar en bicicleta?

—¿Planeas ir en bici? —se rio Rudy.

—Sí —dije, arqueando una ceja—. ¿*Estás* pensando ir en bici?

—No —dijo Cy, negando con la cabeza—. Solo pensaba en voz alta. Lo siento. Mi mamá dice que no tengo filtros.

—Probablemente no sea una buena idea aparecer en casa de un extraño sin una invitación —dijo Rudy.

Quería preguntarle cómo era posible que tu padre fuera también un extraño. No tenía sentido. Y, sin embargo, yo sabía que Rudy tenía razón. Los Bravo, incluyendo a Manny, eran extraños para mí. Y yo era una extraña para ellos.

—Nos tenemos que ir —dije—. Gracias. Ha sido una gran ayuda.

—Muy bien —dijo Rudy—. Vuelvan cuando quieran. A lo mejor ya tendremos las cajas organizadas para entonces.

Volvió al cuarto donde habíamos estado revisando la colección de los Bravo y yo jalé a Cy hacia la puerta.

—Nos tenemos que ir —dije—. Ahora.

—Pssst —nos llamó la Señora Leo con Sueño antes de que alcanzáramos la puerta—. Vengan.

Cy me miró. Yo la miré a ella. Las dos nos movimos hacia la mesa donde estaba sentada la mujer. Estaba vestida de negro otra vez. De cerca pude ver que sus ojos tenían colores diferentes. Uno era verde y el otro café, y se sentía como mirar a dos personas totalmente distintas.

El color de los ojos es una característica poligénica. Eso quiere decir que varios genes están involucrados en determinar qué color de ojos tendrá alguien. Así que no es tan simple determinar como los chícharos de Mendel, tal como nos han hecho creer. Pero tener dos colores de ojos es muy raro. Nadie lo puede predecir. Mis dos ojos parecen ser del mismo tono de café, pero quizá no lo sean. Quizá todos somos como la mujer: dos mitades que se ven iguales de lejos, pero se muestran diferentes en una inspección más de cerca.

—Por supuesto que pueden ir en bicicleta a Esperanza —dijo—. Yo lo hago todo el tiempo. Solo asegúrense de llevarse suficiente agua para tomar y que sus llantas estén bien infladas. Y...

La mujer miró hacia la puerta por la que Rudy había desaparecido, como para corroborar que no estuviera escuchando.

—¿Y qué? —preguntamos Cy y yo al mismo tiempo.

La mujer se levantó y se inclinó sobre la mesa hacia nosotras.

—Cuídense de La Llorona —dijo, abriendo mucho los ojos—. Suele caminar a un costado de la carretera, buscando un aventón, llorando, *¿Dónde están mis hijos?* Lo que sea que hagan, no se la lleven en sus manubrios. —La mujer guiñó su ojo verde.

Y así, sin más, se volvió a sentar en su silla y regresó a su libro como si nosotras no estuviéramos ahí.

★ ★ ★

A la hora de la cena me estaba quedando dormida en la mesa. Quería comer tan rápido como pudiera para irme a mi cuarto y empezar a leer el libro que había tomado prestado —está bien, *robado*— de la sociedad histórica. Un bostezo escapó de mi boca.

—Parece que alguien necesita irse a acostar temprano hoy —dijo mamá, levantándose—. ¿Largo día en la oficina?

—No durmió bien —mencionó Alex antes de que yo pudiera decir nada.

—Estoy bien —añadí.

—Pues no te vas a librar de limpiar —dijo mamá—. Pero, ¿qué te parece si te preparo un té de manzanilla para ayudarte a dormir?

—Seguro —dije. Había sido duro sentarme con mamá y Alex esa noche y no decir nada sobre lo que sabía. De pronto, todo lo que salía de sus bocas me sonaba a un invento.

Seguimos nuestra rutina en silencio. Por lo general, mamá lava, yo seco y Alex guarda. Pero ahora mamá estaba embarazada, así que en general recogíamos Alex y yo. Hoy,

Alex y yo nos dedicamos mientras mamá hervía agua para el té. Echó una bolsita de té con florecitas blancas y amarillas secas en cada taza, y sirvió el agua caliente.

—Toma —dijo, entregándome una taza—. Y nada de pantallas esta noche.

—Está bien —dije—. Buenas.

—Duerme bien —dijo Alex.

Se acomodaron en el sillón con sus tazas de té a ver un programa y yo me fui a mi habitación.

Me puse el pijama y saqué la biografía de los Bravo de mi mochila. Me sentía culpable de haberla tomado de la sociedad histórica y planeaba devolverla. Pero en ese momento solo quería leerla y saber más sobre Manny y su familia. *Mi* familia.

Abrí el clóset y aparté los ganchos para revelar la pared del fondo, donde había pegado las impresiones de la sociedad histórica. El suéter de Navidad y mi lámpara de noche me daban luz suficiente para leer. Di un sorbo al té e inhalé el dulce y delicado sabor de la manzanilla. El té de manzanilla era el remedio favorito de mi mamá para todo: dolor de estómago, insomnio, nerviosismo, tristeza. Yo sabía que no podía curar lo que yo tenía, pero se sentía como un "por si acaso" mientras me acomodaba en el piso con el libro.

A pesar de estar adormilada, leí por horas. El pequeño libro amarillento me contó la historia de Francisco Bravo, mi abuelo, nacido en México y criado en Esperanza, quien se enamoró de una mujer mexicana llamada Rosa Terrones. Tuvieron tres hijos, quienes siguieron los pasos de su padre. Una "dinastía" la llamaba el libro. Los cuatro lucharon contra gigantes y monstruos por todo el mundo, desde Esperanza hasta Seattle, desde la Ciudad de México hasta Tokio. Resurgieron del borde de la derrota, y aun si perdían, no pasaban mucho tiempo en la lona. Los traicionaron amigos y forjaron amistades con enemigos. La gente los amaba. Otros luchadores querían ser como ellos. Y a través de todo, siempre se tuvieron unos a otros.

Leí hasta la última palabra, así como devoré el libro de mitología de D'Aulaires. Me enteré de que los Bravo también eran mitológicos. Eran terremotos y montañas. Pero el libro me dejó picada con la historia. La biografía se había publicado diez años atrás, cuando yo solo tenía dos años. Había cambiado mucho desde que tenía esa edad. ¿Qué les había pasado a los Bravo en esa década? ¿Por qué no estaban por todo el internet? Ya tenía más información sobre ellos, pero aún sentía que no sabía nada.

Apagué las luces del suéter y empujé la ropa de vuelta a su lugar. Envolví el libro en una bolsa de plástico y lo acomodé con cuidado dentro de mi mochila, donde noté la impresión que Rudy me había dado. Saqué la hoja de papel. Era la información de contacto de la página del Club de Fans de los Bravo. Había una dirección de correo electrónico abajo de una dirección para un apartado postal en Esperanza.

Abrí la puerta de mi recámara en silencio y me asomé al pasillo. La puerta del cuarto de mi mamá estaba cerrada, con la luz apagada. Me fui a la cocina, donde estaba mi teléfono sobre la barra. Lo desbloqueé y empecé a redactar un nuevo correo. Escribí. Y borré.

Querido Emmanuel Bravo:

Querido Sr. Emmanuel Bravo:

Querido Sr. Manny Bravo:

Querido Manny Bravo:

Querido Sr. Manny "La Montaña" Bravo:

Querido Manny la Montaña:

Querido Sr. Emmanuel "La Montaña" Bravo:

Querido Sr. La Montaña:

Querido Sr. Bravo:

Nada sonaba bien. Volví a escribir, mis pulgares moviéndose veloces sobre las minúsculas letras.

Querido papá:

Definitivamente no.

Querido padre biológico:

Hasta yo me reí de esa introducción. Di clic en CANCELAR y eliminé el borrador. Me quedé mirando la pantalla unos cuantos minutos antes de volver a escribir:

Querido Manny:

No me conoces. Mi nombre es Adela Ramírez. Tengo doce años, vivo en Thorne y soy tu hija.

★ CAPÍTULO 9 ★

Cy y yo nos sentamos en la cafetería mientras las pláticas, las risas y el ruido a nuestro alrededor quedaba interrumpido por los altavoces encendiéndose.

Atención, Murciélagos de Thorne. El director Tuñón está ofreciendo un crédito para botana a cualquiera que ofrezca información sobre el paradero de las lombrices del laboratorio de ciencias que se reportaron robados hace poco. Si saben algo, por favor vayan con la señorita Gaudet o el director Tuñón. Gracias por su cooperación.

—Tentador —dijo Cy, subiendo y bajando las cejas—. Pero no.

—¿Ni siquiera por todo un crédito para botanas? —pregunté—. Piensa en las posibilidades.

—¿Por qué no piensas *tú* en una pregunta? —dijo, abanicándome con sus tarjetas del oráculo—. Y elige una.

—Miré las tarjetas.

—¿Estás pensando en una pregunta? —dijo.

—Estoy pensando en las lombrices. Y en el crédito para botana.

—Ándale —dijo—. Concéntrate, ¿sí? —Cy indicó las tarjetas con la barbilla.

Saqué una y se la di.

—Artemisa —dijo Cy, mirando la tarjeta—. Interesante.

Se pasó los dedos por las trenzas, pensando.

—¿Qué tiene de interesante? —pregunté.

Al otro lado de la cafetería podía ver a Brandon Rivera blandiendo un cuaderno enrollado como si fuera espada.

—Artemisa era la hija de Zeus y Leto —dijo Cy—. Se le asocia con la vida salvaje y también era la diosa de la cacería. Llevaba un arco y una flecha de plata.

—Está bien —dije, pelando mi naranja—. ¿Y?

—Artemisa quería seguir siendo doncella, una niña, para siempre —dijo Cy—. Pero no era posible.

—No te entiendo —dije—. ¿Qué significa?

—Significa que tienes que crecer —dijo con naturalidad—. Puede haber algo en tu pasado inmediato, tu presente o tu futuro que cambiará la forma como ves las cosas. Una maduración por así decirlo.

—Ay, por favor —me reí. Cy podía ser tan dramática. Mordí un gajo de naranja y un poco de jugo salpicó del otro lado de la mesa, cayendo encima de la tarjeta.

—¿Quieres oír más o no? —preguntó Cy, limpiando el jugo con su servilleta.

—Está bien —dije—. ¿Qué más? —Desprendí otro gajo de naranja y lo dejé sobre la charola de Cy. Se lo comió mientras miraba la tarjeta.

—Artemisa tenía una gemela —dijo Cy—. Tú también la tienes.

—¿Una gemela? —me reí—. Okay, sé que estás inventando cosas, pero esto ya es ridículo.

—No literalmente, por supuesto —dijo, y puso los ojos en blanco—. A menos de que haya algo más que tu mamá no te esté diciendo.

Me recorrió un escalofrío. Imaginé todas las cosas que mi mamá no me había dicho. ¿Una gemela sería algo tan loco? Y luego pensé, sí, sí lo sería. Hasta para mi mamá. Aun así, no podía evitar pensar que debería inspeccionar la foto que encontré con más detenimiento. Por si acaso.

—Es más como una gemela simbólica —dijo Cy—. Quizá como una naturaleza dual.

—¿Una gemela simbólica? ¿Una naturaleza dual? —repetí—. Creo que no entiendes por qué tanto estoy pasando en este momento.

—Por supuesto que sí —dijo Cy—. Una gemela puede ser cualquier cosa. Alguien que es como tú. Alguien con quien compartes algo. Quizá incluso otro lado de ti misma. No es algo malo. El punto con las cartas es cómo las interpretas.

Miró la tarjeta, un artículo escolar común y corriente con el nombre de Artemisa escrito y el dibujo de una chica con cornamenta sosteniendo un arco y una flecha, y la guardó de nuevo en su baraja. Todo lo que yo quería saber de la tarjeta era si Manny contestaría mi mensaje.

—¿En serio le mandaste un correo a Manny? —preguntó Cy, como si leyera mi mente.

—Sí —dije. Enrollé un trozo de cáscara de naranja entre los dedos.

—¿Y si te contesta? ¿Qué vas a hacer?

—¿Si? —dije—. ¿Quieres decir que no viste eso en tus cartas?

—Bueno, es un poco difícil de decir. Él no tiene precisamente el mejor récord, ¿cierto? —Cy me miró con compasión.

—Tiene que contestar.

Yo sabía que Cy intentaba evitar que yo me esperanzara, pero sonaba igual que mi mamá. Miré hacia las estaciones de comida a tiempo para ver a Gus tomar un plátano y una leche con chocolate.

Lo saludé con la mano cuando pasó cerca de nosotras, pero no me vio o pretendió no verme, y salió a toda prisa de la cafetería.

—¿Por qué siempre eres tan amable con él? —preguntó Cy.

—No sé —dije—. Se ve solitario. ¿Tú no te sentirías solitaria si pasaras todo el día en la escuela *sola*?

—Si se sintiera solo, ¿no crees que te devolvería el saludo o se acercaría? —dijo Cy—. No me parece solitario. Me parece un gruñón presumido.

—¿Tienes alguna idea para la producción? —pregunté, cambiando el tema. A lo mejor Cy tenía razón sobre Gus.

—Todavía no —dijo, sonriendo—. Pero pregunté a las cartas si la señorita González me elegirá como directora.

—¿Y? —dije—. ¿Qué revelaron las sabias tarjetas?

—Saqué el cíclope —dijo, cubriéndose un ojo.

—¿Qué significa eso?

—Depende —dijo Cy—. Podría implicar que solo tiene un ojo para mí. O que no me verá en lo absoluto.

Las dos nos reímos.

Cuando sonó la última campana del día, saqué mi teléfono y revisé si había alguna respuesta a mi correo. Pero no tenía ninguno nuevo. Le dije a Cy que tenía algunas cosas que hacer y me fui sola en bicicleta a la sociedad histórica para devolver el libro. Probablemente me lo habría podido quedar si nunca volvía, pero me sentía mal por habérmelo llevado. Tal vez era lo que la tarjeta de Cy sobre Artemisa quería decir con madurar. Tenía que asumir mis responsabilidades.

Cuando abrí la puerta del edificio, la Señora Leo con Sueño estaba en su mesa de siempre. Noté que tenía los mismos libros, acomodados en el mismo patrón. Me pregunté si leía alguno en verdad, o si se sentaba ahí y pretendía leer, mientras solo observaba a la gente que entraba. Levantó la vista hacia mí y se quedó mirando mientras me dirigía hacia el escritorio de Rudy, como si supiera que yo era culpable de algo.

—Ey, hola —dijo Rudy, recargándose en el respaldo de su silla. Traía puestos unos tirantes azules sobre una camisa de cuadros fajada en sus pantalones de mezclilla, y tenía su cabello blanco largo recogido en una cola de caballo.

—¿A qué debo el placer? ¿Y dónde está tu amiga hoy?

—Vine sola —dije. Se me aceleró el corazón cuando saqué el libro de mi bolsa y lo puse sobre el mostrador—. Solo quería leerlo. Lo cuidé muy bien. Incluso lo metí en esta bolsa de plástico para que no se maltratara en mi mochila.

Rudy miró el libro y luego a mí.

—¿Cuál es tu nombre, jovencita? —preguntó.

—Adela.

—Bueno, Adela —dijo Rudy—, aprecio que devuelvas el libro y lo hayas cuidado, pero eso no cambia las cosas.

—Lo sé —dije—. Lo siento. —Ya empezaba a arrepentirme de haber vuelto a la sociedad histórica. ¿Y si Rudy le hablaba a mi mamá?

—¿Cómo voy a dejarte a ti y a tu amiga cerca de las colecciones sin supervisión si son capaces de llevarse algo? —continuó.

—Cy no tiene nada que ver con esto —dije—. Yo me lo llevé.

—Mmm —dijo Rudy—. Aprecio tu honestidad. Cuando salen cosas de aquí, por lo general no vuelven.

¿Era eso lo que había pasado con Manny? ¿Simplemente se fue y nunca volvió?

—¿Prometes que nunca volverás a llevarte nada sin permiso? —preguntó Rudy—. Hay un grado de confianza que necesitamos establecer aquí, ¿entiendes? La gente confía que vamos a cuidar estas cosas. Y nosotros debemos poder confiar en el público cuando las usa.

Asentí para indicar que comprendía. Aun si acababa de conocerlo, sentía que necesitaba hacerle saber que podía contar conmigo.

—Lo prometo —dije.

—Bien —respondió Rudy—. De acuerdo, entonces, ¿qué puedo hacer por ti hoy? ¿Más información de los Bravo?

—¿Hay más? —pregunté esperanzada.

—Todavía no —dijo Rudy—. Pero te aviso si encuentro más en las cajas. Ten. —Me entregó un portapapeles y una pluma—. Te invito a registrarte para recibir nuestro boletín —dijo—. Es una buena forma de recibir actualizaciones. Asegúrate de anotar el correo electrónico de uno de tus papás.

—Okay —dije.

Miré la hoja de inscripción en el portapapeles. ¿Sería la única manera de tener información sobre los Bravo alguna vez? ¿Buscar en cajas polvosas en la sociedad histórica o investigando en internet, esperando que saliera alguna novedad? No estaba segura, pero en ese momento era todo lo que tenía, así que incluí mi nombre en la lista.

CAPÍTULO 10

—George Washington con una manta blanca sobre ruedas —dijo Marlene, dejando un plato con algunas cerezas y un bagel blanco tostado con queso Muenster derretido—. Ese lo inventé yo.

El domingo era el día en que todos estábamos en el merendero a la misma hora. Después de la agitación del desayuno, cuando ya todo estaba tranquilo otra vez, mamá y Alex se encargaban del papeleo, revisaban el inventario y hacían pedidos para la semana. Se esperaba que yo ayudara si quería recibir mi mesada, así que hoy estaba decorando.

Era el primero de octubre, lo que quería decir que ya estaba oficialmente permitido decorar para Halloween, según las reglas de Alex. No permitía nada antes del primero, ni siquiera si la Farmacia Phipps, al lado nuestro, empezaba a vender dulces y disfraces desde agosto.

—Todo pasa tan rápido estos días —dijo, dejando la caja con decoraciones que había traído de la bodega en el piso junto a mí—. ¿Qué ya no podemos disfrutar nada en su propia temporada?

Me miró esperando una respuesta. Yo saqué un gato negro hecho de cartón de la caja.

—Miau —dije, en nombre del gato.

Había pasado un par de semanas desde que enviara el correo electrónico y nadie me había contestado. Probablemente era una de esas cuentas donde los mensajes desaparecían en el vacío. Tal vez nadie se molestaba siquiera en revisarla. Después de todo, por mi investigación en línea, no parecía que ninguno de los Bravo siguiera luchando. Francisco estaba muy viejo, Speedy había muerto años atrás, Mateo estaba retirado y Manny... Manny había desaparecido.

Había habido un encuentro donde el perdedor tiene que renunciar, y luego nada. Leí algunos artículos que especulaban que Manny estaba peleando como enmascarado en México. Algunos decían que se había retirado y se había ido de Nuevo México. Uno incluso afirmaba que estaba trabajando en una primaria de Montana como maestro de educación física, bajo otro nombre. Donde estuviera, yo me sentía un poco mejor sabiendo que no era la única a la que Manny le había aplicado un acto de desaparición.

Aun así, estaba enojada. Sobre todo conmigo misma por haberme hecho ilusiones y permitirme sentir decepción porque nadie había contestado mi correo. Alex y mi mamá no habían sacado últimamente el tema de la adopción, pero sabía que me estaban esperando. Tal vez mamá había hecho lo correcto todo este tiempo al no contarme nada de Manny.

Terminé de desdoblar las patas del gato negro, luego me fui hacia el televisor de la barra, donde el Loco Rocco Pantaleo estaba golpeando la frente de George "El Matón" Thorpe con el puño limpio. Lo apagué.

—Ey, lo estaba viendo —dijo Alex con un quejido exagerado—. ¿Qué ya nadie pregunta antes de apagar *mi* televisión?

—¿Qué tal si miras *eso* mejor? —dijo mamá. Señaló el cuchillo de Alex con su pluma.

Alex encendió la radio y empezó a silbar siguiendo la canción. Picó zanahorias y mamá volvió a trabajar en su lista de compras. Ambos seguían su día como si todo fuera normal.

—Dos discos de hockey, uno seco, uno pintado de amarillo, uno Atlanta y un número cuarenta y uno —dijo Marlene sirviendo hamburguesas y bebidas a una pareja en la barra. Luego se dirigió hacia mí. Se sentó en el gabinete frente a mí y tomó un búho.

—Nada de luchas en la tele —dijo, cortando un pedazo de cinta y pegando el búho en la ventana—. Y no has tocado tu bagel. ¿Sigues bajoneada?

—No estoy bajoneada —dije. Abrí una calabaza negra y naranja de papel tipo panal, y escuché el crujido del papel de china al desdoblarse. Era un sonido placentero. Me hacía pensar en cómo me sentía al respirar hondo. Volví a cerrar y abrir la calabaza.

—¿Desde hace cuánto te conozco? —preguntó Marlene.

—Toda mi vida —dije, abriendo otra calabaza. Crujió y tronó.

—Entonces sabes que te puedo leer como puedo leer mi propia letra, ¿verdad?

—Tú nunca puedes leer tu letra —dije, poniendo los ojos en blanco—. Siempre me pides que trate de descifrar tus patas de araña en las órdenes.

—No viene al caso —dijo Marlene, agitando su mano hacia mí. Se puso una máscara de plástico de bruja, acomodando con cuidado el elástico sobre sus rizos oscuros—. ¿Entonces? ¿Qué pasa? Puedes engañarlos a ellos dos, pero no puedes engañar a estos viejos ojos. ¿Sigue siendo por el p...?

—Marlene —le advertí.

La bruja usaba un sombrero negro de punta con lunas y estrellas amarillas. Su boca roja gruñía, revelando dientes filosos y chuecos.

—¿Sigues molesta por él? —preguntó.

Podía ver los ojos oscuros de Marlene estudiándome a través de los huecos en los ojos de la máscara.

—Cuéntame de Mann... —Me detuve antes de que se me saliera el nombre, pero miré a mi mamá y a Alex para ver si alguno me había oído.

—Espera un minuto —susurró Marlene—, pensé que no... ¿Cómo...?

No podía ver su expresión tras la máscara, pero sonaba sorprendida. Y era difícil sorprender a Marlene.

—¿Supiste? —terminé por ella.

Me sentí un poco nerviosa, pero también victoriosa. Como si finalmente supiera lo que los adultos no querían que supiera.

Se oyó la campanilla de la puerta y las dos volteamos. Gus Gutiérrez se escabulló al interior. Su rostro no era visible, pero lo reconocí porque llevaba la misma sudadera café grande que traía en la escuela, la capucha sobre la cabeza, haciéndolo parecer un Jawa.

Marlene se levantó y se quitó la máscara, acomodándose el cabello.

—Sabes lo que voy a decir —dijo antes de dirigirse hacia Gus—. Y más vale, ahora que ya se descubrió el pastel.

Habla con tu mamá. Quería gritar las palabras que había oído ya tantas veces. ¿Qué todas estas personas no sabían que intentar sacarle información a mi mamá era como intentar entrar al Palacio de Buckingham sin invitación? Miré a mi mamá, a Marlene, a Alex. ¿Cómo iba a ser justo que todos supieran excepto yo?

Escuché que Gus pidió una hamburguesa con chiles rojos y verdes, y una cerveza de raíz para llevar. Sacó unos cuantos billetes de su bolso de mensajero para pagar, luego se sentó en un gabinete a esperar.

Me puse la máscara que Marlene había dejado en la mesa y me acerqué, mi valentía alimentada por el coraje que sentía hacia mamá y Alex y Marlene. Me senté frente a él y fui directo al grano.

—¿Por qué nunca me devuelves el saludo?

—¿Te conozco? —dijo Gus entre dientes, levantando la vista de su teléfono.

—Qué chistoso —dije—. Solo trato de ser amigable, ¿sabes?

—¿Qué te hace creer que quiero amigos?

—Porque todos quieren amigos —dije. Y luego, como si dudara de mí misma, añadí—: ¿No?

Gus se me quedó viendo desde las sombras de su capucha.

—¿Cuál es tu problema? —dije.

—La gente metiche es mi problema —contestó, cruzando los brazos.

—¿Me estás diciendo metiche? No soy metiche.

Me levanté para irme, avergonzada y deseando nunca haberme acercado.

—¿Quién es el fanático de las luchas? —preguntó Gus. Señaló hacia el altar de André el Gigante.

—Eh, ese sería mi padrastro —dije—. ¿Tú también ves las luchas?

—Seguro. —Asintió con la cabeza—. He ido algunas veces a las luchas de la Liga Cactus. ¿Qué más se puede hacer en este pueblo aburrido?

—Thorne no es aburrido —dije a la defensiva—. ¿De qué emocionante lugar te mudaste entonces?

—De Las Cruces —dijo—. Es mucho mejor.

—Seguro —dije, haciendo una mueca atrás de la máscara.

Gus jaló los cordones de su capucha tanto que solo se le veía la mitad inferior del rostro.

—Supongo que no te gusta aquí, ¿cierto?

—No —dijo—. La gente es rara.

Me quedé mirándolo, muda. ¿Qué tenía *yo* de rara? Estaba a punto de decirle que ya había tenido suficiente de sus insultos y no iba a molestarlo más cuando Marlene se acercó con una bolsa de comida.

—Aquí tienes, muchacho —dijo—. Una vaca muerta sobre Navidad y un número cincuenta y cinco. —Dejó la bolsa encima de la mesa y giró sobre sus talones.

—Okey, está bien —dije—. Tal vez somos un poco raros.

—Raros *y* mórbidos —dijo Gus, recogiendo su bolsa de comida—. Linda máscara, por cierto. Asumiendo que es una máscara.

Toqué el rostro de plástico de la bruja que cubría el mío. Casi se me olvida que la traía puesta. Me la quité; el elástico se enredó en mi cabello. Pero antes de que pudiera pensar en una buena respuesta, Gus ya se había ido.

Volví a mi gabinete y empecé a limpiar una linterna de calabaza de cerámica, pensando en todas las cosas que podía haber dicho. Marlene salió de la cocina, seguida de mi mamá, que estaba subiendo el cierre de su chamarra. Mamá se detuvo a murmurarle algo a Alex antes de dirigirse a mi gabinete.

—Vamos a caminar —dijo, descansando una mano en mi hombro.

—No he terminado. —Indiqué todas las decoraciones esparcidas a mi alrededor—. Ni tantito.

—Déjalo —dijo—. Puedes terminar luego.

Dejé la linterna de calabaza y la seguí afuera. Pasamos la Farmacia Phipps, donde un niñito montaba el caballo mecánico mientras sus padres lo veían como si fuera la cosa más divertida del mundo. Mamá les sonrió y yo me sentí aliviada. Si estaba sonriendo, entonces el motivo de la caminata no podía ser malo.

—¿Adónde vamos? —pregunté.

Mamá no dijo nada. Después de un minuto, supe que estábamos caminando hacia el parque.

Había pasado toda mi vida en Thorne, o por lo menos toda la vida que podía recordar. Podía recorrerlo con los ojos cerrados. Era un pueblo chico, y al igual que la escuela, donde rara vez aparecían nuevos niños, muchos de los negocios en Thorne llevaban mucho tiempo ahí.

Pasamos el Salón de Belleza Venus, donde había cabezas de alienígenas verdes de unicel con peinados elegantes. Sus ojos negros con forma de almendra nos miraban desde la vitrina. El negocio de junto no tenía nombre, pero la palma de una mano delineada en luces amarillas de alógeno indicaba el lugar donde María leía la mano. Las líneas de la cabeza, el corazón y la vida estaban encendidas incluso en el día. Una vez que cruzamos al final de la calle, pasamos al chico nuevo del pueblo: la cafetería que Alex llamaba "Café Corporativo" porque era una cadena nacional. El aire olía a granos de café quemados.

—¿Cómo te enteraste? —preguntó mamá. Dejó de caminar y se giró hacia mí.

—¿Enterarme de qué? —contesté, mi estómago enredándose como un pretzel.

Los perros ladraban y aullaban en el interior del Spa Cachorros. Había un enorme ventanal donde podías ver desde la banqueta cómo los bañaban y los secaban con secadora. Siempre imaginé que se la pasaban diciendo groserías por la indignidad de ser tratados como entretenimiento.

—Sé que sabes, Addie —dijo mamá—. De tu padre.

—Ah. —Me quedé viendo su vientre para evitar verla a la cara.

—¿Cómo? —preguntó de nuevo.

Si hubiera tenido a Cy conmigo, ella hubiera podido pensar rápido y se le habría ocurrido cualquier otra cosa que no fuera la verdad.

—Encontré la foto —admití—. En la caja de zapatos, en el baúl de tu recámara.

Yo sabía que no necesitaba aclarar qué foto. Era *la* foto.

—Estabas husmeando —dijo mamá. Todavía no sonaba enojada y ahora yo estaba preocupada.

—Supongo —dije—. ¿Sí?

—¿Cómo te sentirías si yo te hiciera eso? —preguntó mamá—. ¿Si invadiera tu privacidad? ¿Si revisara tu cuarto?

—Yo no estoy escondiendo nada —dije, pensando en la pared de mi clóset—. Además, es mi padre. ¿Por qué no puedo saber de él?

—¿Así que decidiste que andarte escondiendo y buscar entre mis cosas estaba bien?

—Actúas como si no existiera —dije. Deseaba tener todavía la máscara de bruja para poderme esconder de la mirada furiosa de mi mamá.

—Addie, yo te iba a contar de él —dijo mamá con un suspiro.

—¿Cuándo? —pregunté—. ¿Después de que le pidieras que me diera en adopción?

—¿Que te diera en adopción? —repitió mamá, una expresión de confusión en su rostro.

Los aullidos de los perros alcanzaron un crescendo. Mamá fulminó a los pobres cachorros en la vitrina antes de jalarme para alejarnos.

—¿Siquiera sabe? —pregunté—. ¿De la adopción?

—Por supuesto —dijo mamá.

—¿*Lo sabe*? —grité. No podía creer lo que estaba escuchando—. ¿Quieres decir que todo este tiempo sabías cómo contactarlo? ¿Has estado hablando con él? ¿Y nunca me dijiste?

—Hay mucho que es difícil de explicar —dijo—. Necesito averiguar cómo hablarte de él. Hay cosas que no eres lo suficientemente grande para entender.

—¿Y tú cómo sabes? —repliqué—. O sea, no soy lo suficientemente grande para que me hables de él, pero sí soy lo suficientemente grande para tomar la decisión de que ya no sea mi padre.

—Cuando lo dices así, no tiene mucho sentido, ¿verdad?

—No —dije, levantando las manos en frustración—. No lo tiene.

—Solo intento hacer lo mejor para ti —dijo mamá.

Pero yo no lo sentía así. Y de pronto supe qué había esperado cuando envié el correo. Esperaba que Manny o alguien de la familia se pusiera en contacto conmigo, que quisieran conocerme. Y no lo habían hecho. Pero eso no cambiaba cómo me sentía.

—Quiero conocerlo —murmuré. Y entonces, como si a mi voz le salieran alas y emprendiera el vuelo, lo dije de nuevo, más alto—. Quiero conocerlo.

Mamá dejó de caminar.

—No es una buena idea —dijo.

—¿Por qué? —pregunté.

—Porque viaja mucho —dijo—. No tiene casa.

—Le envié un correo.

—Que, *¿qué?* —gritó mamá.

—No a él exactamente —dije, haciendo una mueca de dolor—. Mandé un correo a su club de fans. No te preocupes, nadie me contestó.

—Ay, Dios —dijo mamá—. Por supuesto que lo ibas a buscar en internet.

—¿Y qué hay de Esperanza? —pregunté.

—¿Qué con Esperanza? —dijo mamá.

—Sigue siendo su casa, ¿no? ¿De los Bravo?

—Los Bravo —repitió mamá—. Necesito sentarme.

Habíamos llegado al parque y se sentó en una banca bajo la sombra de un pino ponderosa.

—No esperaba tener esta conversación así.

—¿Por qué te fuiste de Esperanza? —Ahora que todo había salido a la luz, pensé que sería mejor preguntar.

—Porque tuve que hacerlo —dijo mamá. Se veía cansada. Bajó el cierre de su chamarra y se frotó el abdomen, acomodándose su playera de *¡La paleontología rockea!*

—Tuviste que hacerlo... —Mis ojos se abrieron ante las posibilidades de lo que eso significaba—. ¿Tenías problemas con la policía?

—No —dijo mi mamá, poniendo los ojos en blanco—. No era nada de eso.

—Entonces, ¿por qué?

—Lo que pasa —empezó mamá— es que el pueblo se llama Esperanza, pero para mí no había. Sentía que no iba

107

a ningún lado si me quedaba ahí. Tenía planes para mi propia vida. Y luego llegaste tú, y tuve que hacer planes para las dos. Créeme, que crecieras sin tu padre definitivamente no era parte de esos planes.

—Pero lo hice —dije—. Y ahora quiero conocerlo.

—No sé, Addie. —Mamá negó con la cabeza.

—Has estado en contacto con él —dije—. Tú misma lo dijiste. Le contaste de la adopción. ¿Qué dijo? ¿Él no me quiere conocer?

Mamá subió la mirada como si estuviera rezando porque apareciera una respuesta en el cielo de la tarde.

—No podemos retomar todo como si los últimos doce años no hubieran sucedido —dijo mamá—. Así no funciona.

—¿Por qué no? —pregunté.

Pasé los dedos por la corteza del pino y olí su aroma acaramelado. Sabía que el árbol debía tener por lo menos cien años porque es entonces cuando su corteza se cae, como si estuviera cambiando de piel. Adopta una apariencia distinta y empieza a oler a galletas. Es como si el árbol comenzara una nueva fase en su vida. Tal vez yo también podría hacerlo, pensé, mientras esperaba que mi mamá respondiera. Quizá yo podía desprenderme del yo que nunca había conocido a su padre. Dejaría un aroma a canela tras de mí y la gente olería el aire y diría: *¿Hueles eso? Huele como si alguien empezara una nueva etapa en su vida.*

Rodeé el tronco con los brazos y pegué la oreja a la corteza, esperando escuchar algo, así como mi madre había mirado al cielo en busca de su respuesta. Cuando al fin me alejé, lo supe.

—No me importa cómo funcionan las cosas en tu mundo de adultos. No voy a decidir nada sobre la adopción hasta que conozca a Manny.

Crucé los brazos y me quedé parada firme, como el pino, haciéndole saber a mi mamá que mi decisión era definitiva.

★ CAPÍTULO 11 ★

Los siguientes días estuvieron llenos de conversaciones telefónicas en murmullo entre mamá y quien estuviera del otro lado de la línea, y entre mamá y Alex tras la puerta cerrada de su habitación. Finalmente, habló *conmigo*.

—Tu padre, Manny —dijo, como si no supiera de quién estaba hablando— te invitó a Esperanza el sábado. ¿Tienes ganas de ir?

—¿En serio? —Casi se me sale el alma del cuerpo, dejando la piel como el pino ponderosa—. ¿Voy a Esperanza? *¿Este* sábado? ¿Tú también vienes?

—Prefiero no ir —dijo mamá—. Y está bien si no quieres ir.

—Quiero ir —dije rápidamente antes de que ella cambiara de opinión—. Puedo ir yo sola.

Por la expresión en el rostro de mi mamá, ella esperaba que mi respuesta fuera diferente.

—Tus abuelos estarán ahí —dijo—. No solo serán Manny y tú. Será...

—¿Qué? —dije, ansiosa de saber más—. ¿Será *qué*?

—Interesante, por lo menos —concluyó. Parecía que quisiera decir algo más. Yo contuve el aliento—. Manny te va a recoger el sábado en la mañana.

★ ★ ★

Mientras esperaba a Manny afuera del merendero, no solo sabía cosas que había leído en internet y en su vieja biografía —cosas básicas, como su altura (seis pies, cuatro pulgadas), su color de ojos (ambos cafés) y su apodo (La Montaña)—, sino algo que la gente que no formaba parte de su vida probablemente no sabía: que no era puntual. Se suponía que me iba a recoger a las diez de la mañana. Las diez llegaron y se fueron, y yo seguía esperando.

Escaneé el estacionamiento del merendero sin saber qué clase de vehículo estaba buscando. Mamá había insistido en hacerme compañía, pero no quería que la primera vez que conociera a mi padre tuviera algo que ver con mi mamá de malas. Les dije a ella y a Alex que quería esperar yo sola. Pero ahora deseaba por lo menos haber accedido al ofrecimiento de Cy del viernes en la tarde.

—Puedo estar ahí contigo en lo que llega —había dicho, sacando su oráculo de su mochila.

—Gracias, pero creo que prefiero esperar sola.

—¿Estás segura? Y si... —Bajó rápidamente la mirada a sus tarjetas, sin terminar su idea, pero yo sabía lo que estaba pensando porque yo también lo había pensado.

—Vendrá —tuve que decirle, intentando convencerme a mí misma.

Cy se había levantado para limpiarse la parte de atrás de sus pantalones de mezclilla morados.

—Escoge una carta —dijo, extendiendo su baraja. Saqué una y se la di.

—¿Perséfone? —dije cuando ambas miramos la tarjeta—. ¿En serio?

—Hija de Deméter, esposa de Hades —confirmó Cy.

—Secuestrada —contesté—. Esposa *a la fuerza*.

—Cierto. Pero viaja entre ambos mundos. Eso es lo importante aquí.

—Y es miserable en uno de esos mundos —dije—. Eso suena a un mal presagio.

—¿Te has dado cuenta de que todos en la mitología griega en serio están bien mal? —preguntó Cy—. Hay un montón de tipos terribles. Pero recuerda que algo bueno de la historia de Perséfone es que, aun cuando hubo invierno en la Tierra mientras ella estaba en el inframundo, Deméter les dio a los humanos el don de la agricultura. Sacaron algo bueno de una mala situación.

—Eh, okey —dije, sacudiendo la cabeza—. No me hace sentir mejor.

—Lo sé, lo siento —dijo Cy, guardando sus tarjetas—. Espero que te vaya bien con Manny mañana.

—Yo también.

Lo último que Cy me dijo fue:

—Hagas lo que hagas, no comas granadas. Quiero que regreses.

Pero mientras sacaba mi teléfono del bolsillo, pensaba que no tendría nada de qué preocuparse. Manny llevaba veinticuatro minutos de retraso y contando. *Yo* estaba preocupada. Me puse la capucha de mi sudadera y apreté la correa.

Mamá había añadido el contacto de Manny a mi teléfono. Me quedé mirando un minuto su nombre en la pantalla. Todos estos años no existía para mí y de pronto era un nombre en mi lista de contactos. Respiré hondo y marqué su número. Sonó una vez, dos, tres. Colgué cuando sonó por cuarta vez. Nadie responde después del quinto timbrazo. Cuando miré mi pantalla, había un mensaje de mamá.

¿Ya de camino? ¿Todo bien?

Sabía que no podía llamarle. Si le hablaba y le decía que Manny venía tarde, dejaría lo que estuviera haciendo y vendría a recogerme. Mi oportunidad de ir a Esperanza y conocerlo se desvanecería. Pero si no contestaba, se iba a preocupar.

Sí, escribí y le di enviar.

Solo quedaba una cosa por hacer. Busqué entre los contactos de mi teléfono hasta que encontré el número que necesitaba. Respiré hondo y marqué.

Para cuando Alex llegó, Manny ya llevaba casi una hora de retraso. Alex salió de su camioneta y se acercó hasta donde estaba sentada en la banqueta.

—Lamento que pasara esto, Adelita —dijo—. Seguro que tu mamá resuelve cualquier malentendido que haya habido y podrás ir en otra ocasión.

—De ninguna manera —dije, sorprendiéndome a mí misma de la firmeza de mi voz—. Si se entera que Manny no vino, no me va a dejar ir. Nunca.

—¿Y entonces qué quieres que haga yo exactamente? —preguntó Alex.

Bajé la vista a sus tenis.

—¿No me puedes llevar?

—¿Sin decirle a tu mamá? —Arqueó una ceja—. No. Además, está lejos y tengo que abrir el merendero en la tarde. ¿Cómo se lo explico?

Alex se quedó mirando hacia el estacionamiento y sacudió lentamente la cabeza.

—Por favor —dije.

Pasó un minuto antes de que sacara su teléfono. Sabía que estaba llamando a mamá. Sostuvo el teléfono contra su oreja y caminó hacia donde estaba su camioneta.

Dio pasos, dándole vueltas al vehículo. Se frotó la frente con los dedos, apretando los ojos como si le doliera la cabeza. Mis entrañas daban vueltas. Deseaba poder leer labios. Entre más duraba la conversación, más preocupada estaba. No quería tener que hablar con mi mamá y escucharla decir *Te lo dije*.

Fue un alivio cuando Alex desprendió al fin el teléfono de su oreja y miró la pantalla oscura. Me hizo señas para que fuera hacia la camioneta.

—Sele, pues —dijo, subiéndose en el asiento del conductor—. Vámonos a Esperanza.

—¿De verdad? —pregunté—. ¿Se enojó?

Alex no contestó. Abrió su aplicación de GPS y salió del estacionamiento. Por supuesto que mi mamá se había enojado.

—Sé que no es fácil entender la postura de tu mamá —dijo Alex—, pero debes saber que, sin importar nada, tú eres su prioridad. Y aun cuando no le encanta que vayas a Esperanza, sí quiere que te vaya bien. Lo que no quiere es que te lastimen.

—¿Qué cree que va a salir mal? —pregunté, mirando la pantalla de su teléfono, donde éramos nada más que un punto navegando sobre una línea verde.

Tenía un padre que ni siquiera se molestaba en aparecer para conocerme por primera vez. Tenía una mamá que actuaba como si mi padre no existiera. Intenté imaginar qué más podría salir mal.

—Nada —dijo Alex después de unos segundos—. Solo no quiere que... que te decepciones.

—Bueno —dije, pensando—. Si las cosas no salen bien, no lo tengo que volver a ver, ¿no? Y todo puede seguir como siempre. ¿Cierto?

Miré a Alex, esperando que lo afirmara.

—No importa cómo sea esta visita, las cosas nunca volverán a ser las mismas —dijo Alex—. Una vez que sabes algo, no puedes no saberlo.

—¿Eso qué quiere decir?

—Significa bienvenida a la vida, chica —dijo Alex, y me dio una sonrisa triste. La forma como dijo *bienvenida a la vida* me hizo pensar que quizá él había tenido su dosis de momentos de bienvenido a la vida.

Cuando pasamos la Sociedad Histórica de Dos Pueblos antes de incorporarnos a la autopista, golpeé mi ventana, un pequeño saludo a Rudy y a la Señora Leo con Sueño. Y luego nos despedimos de Thorne y tomamos la Ruta 13, el camino que lleva a Esperanza, solo con el sonido bajito de la estación de música country favorita de Alex.

El paisaje familiar nos pasó de largo: cactus y plantas rodadoras, y montañas que llegaban hasta el cielo más azul de octubre. Por aquí siempre había montañas y cielo. Un fondo constante. Pero yo sabía que la siguiente vez que recorriera este camino algo importante habría sucedido. Era extraño cómo la vida de una persona podía cambiar tanto mientras el mundo seguía siendo el mismo y ya. Siempre montañas y cielo, sin importar nada.

¿Y si todo esto era un gran error? ¿Sería tan terrible si nunca conocía a Manny? Por un momento pensé en decirle a Alex que diera vuelta. Pero aparté ese sentimiento y miré por la ventana. Tal vez alcanzaría a ver a La Llorona pidiendo aventón.

Me quedé dormida y desperté cuando Alex salió de la Ruta 13. Un letrero de bienvenida a Esperanza decía "¡La Esperanza de Nuevo México!".

—¿Buen sueñito? —preguntó Alex, deteniéndose en una señal de alto.

—Una pestañita regular —dije y bostecé.

Pasamos una manada de vacas pastando del otro lado de la cerca, a un costado del camino. Mascaban despacio, y una levantó la cabeza cuando pasamos. Dos mujeres estaban sentadas afuera de una estación de gasolina llamada Platillo Volador. Tenían una enorme hielera azul y blanca entre ellas, con un letrero hecho a mano anunciando dos tamales por cinco dólares. Mi estómago gruñó y me di cuenta de que había estado demasiado nerviosa para desayunar.

Alex siguió las instrucciones que daba la señorita del mapa en su teléfono, quien le decía con su acento de habla inglesa dónde dar vuelta. Pasamos por la escuela primaria, la secundaria y la Preparatoria Esperanza, el lugar donde mamá había ido a sus reuniones del club de ciencias y donde Manny había luchado. Los edificios estaban juntos como los Tres Osos. La biblioteca pública era una casita azul en la que alguien había vivido alguna vez; una bandera ondeaba con el viento cerca de la entrada. Atravesamos el centro de Esperanza, donde unas cuantas tiendas, restaurantes y una oficina de correos circundaban la plaza abierta.

Esperanza no se veía tan distinto de Thorne. Ambos eran pueblos pequeños y tranquilos. Pero yo pensé cómo mi mamá había dicho que no tenía a dónde ir, y eso hizo que el lugar se viera más chico de alguna manera.

Alex salió de la calle pavimentada hacia un camino de terracería. Siguió la ruta hasta que la señorita del mapa anunció:

—Has. Llegado. A. Tu. Destino. —Como si cada palabra fuera una declaración en sí misma.

Alex detuvo la camioneta cerca de una puerta de madera, enmarcada por un letrero alto que tenía Los Bravo impreso en letras de un verde brillante. Montones de plantas rodadoras parecían montar guardia a cada lado de la entrada.

—Este debe ser el lugar, ¿eh? —dijo Alex, mirándome y luego más allá de la ventana del copiloto. Abrió su puerta—. Espera aquí.

—¿Por qué? —pregunté, mis dedos en la manija de la puerta, lista para salir también.

—Solo espera —dijo—. Por favor. —Me dio una mirada que decía que era en serio antes de bajarse de la camioneta. Alex abrió la reja y la atravesó sin ningún desafío de parte de los centinelas rodadores. Más allá de la entrada alcanzaba a ver un camino que llevaba a una casa inmensa del color del lodo. Alex tocó el timbre y esperó a que alguien abriera. Imaginé lo que estaría diciéndole a quien estuviera en la puerta. *Tengo a tu hija en mi camioneta. Soy el padrastro de tu hija. Se te olvidó recoger a tu hija.* Un par de minutos después recorría el camino de vuelta hacia mí. Una mujer y un perro venían detrás.

Alex tocó en la ventana del copiloto y me indicó que me bajara. Abrí la puerta, salté de la camioneta y metí los puños apretados en el bolsillo frontal de mi sudadera. Seguí a Alex hasta donde esperaban la mujer y el perro en la reja. Cuando nos acercamos, Alex me empujó al frente.

—Adela —dijo—, ella es Rosie. Tu abuela.

CAPÍTULO 12

Alex se había ido, de vuelta a mi otra vida en Thorne, y ahora estaba sola, parada con Rosie, mi abuela, y el perro, un cachorro blanco que tenía un enorme lunar café que cubría su cadera. El perro no dejaba de darme vueltas, meneando la cola.

—Mira nomás —dijo Rosie, imitando al perro con su cabeza. Se veía feliz de verme.

Rosie me recordaba a los juguetes de luchadores de Alex, pequeña y musculosa. Se veía como una abuela con la que no quisieras pelearte. Tenía un rostro ancho, bronceado, que había pasado mucho tiempo bajo el sol, y cabello canoso y ondulado hasta la barbilla. Llevaba una blusa floreada, pantalones cortos rojos y zapatos de jardinería naranjas, a prueba de agua. Un toque de labial rosa iluminaba su cara.

—No te preocupes, no muerde —dijo Rosie. Su voz era tranquila y gentil—. Hijo sabe quién es familia con una mirada. O con una *olida*.

—¿Se llama Hijo?

—El nombre de su papá era El Santo, como el luchador —explicó Rosie—. Así que este es Hijo.

—Conozco a El Santo —dije.

—Todos —dijo Rosie, indicando que me acercara—. Pero, ven aquí.

Caminé hasta ella y, cuando estaba cerca, me jaló para abrazarme. Se sentía como si lo hubiera estado guardando para mí. Cuando me soltó no sabía qué hacer, así que acaricié la cabeza de Hijo nerviosa y me quedé viendo sus zapatos naranjas, que la hacían parecer como si tuviera pies de pato.

—Tuvimos una pequeña confusión con la agenda, ¿no? —dijo—. Manny pensó que te iba a recoger hoy en la noche para cenar.

—¿No está aquí? —pregunté, mirando por encima de la mujer hacia la puerta de la casa, como si Manny de pronto fuera a aparecer gritando *¡Sorpresa!*

No estaba segura de qué había esperado encontrar a mi llegada. ¿Un desfile? ¿Globos? ¿Un letrero de bienvenida? ¿Un padre feliz de verme? Por lo menos esperaba que Manny estuviera ahí.

—Está trabajando —dijo Rosie—. Pero no te preocupes. Llegará más tarde. Todos. Y están muy emocionados de verte otra vez.

—¿Otra vez?

—Pues sí —dijo—. Ha pasado mucho tiempo. No te preocupes. Ándale, vamos adentro.

Sentí que mis pies estaban pegados al suelo. Antes de que pudiera obligar a mis piernas a moverse hacia la casa, la puerta principal se abrió y salieron dos niñas prácticamente tropezándose, deteniéndose junto a Rosie.

—Ay. Por. Dios —dijo una de las niñas.

—No uses el nombre de Dios en vano —dijo la otra, empujándola.

—Está bien —dijo la primera niña—. Ay. Por. Diez.

Las dos niñas se rieron. Yo no pude evitar sonreír.

Eran gemelas idénticas y se veían un poco mayores que yo, quizá de trece o catorce años. Eran pequeñas y huesudas. Ambas traían leggins negros, botas negras de luchadoras hasta la pantorrilla, chamarras de satín dorado bordadas con pequeños cráneos y estrellas negros. Su largo cabello oscuro y enredado tenía mechones dorados. Llevaban lápiz labial negro y sus ojos estaban delineados con dorado y sombra de ojos azul. Eran como un par de Medusas adolescentes, las niñas más aterradoramente bonitas que había visto en mi vida.

—Niñas —dijo Rosie, pasando un brazo alrededor de mis hombros—. Esta es su prima Adela.

Los rostros idénticos me miraron. Yo pensé en la tarjeta de Artemisa de Cy. A lo mejor eran las gemelas de las que estaba hablando.

—Adela —dijo Rosie—. Ella es Eva y ella es Maggie.

—Rosie señaló a cada niña. Las estudié, intentando encontrar algo que me ayudara a distinguirlas.

—Hola —dije nerviosa.

—Te ves igualita al tío Manny —dijo una de las gemelas—. ¿Verdad? —Las dos niñas me circundaron como si inspeccionaran una pieza de arte en un museo.

—¿Vas a decirle *papá* a Manny? —preguntó una gemela.

—¿Lo has visto alguna vez? —dijo la otra.

Negué con la cabeza. Y luego negué otra vez.

—Ya basta, ustedes dos —dijo Rosie, apartando a las niñas—. ¿Tienes hambre? —me preguntó.

—Un poco —respondí. Mi estómago gruñó como si me contradijera con un *mucha*.

Las gemelas e Hijo nos siguieron al interior, a la cocina, donde un hombre mayor, de pie junto al fregadero, miraba por la ventana. La llave estaba abierta y el agua del vaso que tenía en la mano se estaba derramando. Las gemelas se sentaron ante una inmensa mesa de madera en el centro de la cocina. Yo me quedé en la puerta mientras Rose corría hacia el hombre.

—Ay, Pancho. —Suspiró y cerró la llave. Le quitó el vaso y tiró un poco del agua. El hombre no pareció notar que estábamos ahí—. Pancho, mira quién está aquí.

—Hola, abuelo —le dijeron las gemelas.

—Ustedes no —dijo Rosie, manoteando.

El hombre miró a Rosie, a las gemelas y luego a mí. Tenía el torso ancho, cabello canoso como el de Rosie y un bigote blanco. Era alto, pero no tanto como parecía en las fotos que había visto. Yo me había imaginado a Francisco Bravo como un titán, y me sorprendió ver que tenía más o menos mi estatura.

—Pancho —repitió Rosie—. Tu nieta Adela. La hija de Manny está aquí.

—¿Eh? —dijo el hombre confundido—. ¿Manny?

—Tu hijo —murmuró Rosie.

Levantó las cejas y la miró en señal de haber entendido.

—¿Manny tiene una hija? —preguntó, tomando el vaso que le extendía Rosie.

—Sabes que sí —dijo Rosie segura—. Adela, este es tu abuelo Pancho.

Yo no estaba segura de cómo debía saludar al hombre que parecía vivir en su propio mundo, donde ni Manny ni yo existíamos. Lo saludé con la mano. Para mi sorpresa, él hizo lo mismo.

—Ya vuelvo —dijo Rosie, guiando a mi abuelo del brazo afuera de la cocina.

—El abuelo está enfermo —explicó una de las gemelas. Noté que tenía brackets. Abrió la silla que estaba a su lado y me senté.

—¿Enfermo de qué? —pregunté.

—Se le olvidan las cosas —dijo—. Y le duele mucho la cabeza a veces.

Igual que Zeus, pensé.

—No lo tomes personal si no se acuerda de ti —dijo la otra gemela—. A nosotras nos ve todo el tiempo y a veces se le olvida quiénes somos.

—Nuestra mamá dice que es por tantos años de luchar —añadió la gemela con los brackets.

Hablaban en turnos. Una, luego la otra. Igual que las gemelas en los libros, como hermanas, como un equipo de relevos, como personas que se sabían la misma historia.

—Ay —dije, insegura de cómo responder—. Qué mal.

—Sí —dijeron al unísono las gemelas.

Nada en internet me había dicho que mi abuelo ya no podía recordar cosas. Me pregunté que tanto mi mamá... ¡Mi mamá! Todavía no le había mandado un mensaje.

Saqué mi teléfono del bolsillo y escribí: todo bien. Casi lo envío sin puntuación, pero añadí signos de exclamación porque a mi mamá le molesta cuando envío mensajes sin puntuación. ¡Todo bien! La exclamación indicaría emoción y entusiasmo, y no la sensación que tenía de que esto era un error. Envié el mensaje.

—Muy bien, ¿qué te voy a preparar? —preguntó Rosie, volviendo de donde sea que hubiera dejado a Pancho, como si nunca hubiera estado en la cocina—. ¿Qué te gusta comer, Adela?

—Cualquier cosa está bien —dije.

—¡Waffles! —gritaron Maggie y Eva.

—Qué waffles ni qué waffles —dijo Rosie—. Es hora de la comida.

—Por favor, abuelita —rogó una de las gemelas—. Nunca comemos waffles. Apuesto a que a Adela le gustan los waffles, ¿verdad?

Rosie y las gemelas se me quedaron viendo. Yo sentía que estaba viendo un espejo de tres partes, reconociéndome por primera vez. Las gemelas me miraron fríamente, comunicando que la respuesta correcta a la pregunta de los waffles era que sí. Asentí.

—Bueno —dijo Rosie—, waffles para comer pues.

Imaginé a Marlene gritando una orden de cuadrículas en el merendero.

Las gemelas hicieron un pequeño baile en sus asientos. Una de ellas se levantó y fue al refrigerador. Sacó un galón de leche con chocolate y lo meneó.

—Qué diablos, Maggie, te tomaste intencionalmente lo que quedaba de la leche con chocolate. —La gemela de los brackets, Eva, golpeó a su hermana en la cabeza con el contenedor vacío.

—Au —chilló Maggie, sobándose la cabeza—. ¿Viste eso? Me pegó.

—No digas *diablos*, Eva —dijo Rosie desde la barra, donde sacaba una wafflera y mezclaba ingredientes.

—Tú dices *diablos* todo el tiempo —contestaron las gemelas.

—Y *diablos* no es una grosería de todas maneras —dijo Eva.

—Cierto —añadió Maggie, sirviendo leche de su vaso al de su hermana—. Maldita sea es grosería. Y "por diez, maldita sea" es todavía peor.

—Magdalena —dijo Rosie en un tono de advertencia.

—Dije *diez* —contestó Maggie. Las niñas se sonrieron.

Cuando Rosie dejó un plato de waffles en la mesa, las gemelas lo atacaron con sus tenedores. Hijo corrió y se colocó entre las hermanas.

—El burro primero, ¿eh? —dijo Rosie, frunciendo el ceño a Eva y Maggie, que la ignoraron—. Las invitadas primero, niñas.

—Ella no es invitada —dijo Eva—. Es familia.

—Más vale que le entres —dijo Rosie—. Estas dos no te van a dejar ni las migajas si te descuidas.

Puse un waffle en mi plato. Escuchar a Eva decirme familia me hizo sentir como si mis entrañas fueran la mantequilla derritiéndose encima del waffle caliente.

—Deja de darle comida de humano, Eva —gritó Maggie—. Cada vez que lo haces se tira pedos.

—Tiene hambre —dijo Eva—. Mira su carita triste. —Le dio a Hijo otro pedazo de waffle, el cual arrancó de sus dedos.

—Entonces va a dormir en tu cama —dijo Maggie.

—¿Ustedes viven aquí? —pregunté, mirando primero a una niña y luego a la otra.

—No —dijo Maggie—. Pero pasamos los fines de semana aquí.

Yo quería preguntar por sus padres, qué tío era su papá, pero no estaba segura de cómo hacerlo.

—Diablos —dijo Rosie—. ¿Sabes de qué me acabo de dar cuenta?

Yo negué con la cabeza en caso de que me estuviera hablando a mí. Por un momento, me preocupó que Rosie fuera a decir que Manny no volvería hoy. Que no vendría y que yo había hecho el viaje a Esperanza para nada. ¿Podría solo volver a casa, de vuelta a mi vieja vida, como si nunca hubiera conocido a mis primas locas y a mi abuelo enfermo y a mi abuela? Algo en mi interior me dijo que Alex tenía razón.

—Me acabo de dar cuenta de que no sé qué sabes —dijo Rosie—. De nosotros.

—No te preocupes, abuelita —dijo Eva, sacándose algo de los brackets—. Le dibujaré un árbol genealógico.

—Cuando terminen, niñas, muéstrenle la casa a su prima —dijo Rosie—. Llévenla a ver a Mateo. Yo te enseño mi taller más tarde, ¿sí? Esta también es tu casa, que no te dé pena.

Yo me sentía terriblemente apenada. Quería preguntarle a Rosie qué sabían *ellos* de mí. Cómo podían darme la bienvenida tan fácilmente, como si me conocieran de siempre. ¿Tenían preguntas? ¿Había algo que quisieran saber de mí?

Las gemelas arrastraron sus sillas lejos de la mesa. Maggie tomó el último waffle. Me miró y luego al waffle que tenía entre los dedos.

—Cómetelo —dije—. Yo estoy llena.

—Venos en el círculo cuadrado cuando acabes —dijo Maggie—. Sabes qué es eso, ¿verdad?

Yo había llevado geometría en la clase de matemáticas, pero nunca había escuchado de un círculo cuadrado. Claramente me estaba perdiendo de algo. Pero Eva y Maggie se me quedaron viendo expectantes. ¿Era una prueba? Este no era el momento de demostrar mi ignorancia.

—Por supuesto —dije confiada—. Ahí las veo. En el círculo cuadrado.

Maggie metió el waffle en su boca, me mostró los pulgares y siguió a su hermana.

—El círculo cuadrado es el ring —dijo Rosie cuando se fueron las gemelas, como si eso aclarara todo—. En el jardín.

—De acuerdo —dije—. Gracias por el desayuno. Quiero decir comida. ¿Almuerzo?

Rosie tiró las migajas de waffle a la basura.

—Lourdes te enseñó modales —dijo—. Siempre fue una niña muy dulce.

Era raro escuchar a Rosie hablar de mi mamá como una niña, una mamá que yo no conocía.

—Hazme un favorcito —dijo Rosie—. Dile al abuelo que su almuerzo está listo. A lo mejor sigue sentado enfrente. O quizá esté en la salita viendo televisión. Y si está fumando, le dices que lo apague de inmediato o va a ver.

Hijo me siguió afuera de la cocina hasta la puerta principal. Asomé la cabeza, asegurándome de no dejar que el perro se saliera, pero no había señales de Pancho. Cerré la puerta tras de mí y me pregunté dónde buscar a continuación. Dudé, no queriendo merodear por una casa ajena. Pero no tuve que hacerlo porque escuché su voz llamando a Hijo. El perro se fue trotando y lo seguí hasta la salita.

Mi abuelo estaba junto a una ventana abierta, su brazo colgando afuera, sosteniendo un puro grueso cuyo humo se alejaba de él, deslizándose sobre el aire de la tarde como una culebra.

—Hola —dijo cuando me vio—. ¿Eres amiga de las gemelas?

—Soy Adela —dije—. ¿La... eh... hija de Manny?

—¿Manny tiene una hija? —el hombre preguntó justo como había hecho antes. Y por un momento, no estaba segura de que fuera cierto. ¿Manny tenía una hija? ¿Dónde *estaba* Manny?

—Sí —dije—. Yo.

Mi abuelo le dio una fumada a su puro y echó el humo hacia la ventana.

—Bueno, en ese caso, no le digas a tu abuela. —Levantó el puro—. No le gusta que fume. Se cree la jefa.

Tiró la ceniza y apagó el puro en un costado de la casa. Metió el brazo y cerró la ventana.

—Rosie dijo que ya está el almuerzo.

—¿Ya comiste? —preguntó.

—Sí —contesté.

—Bien —dijo—. No puedes crecer tan fuerte como yo si no comes.

Flexionó los músculos de un brazo y, por un segundo, bajo de ese hombre viejo en pantalones cortos, playera y pantuflas a cuadros, que no podía recordar a quien conocía desde siempre, vi un destello de El Terremoto, el campeón del mundo.

CAPÍTULO 13

Entrecerré los ojos en el jardín trasero, mis ojos ajustándose al sol brillante de la tarde, y admiré la vista. Había los familiares pinos piñoneros y un par de mesas de picnic. Una camioneta café con la cabina llena de plantas rodadoras estaba estacionada en un viejo granero. Había una jardinera tras otra de unos cuantos pies de largo con cosas que no podía identificar, con pequeños senderos de losas entre ellas y barriles de lluvia cerca. Justo en medio había un real y genuino ring de lucha libre de tamaño completo. Por un momento pensé que estaba alucinando. Y luego todo tenía sentido. Un círculo cuadrado.

De pie en el umbral con la boca abierta, Hijo pasó por mis piernas y salió. Se fue más allá del ring donde estaban sentadas las gemelas y desapareció por un sendero. La propiedad parecía no tener fin. Algo brillaba a la distancia, en la dirección hacia donde se había ido el perro. Pensé que quizá sería un platillo volador, lo que, para ser honesta, hubiera sido solo un poco más extraño de lo que encontré en el jardín.

—El perro se salió —les dije a mis primas. Señalé hacia donde Hijo se había ido corriendo.

—Está bien —dijo una de las gemelas—. Vente.

Cerré la puerta tras de mí y me fui hacia el ring, imaginando que era una luchadora y mi canción sonaba a mi llegada.

—Súbete —dijo Maggie cuando me quedé en la orilla—. No hay puerta.

Las gemelas se rieron.

El ring medía más o menos veinte pies de cada lado y unos buenos ocho pies de alto del suelo hasta la última cuerda. Tenía tres cuerdas rojas que formaban un marco. Estas conectaban en esquineros negros acolchados. Un faldón verde oscuro que colgaba de los bordes de la lona escondía el espacio bajo de la estructura. El ring se veía usado, como si hubiera visto bastante acción con los años.

No había escalones y la lona se elevaba alrededor de tres pies del suelo, así que puse los antebrazos en ella y me impulsé. Subí una pierna a la superficie y me rodé bajo las cuerdas. Siempre asumí que la lona en un ring era parecida a un trampolín, pero era madera dura, sólida, con una capa de acolchado forrado de tela.

—Te sale natural —dijo Eva y aplaudió.

Le dio golpecitos a la lona junto a ella y me senté obediente.

—¿Qué onda con las plantas rodadoras? —pregunté, señalando la camioneta.

—Ese es el taller de la abuela —dijo Maggie.

—¿Qué hace?

Maggie y Eva se voltearon a ver.

—Híjole —dijo Eva—, en serio no sabes nada, ¿verdad?

Me sonrojé, avergonzada de mi ignorancia.

—La abuela hace estatuas con plantas rodadoras —explicó Maggie—. Hace el muñeco de nieve.

—¿*El* muñeco de nieve? —jadeé.

Maggie me miró como si no fuera nada del otro mundo.

Todos estos años, mamá nos hacía tomar fotos con el muñeco de nieve de plantas rodadoras y nunca se molestó en decirme que mi propia abuela los hacía. Sentí un dolor agudo en el pecho, la ya familiar sensación de la traición. Miré hacia el granero. ¿Cómo sería por dentro? ¿Qué otros secretos que mi mamá se había guardado me faltaba descubrir?

—Estamos buscando ideas para movimientos de lucha libre —dijo Eva—. ¿Quieres ayudar?

—¿Movimientos? —pregunté, mirando el cuaderno que yacía entre las niñas—. ¿Para quién?

—Para nosotras —dijo Eva—, las Tzitzimime.

—¿Las qué?

—Las Tzitzimime —repitió Eva. Sonaba como una serpiente siseando.

—¿Sisimime? —dije, intentando replicar los sonidos que escuchaba.

—Lo pronuncias como si estuvieras echando chispas entre los dientes. ¡Tz! ¡Tz!

Imaginé a Eva lanzando chispas realmente de la boca en lugar de gotas de saliva.

—Tzi-tzi-mi-me —intenté de nuevo.

—Mejor —dijo Maggie.

—¿Qué es? —pregunté—. ¿Qué es un tzitzimime?

—No es un qué, sino un quién —dijo Maggie—. *Nosotras* somos las tzitzimime. —Se señaló a sí misma y luego a su hermana.

—Son diosas de las estrellas —explicó Eva—. En la mitología azteca.

—Ah —dije, meditando—. ¿Como las Pléyades?

—No creo —dijo Maggie—. Pero no estoy segura.

—¿De verdad son luchadoras? —pregunté. Aparte de sus atuendos, las gemelas no parecían poder hacer mucho daño, excepto quizás a un plato de waffles.

Maggie no contestó. Se quedó mirando la página con profunda concentración, mordiéndose una uña. De pronto, algo se cayó de su boca. Un diente adherido a lo que parecía un trozo de chicle masticado rosa cayó sobre el cuaderno. Maggie levantó la cabeza, revelando un hueco en su dentadura. Ahogué un grito.

—¿Qué le pasó a tu diente? —pregunté, intentando no parecer tan impactada como me sentía.

—Yo se lo tiré —dijo Eva con un toque de orgullo—. Pero fue un accidente. Un codazo a la cara que salió mal.

—Lo dijo como si hubiera una forma correcta de tirar un codazo a la cara.

—No me digas, ¿de veras? —preguntó Maggie, mirando a su hermana con sospecha—. ¿Un accidente?

Eva levantó el diente en su retenedor de plástico rosa.

—Por supuesto. —Sonrió. Le pasó el diente a Maggie, pero cuando su hermana intentó agarrarlo, Eva lo quitó de su alcance.

—Devuélvemelo —dijo Maggie.

—Ven por él —la retó Eva. Se levantó y se estiró, sosteniendo el diente en el aire.

Maggie se levantó y empujó a su hermana. Eva se tambaleó y se le cayó el diente de la mano, rebotando hasta el borde de la lona. Las gemelas se abalanzaron por él. Un segundo después, Maggie estaba sobre la espalda de Eva. Esta se giró y saltó para ponerse de pie.

—El diente no te va a ayudar —se burló Eva—. Todos saben que tú eres la fea.

Yo quería señalar que eso no tenía sentido porque eran idénticas, pero no hubo tiempo para tener sentido porque muy pronto Maggie estaba de pie también y encaminándose hacia su hermana.

Las gemelas engancharon los brazos, sus dedos largos y delgados apretándose mutuamente en una prueba de fuerza. Maggie se liberó y agarró a Eva del cabello. Eva chilló, agarrándose de la muñeca de Maggie.

—Suéltame, chimuela —gritó Eva.

Maggie se rio como loca, como si estuviera poseída. Jaló a su hermana hacia la mitad de la lona antes de liberarla con un empujón que la hizo caer. La lona vibró bajo el impacto del cuerpo de Eva.

Maggie agarró a Eva de la pantorrilla y la arrastró como un trapeador a lo largo del suelo.

—¡Ayúdame, prima! —gritó Eva, estirando su mano hacia mí.

Yo miré atrás de mí para ver si había otra prima por ahí, pero solo vi a Hijo merodeando por el jardín, oliendo tierra y plantas. Levantó la pierna para orinar en una de las llantas de la camioneta. Mientras tanto, Maggie se había sentado en la espalda de Eva, agarrándola del cabello de tal manera que parecía Ares conduciendo su carro de guerra.

—No la escuches —gruñó Maggie—. Agarra mi diente antes que ella.

Yo sabía que no podía ayudar a Eva a liberarse de las garras de su hermana, y por la expresión de Maggie, realmente no quería meterme en su pelea. Pero sí podía salvar el diente de Maggie. Gateé hasta la falda de la lona, donde estaba el diente en el borde. Un fuerte quejido hizo que me congelara a medio camino. Volteé para ver que ahora Eva estaba torciendo el brazo de su hermana atrás de su espalda. Quería correr a la casa para ir por Rosie, pero me daba miedo dejar a las gemelas solas.

Me volteé de nuevo para agarrar el diente, pero la lona estaba vacía. Me acerqué al borde, bajo la cuerda, para ver dónde había caído. No había señal de él en el suelo.

—¿Qué debo hacer con esta chimuela, prima? —gritó Eva—. ¿Aventarla sobre la tercera cuerda? ¿Estamparla contra la lona?

—¿Me preguntas a mí? —La pregunta salió como un quejido estrangulado mientras me arrastraba de vuelta al ring—. ¿Podrían parar las dos? No puedo encontrar el diente de Maggie. Mejor lo buscamos las tres.

—Ayúdame, Adela —dijo Maggie, meneando la mano que estiraba hacia mí.

—Bueno —dijo Eva, jalando a su hermana como si fuera una muñeca de trapo—. Al parecer nadie te va a salvar, hermana.

Eva empujó a Maggie contra una esquina. Maggie se agarró de las cuerdas, deteniéndose de tal manera que, cuando su gemela fue por ella, no pudo jalarla. En cambio, Eva cayó hacia atrás, hizo el giro más genial del mundo y terminó de pie. Se volteó y me indicó que me acercara. Yo negué con la cabeza.

—¡Cuidado! —grité cuando Maggie se acercaba por su espalda. Maggie se enganchó al brazo izquierdo de su hermana. Se giró para que sus espaldas se tocaran y enganchó el otro brazo de Eva. Espalda contra espalda, los codos fijos, se veían como Jano, el dios romano de los comienzos.

Aunque, desde donde yo estaba, esto parecía más el final de alguien.

—La Quebradora Bravo es para los viejos —se burló Maggie—. Yo llamo al movimiento que voy a hacer ¡la Supernova!

Levantó a su hermana del suelo. Maggie era mucho más fuerte de lo que parecía. Hijo ladró. Yo miré hacia la casa, donde no había señal de ayuda. Eva dejó escapar un aullido. Yo respiré hondo, el corazón saliéndose de mi pecho y bajé la cabeza. Luego corrí hacia Maggie y le di el empujón más duro que pude. Se tambaleó, soltando a Eva, y las dos cayeron contra la lona.

—Lo siento mucho —dije, mirando la pila de cabello y brazos y piernas—. ¿Están bien? —Me puse en cuclillas y pude ver que las dos respiraban, pesadamente, pero aún respiraban—. ¿Se pueden mover? ¿Voy por Rosie?

Las gemelas se desenredaron lentamente. Maggie se rodó desde donde había caído encima de su hermana. Abajo de ella, Eva estaba riéndose. Maggie se le unió, soltando una carcajada. El espacio donde le faltaba el diente parecía una pequeña puerta.

—Ya me preguntaba cuánto tiempo íbamos a tener que luchar antes de que te metieras a ayudar a alguna —dijo Maggie, sentándose. Apartó los mechones de cabello de su rostro.

—Sí —añadió Eva, limpiándose las lágrimas de la risa—. Temía que a Maggie se le acabaran los movimientos y probara algo que no hubiéramos practicado.

—¿De qué están hablando? —pregunté, confundida—. Pensé que se estaban peleando de verdad.

—Bueno, sí me tiró el diente —dijo Maggie.

—Fue un *ac-ci-den-te* —dijo Eva, sacudiendo los puños.

Por un segundo temí que volvieran a empezar. Esta vez no me iba a meter.

—Hubieras visto tu cara —dijo Eva.

—No puedo creer que de veras puedan hacer todo eso —dije—. ¿Cómo?

—Entrenamos —contestó Maggie—. Se necesita mucha práctica para saber cómo no lastimarte y cómo no lastimar a alguien más.

—¿Dónde aprendieron?

—¿Cómo que dónde? —preguntó Eva—. Aquí. —Movió los brazos alrededor.

—Y está en nuestra sangre —añadió Maggie—. Y en la tuya.

—No, para nada. En la mía no —dije, sacudiendo la cabeza—. Además, no soy realmente una Bravo.

—Claro que eres una Bravo —dijo Eva, empujando suavemente mi hombro—. Por eso te lanzaste a salvarme. O sea, tomó un rato, pero lo hiciste.

—Vamos a hacernos profesionales cuando cumplamos dieciocho —anunció Maggie con orgullo—. Igual que Speedy.

—Speedy es su papá —dije. Una pieza más del rompecabezas que encontraba su lugar.

—Vamos a ser grandes —añadió—. Más grandes que el abuelo. Más grandes que todos ellos. —Señaló hacia la casa.

—*Tú* vas a ser grande —le dijo Eva a su hermana. Se miraron. Maggie puso los ojos en blanco.

—¿A su mamá no le importa? —pregunté—. Mi mamá se volvería loca si volviera a casa y le dijera que voy a ser luchadora.

No estaba segura de qué quería ser de grande. A lo mejor científica de algún tipo. Pero claramente no tenía un plan como las gemelas y nunca me imaginé que las luchas fueran una posibilidad.

—No le encanta —dijo Eva—. Pero le gusta que tengamos una conexión con Speedy.

—Ojalá mi mamá pensara lo mismo —murmuré como si estuviera en algún lugar cerca, escuchando.

—Ah, oye —dijo Maggie—. Si quieres visitar al tío Mateo, está por allá. —Señaló hacia el objeto plateado que había visto al salir de la casa.

—Sí, mejor voy de una vez —dije, levantándome.

—Te va a caer bien el tío Mat —dijo Eva—. Es buena onda. Él nos hizo estas chamarras.

Se puso su chamarra de satín dorado y pasó los dedos por un brazo, tocando las estrellas y los cráneos.

Me rodé bajo la última cuerda y me sacudí los pantalones de mezclilla, dejando a las gemelas estiradas sobre la lona, con su cuaderno. Mientras me dirigía al sendero, escuché que Maggie gritaba:

—¿Alguien ha visto mi diente?

CAPÍTULO 14

El objeto brillante a lo lejos no era un platillo volador después de todo. A un costado del camino principal, como un gigantesco Twinkie de plata, estaba un remolque Airstream.

Cortinas blancas colgaban de las ventanas y una tira de banderines hecha con retazos de diferentes telas estaba colgada de un costado de la casa. Había un toldo de rayas azules y blancas abierto sobre una mesa verde de metal con sillas iguales. Una vieja máquina de escribir que se había despintado del rojo a un tono de rosa polvoso descansaba sobre el tronco cortado de un árbol al lado de la puerta. En lugar de historias, salían ramas de lavanda de ella. Me agaché y olí las flores. El pequeño remolque parecía brillante y mágico, como algo que encontrarías en un bosque, en un libro ilustrado.

Alcanzaba a oír que se escuchaba música adentro. El viento la llevaba a través de las cortinas y más allá del abeto inmenso que le daba sombra a una parte de la casa. Hijo empujó la puerta con la nariz desde el interior. Se movió y golpeó las campanillas de viento de madera que había junto, sonando clanc-clanc-clanc en respuesta.

—¿Quién está ahí, Hijo? —se escuchó la voz de un hombre. Pero Hijo estaba ocupado removiendo la tierra, sacando las flores silvestres que crecían cerca. Parecía que estaba en una misión.

La persona que apareció en la puerta llevaba una playera blanca y el pantalón de un pijama a rayas, con una bata larga de satín que tenía un colorido patrón floral amarillo, naranja y negro. Tenía el cabello corto, rizado y negro.

—¿Tú eres Mateo?

—¿Quién pregunta? —dijo el hombre, el ceño fruncido.

—¿Yo? —dije—. Soy Adela. La hija de...

—Estoy bromeando —dijo, con una gran sonrisa. Tenía la misma cara redonda que Rosie, como un sol terracota sonriente—. ¡Por supuesto que sé quién eres! Ven acá y dale un abrazo a tu tío.

Cuando abrió los brazos, la bata se extendió y voló detrás suyo en lo que parecía una cola de golondrina. Me sentía un poco apenada, pero caminé hasta mi tío y lo dejé que me envolviera con la suave tela.

—Entra —dijo el tío Mateo, extendiendo los brazos para mirarme.

Se giró y entró en el remolque. Hijo ya había terminado lo que sea que hubiera estado haciendo en el jardín y lo siguió, metiendo tierra.

—¿Quieres algo de tomar? —preguntó el tío Mateo—. ¿Un poco de té?

—Está bien —dije—. Gracias.

Sabía que este tío era el hermano de en medio. Un artículo de la página web Pro Wrestling Today decía que se había retirado unos años atrás para decepción de muchos.

—Siéntate en la mesa —dijo el tío Mateo, indicando la superficie—. Solo empuja las cosas. Pero ten cuidado con esos alfileres sueltos.

El interior del remolque era tan colorido como el exterior. El sol destellaba sobre las lentejuelas verdes de una bata esmeralda con plumas que colgaba de un maniquí como un pájaro de tamaño real. La reconocí como la bata que el Guapo García, un luchador rudo, usaba en el ring. Una enorme peluca de colmena rosa brillante descansaba sobre una base. Había plantas colgando del techo en globos de vidrio y caían en cascada sobre los bordes de macetas de cerámica. Un viejo estéreo estaba en la barra, tocando música clásica para violín que sonaba como abejorros enloquecidos. La casa del tío Mateo se sentía como un lugar donde alguien va a desaparecer del mundo exterior. Así como yo me metía a mi clóset a ver las fotos de Manny.

Me senté, cuidando no mover nada. La mesa estaba cubierta de muestras de tela, como las que colgaban de la tira de banderines afuera. Había agujetas largas y máscaras de luchadores en diferentes etapas de elaboración. Una máquina de coser con la luz todavía encendida parecía mirarnos desde la esquina, como si esperara el regreso de mi tío. Junto había unas tijeras doradas.

Mi tío sirvió agua caliente de una tetera en dos tazas. Dejó una enfrente de mí y se sentó del otro lado de la mesa. Una pequeña bolita de té de metal flotaba en el agua. El vapor que se elevó era el familiar olor de la manzanilla.

—Cuando Ma dijo que venías, no podía creerlo —dijo. Sus ojos brillaron con emoción—. Nunca imaginé que Lulú lo permitiera. No después... —Se detuvo a sí mismo—. De todas maneras, quiero saber todo de ti. —Me dio un golpecito en la mano.

Envolví los dedos alrededor de la taza caliente, pensando, *yo también quiero saber todo de mí.*

—¿Ya viste a tu papá? —preguntó.

—¿Manny? —dije—. No. Todavía no llega, supongo.

—Ah. —El tío Mateo hizo una mueca—. ¿Cuántos años tienes? ¿Trece?

—Doce —respondí.

—Cierto. —Se recargó en el respaldo y empezó a jugar con una agujeta negra—. Un par de años más chica que las gemelas. Te vi algunas veces. Antes.

—¿De verdad? —dije—. Yo no me acuerdo de ti.

—Por supuesto que no, tontita —dijo—. Eras una pequeña peluda. Muy linda y muy peluda.

Yo sabía que no se burlaba de mí. Aun así, me ruboricé y, aunque llevaba mi sudadera puesta, crucé los brazos porque eso hacía cuando quería esconderlos.

—Necesitas algo para acompañar ese té —dijo mi tío, levantándose. Volvió a la pequeña cocina y sacó una lata de polvorones de una alacena—. Toma.

Abrí la caja. En el interior había carretes de hilo y un dedal plateado.

—Ups —dijo—. Esa no. —Se fue y volvió con los polvorones.

—¿Qué es todo esto? —pregunté, mirando lo que parecía un proyecto de costura sin terminar.

—Máscaras —respondió—. Tengo algunos pedidos especiales en los que he estado trabajando. —Levantó una máscara—. Esta es para El Escorpión. ¿Necesitas una?

Me reí y levanté una máscara roja brillante con llamas naranjas en los costados.

—Esa es para El Diablo de Deming.

—¿En serio las haces?

—Sí —dijo con orgullo—. Estás viendo al creador de máscaras más cotizado del suroeste, muchas gracias. También estoy trabajando en algunas batas y atuendos. Mira este.

Jaló un traje de atrás de él para que lo viera.

—Adivina qué va a ser este —dijo.

Reconocí el estilo de saco.

—¿Es de uno de Los Padres de la Paliza? —pregunté. Pasé las manos por el suave terciopelo café.

—Está padre, ¿no?

Una de mis peleas favoritas de Manny fue entre él y un luchador llamado John Addams. Era una clásica batalla del bien contra el mal. John Addams, como en la Familia Addams, era parte de un grupo llamado Los Padres de la Paliza, que incluía a Alexander Slamilton, George Bashington y Thomas Pain. Se vestían como los Padres de la Patria, con pelucas empolvadas, pantalones bombachos y sacos de terciopelo elegantes, con botones de latón y faldones. Pero eran los Padres de la Patria como zombis, con rostros blancos y círculos oscuros alrededor de los ojos. Yo quería odiar a Los Padres de la Paliza, sobre todo porque uno le había dado una paliza a mi propio padre, pero lo cierto es que me gustaban.

Había puesto el encuentro una y otra vez, tantas veces que sabía exactamente en qué momento John Addams pondría su pie en la cuerda de abajo para palanca —un movimiento ilegal— y cuándo lanzaría polvo para peluca —una sustancia ilegal— en el rostro de Manny.

El zombi casi acaba con Manny con un *brainbuster*. Se trata de un movimiento prohibido en el que un luchador levanta a otro, lo voltea pies arriba y lo deja caer sobre su cabeza. Es tan peligroso como suena. Habrían descalificado a John Addams por hacer un *brainbuster*, pero de cualquier forma este no tuvo tiempo de hacerlo porque Manny se logró zafar de su agarre y lo levantó en una Quebradora Bravo hasta que el zombi se desmayó. Luego lo bajó a la lona y lo rodó boca arriba para el conteo de tres segundos.

—¿Ya no luchas?

—No —contestó el tío Mateo.

—En un artículo en internet leí que te retiraste bajo circunstancias misteriosas.

—Uhhh, ¿circunstancias misteriosas? —dijo el tío Mateo—. El internet está lleno de tonterías. Pero es una historia más emocionante que decir la verdad. Que estoy aquí cosiendo.

—¿Dejaste de luchar para poder hacer esto? —pregunté.

—Sip.

—El artículo decía que podrías haber sido campeón mundial —añadí—. Como tu papá.

—Tal vez —dijo el tío Mateo—, pero quería hacer otras cosas. Soy feliz haciendo lo que hago.

El tío Mateo me dio la clase de sonrisa que los adultos muestran cuando se están guardando algo. La había visto bastantes veces en el rostro de mi mamá.

—Me estabas contando de ti —dijo—. ¿Entonces? ¿Quién es Adela Bravo?

—Ramírez —corregí.

—Ese es un principio —dijo. Abrió un block de dibujo y me lo pasó—. Mira, así es como se verá el saco cuando termine. Sigue hablando.

Me quedé mirando el dibujo y pensé en todas las cosas que me hacían ser yo. Como no conocer a mi padre. Si hubiera crecido con Manny, ¿qué clase de persona sería?

¿Cómo me podría describir ante alguien que acababa de conocer?

—Voy en séptimo año —dije, pasando las páginas del block para ver más diseños de mi tío—. Mi mejor amiga se llama Cy. Es buena onda. Le encantaría este lugar. Y tengo un padrastro, Alex. Y voy a tener un hermanito pronto.

—¡Un hermanito! Qué bien —dijo—. ¿Y cómo está tu mamá? Lulú era una de mis personas favoritas.

—Siempre está ocupada —dije—. Trabaja en un museo. Es preparadora de fósiles. Es la persona que...

—Lo sé, prepara los fósiles, los limpia. Siempre estaba hablando de eso cuando éramos chicos. Era toda una Indiana Jones. —Se rio—. Ella era la niña que nunca superó su amor por los dinosaurios.

Por supuesto que el tío Mateo sabía de mi mamá. Yo sabía que le gustaban los dinosaurios, pero no sabía que siempre había estado obsesionada con los fósiles. Rosie, el tío Mateo, probablemente todos los Bravo, sabían más de mi mamá que yo. Sentí que yo solo sabía las cosas difíciles de cuando nací. Que creció sin padres. Que se había embarazado de mí siendo joven, y que tuvo que trabajar mientras iba a la universidad.

—¿Por qué crees que no le gusta hablar de Esperanza? —pregunté.

El tío Mateo dejó una parte de una máscara en la máquina de coser.

—No sé. No puedo hablar por tu mamá —dijo—. Seguro tiene muchas emociones relacionadas con este lugar. Sé que a veces los lugares te duelen. Es como... —El tío Mateo hizo una pausa, pensando—. Como ir al dentista. Tienes una mala experiencia y entonces te da miedo volver.

—Mi mamá no le teme a Esperanza —dije—. Creo que solo lo odia.

El tío Mateo se rio.

—A veces el odio y el miedo son dos lados de la misma moneda nada más —dijo—. De cualquier forma, estoy muy contento por ella. De que haya seguido su sueño. Lejos de aquí.

—Dice que no tenía a dónde ir en Esperanza —dije, citando a mi mamá—. ¿De qué habla?

—A veces la gente tiene sueños demasiado grandes para caber en un lugar pequeño —dijo—. No me malinterpretes, yo amo a Esperanza. Pero tuve que aprender a crear mi propio lugar aquí. No es fácil para todos. Y a veces te das cuenta de que no es posible, así que te vas.

—Yo nunca pensé en mi mamá como alguien con grandes sueños —dije, hipnotizada por la aguja mientras subía y bajaba, dejando un camino de pequeñas puntadas negras a su paso—. ¿Qué más me puedes contar?

—¿De qué?

—De *mí* —dije. El tío Mateo parecía alguien honesto y con quien podía hablar de lo que fuera—. De mi mamá y Manny.

El tío Mateo levantó el pie del pedal, haciendo que la máquina se quedara en silencio.

—Mira, Adela —dijo—. Yo no estoy en ninguna posición de juzgar a otros. Todos cometemos errores. La gente es complicada. Tú estás aquí ahora, ¿cierto? Mi consejo es que le hagas a Manny todas las preguntas que quieras. Solo Manny sabe la verdad.

¿Pero qué tanta de la verdad de Manny empataría con la de mi mamá? Suspiré y me levanté.

—¿Ya te vas? —preguntó el tío Mateo—. Te puedes quedar todo el tiempo que quieras. Termínate el té por lo menos.

—Gracias por el té, pero tengo que irme —dije—. ¿Te veo hoy en la noche?

—Por supuesto —dijo, inclinando la cabeza—. No me lo perdería.

—Okey. —Me fui hacia la puerta—. Bien.

Me agradaba mi tío. Me recordaba un poco a Cy. Era amable y decía lo que pensaba. Y tenía un fuerte estilo personal también.

—Ah, ¡espera! Mira esto —dijo, tomando algo de una montaña de tela—. ¿La reconoces? —Sostuvo una máscara dorada con puntos negros y el contorno de los ojos delineado en negro.

—Sí —dije—. Es El Águila, ¿no? —Pensé en la máscara chueca del luchador vencido—. Siempre pierde.

El tío Mateo estudió mi rostro unos segundos. Parecía que quería decir algo y me quedé a la espera.

—Sí, supongo que sí —dijo el tío Mateo, devolviendo la máscara a la pila—. Pero en las luchas, la historia de un personaje nunca está escrita en piedra. Siempre puede cambiar.

Presionó el pedal y volvió a trabajar. Cerré la puerta con cuidado, dejando la sinfonía de la máquina de coser y los violines atrás de mí.

★ CAPÍTULO 15 ★

Cuando Manny finalmente apareció esa noche, sentí que alguien había apretado el botón de PAUSA en una película. Un momento estaba sentada en el ring, conteniendo la risa mientras Eva y Maggie intentaban levantarse una a la otra sobre sus cabezas. El tío Mateo y Pancho estaban en el asador, discutiendo sobre cómo prenderlo. Hijo le ladraba a algo que trepó a un árbol. Al minuto siguiente todo quedó en silencio a mi alrededor.

Cuando Manny apareció a un costado de la casa, pude escuchar el clamor de la multitud. Aquí no se necesitaban máquinas de humo ni luces parpadeantes porque el cielo del anochecer ya aportaba un fondo dramático en sí mismo. Los atardeceres de Nuevo México eran una exageración. Esa noche, el cielo brillaba como un centavo nuevo, cobre rojo y naranja encendido por los últimos rayos del sol, punteado por nubes esponjosas con bordes dorados. Manny se veía como un superhéroe. Como un dios griego que bajara del Monte Olimpo. Algo en mi interior se infló de felicidad, como el corazón del Grinch cuando creció tres veces.

De pronto, Hijo atravesó el jardín con una bolsa de bollos de hamburguesa en el hocico. Rosie salió de la casa, la puerta azotándose atrás de ella, y sin más, alguien le puso PLAY y la película de nuestras vidas siguió avanzando.

—¡Perro comelón! —gritó Rosie mientras las gemelas se echaban a correr atrás del perro. Se veía como si se quisiera echar a reír, y supe que no estaba enojada con Hijo.

Manny se detuvo cuando me vio y se me quedó mirando fijamente. Yo lo miraba también. Éramos un par de pistoleros en un duelo, esperando ver quién hacía el primer movimiento. Las gemelas, que habían recuperado la bolsa de pan de Hijo, regresaron al ring. Mi abuela y mi tío se pusieron a trabajar formando tortitas de hamburguesa, aparentando no vernos.

—Ve —dijo Eva, empujándome con sus dedos del pie. Me bajé del ring.

Cuando Manny venía hacia mí, lo comparé con la foto en mi clóset. Tenía la constitución de Pancho. Se veía fuerte, pero también un poco fuera de forma. Tenía barba de algunos días en las mejillas y su cabello oscuro estaba rapado cortito. Y era alto. Podía ver por qué su apodo era La Montaña y de dónde sacaba yo mi altura.

Cuando Alex se mudó con nosotros, trajo consigo un juego de viejas enciclopedias que tenía desde chico. Mi parte favorita era una sección de transparencias de anatomía. Podías dar vuelta a cada página y ver el cuerpo humano dividido en capas de piel, órganos y huesos. El Manny que estaba frente a mí ya no era el adolescente flaco de la foto, pero todavía podía ver esa versión joven de él. Imaginé a mi padre en capas: abajo de la persona parada frente a mí había una capa de Manny como luchador, con sus pantalones y botas. Luego el tipo desaliñado con el suéter ridículo de Navidad, un niño sosteniendo una niña. Y abajo de todo, capas de músculos golpeados y maltratados.

Junté las manos, jalándome un pedacito de piel cerca de la uña. Nos quedamos de frente, incómodos, unos cuantos segundos. Finalmente, extendí la mano al mismo tiempo que Manny me tomaba de los brazos y le pegué sin querer en el abdomen.

—Uf —se rio Manny y se sobó el estómago—. Tienes un buen golpe bajo.

—Perdón —dije, haciendo una mueca—. ¿Estás bien?

—Estos días estoy un poco blando en la zona de en medio, pero se necesita mucho más que eso para lastimarme —dijo Manny, apretando sus costados.

Antes de saber qué estaba pasando, Manny me jaló hacia un abrazo de oso. Me tomó por sorpresa quedar rodeada por sus brazos. El abrazo se sentía inseguro y un poco tieso. Olía a humo. No el reconfortante humo de una fogata donde calientas tus manos y tuestas malvaviscos, sino el humo de una cajetilla entera de cigarros que te hace toser y taparte la nariz. El olor me picó la nariz y estornudé en el hombro de Manny.

—Perdón —dije otra vez, alejándome para no llenarle la playera de mocos.

—No te preocupes. —Manny sonrió con esa sonrisa torcida con hoyuelos—. Ven, siéntate conmigo —dijo.

Lo seguí hasta una de las mesas de picnic. Se frotó las manos en las rodillas. De cerca no se veía como un dios ni un gigante. Se veía como un tipo normal en pantalones de mezclilla y botas vaqueras, con una camisa de franela cuadriculada.

—Guau —dijo—. Pensé mucho en este momento, ¿sabes?, cómo sería. Verte de nuevo. De qué hablaríamos. No creí que estaría tan nervioso. —Se rio.

—¿En serio? —dije—. ¿Y lo estás? ¿Nervioso?

—Pero, claro —dijo—. ¿Tú no?

—A lo mejor un poquito —dije. Pero no era cierto. Ahora que estaba sentada junto a él y podía ver que no era un ser sobrenatural, no estaba nerviosa.

—¿Cómo has estado? —preguntó.

Era una pregunta tan simple y, al mismo tiempo, la más difícil.

Maggie y Eva estaban en el ring, turnándose para subirse a una esquinera y saltar. De vez en cuando una corría y se lanzaba contra las cuerdas, lo que la impulsaba de vuelta hacia el centro. Se veía doloroso. Parte de mí deseaba poder estar ahí con ellas.

—Bien —dije. Jalé mi trenza y la dejé descansar sobre el hombro, retorciendo la punta alrededor de mi índice.

—Qué bueno —dijo Manny—. Me da gusto.

—Ah —dije, sin mirarlo—. Quieres decir, que, ¿cómo ha sido mi vida?

—Sí, supongo —dijo—. ¿Cómo ha sido la vida de Adela...?

—Ramírez.

—Cierto —dijo Manny—. Cómo olvidar que tu mamá estaba tan enojada que ni siquiera aceptó poner Bravo en el acta de nacimiento.

—¿En serio? —Me sorprendió este nuevo dato.

Manny asintió.

—Ha pasado mucho tiempo, ¿eh?

—Sí. —Moví las puntas de mis zapatos como si fueran limpiadores de parabrisas contra la tierra, aventando piedritas de izquierda a derecha.

—Lamento la confusión hoy en la mañana —dijo—. Espero que todo estuviera bien.

—No importa —dije—. Pude pasar tiempo con Rosie, las gemelas, Pancho y el tío Mateo.

—Bien, bien —dijo Manny. Se rascó la barbilla distraído, como si no estuviera seguro de qué decir después—. Oye, bueno, no tenemos que ponernos al corriente de todo esta noche. Sería imposible de todas maneras, ¿no? —Se rio—. Pero quiero que sepas que me voy a establecer aquí. Probablemente para siempre.

—¿Probablemente?

—Para siempre —dijo, golpeando la mesa con el puño como para demostrar que hablaba en serio—. No sé qué tanto te ha contado tu mamá...

—Mi mamá no habla de ti —dije—. Para nada.

Manny se estremeció.

—Todavía no puedo creer que te dejara venir —dijo—. No le gusta mucho este lugar. —Miró alrededor y yo no sabía si se refería al pueblo o a la casa de los Bravo.

—Tampoco habla de Esperanza.

—Caray, no te guardes nada, nena. —Manny rio—. Suéltalo todo.

—Solo soy honesta —dije. Algo que los adultos a mi alrededor deberían ser, pensé.

—Aprecio la honestidad —dijo Manny—. Tu mamá siempre fue demasiado buena para este lugar.

No sabía qué quería decir con eso, pero no me gustaba que hablara de mamá. Lo que hubiera pasado entre ellos no era importante. Por lo menos no para mí. Lo que me importaba éramos él y yo. Yo tenía que asegurarme de que Manny supiera de que la decisión de estar en Esperanza era mía, no de mi mamá. Que estaba ahí porque quería estar. Y eso implicaba que él también estuviera aquí.

—Me dejó venir porque yo quería conocerte —dije, colocando una mano sobre mi pecho—. *Yo.*

—Si te pareces a tu mamá, apuesto a que ya se han dado unas buenas cornadas, ¿eh? —bromeó Manny—. Lulú hubiera sido una buena luchadora.

Me reí ante la idea.

—Me da gusto que estés aquí, nena —dijo. Me dio una palmadita en la mejilla. Su mano era callosa y se sentía como lija—. Te has perdido mucho.

—Tú también —dije sin pensar.

Manny se enderezó un poco en la silla, sus ojos abiertos.

—Sí, así es —dijo—. Pero vamos a recuperar el tiempo perdido, ¿cierto?

—Cierto —dije. Aunque no estaba segura de cómo recuperabas tanto tiempo.

Un esqueleto humano dura diez años antes de que los huesos viejos sean sustituidos por nuevos, por lo que Manny ni siquiera se encontraba con quien yo era la última vez que me vio. Ese yo se había ido.

—¿Sabes?, no he checado tarjeta estos últimos once años —dijo.

—Doce —lo corregí—. Tengo doce.

—Sí —dijo Manny—, pero estuve ahí el primer año. Es decir, siempre estaba *por ahí*, no solo donde tú y tu mamá estaban. Le enviaba dinero, ¿sabes? Lo intenté.

Mordí la piel del interior de mi labio y vi cómo Maggie enrollaba a Eva como una cochinilla. Contó fuerte hasta dos antes de que Eva la pateara para salirse de la llave.

—De cualquier forma —dijo—, todo eso está en el pasado. Estamos aquí ahora. Tengo trabajo con la Liga de Lucha Cactus, así que no voy a ninguna parte.

—¿Sí?

—Oh, sí —contestó—. Ve a verme cuando puedas.

—A lo mejor puedo ir alguna vez.

—Eso me gustaría —dijo—. Sería genial.

No sabía cuándo volvería a ver a Manny. *Si* lo volvería a ver. Mamá había accedido a esta reunión, pero sabía que ella preferiría que no pasara tiempo con él. Yo necesitaba saber qué tanto quería estar él conmigo.

—A lo mejor me puedes enseñar —dije, señalando el ring—. Como Eva y Maggie.

Lo consideró un momento antes de responder.

—Necesitas un alter ego de lucha primero —dijo con seriedad—. Eres una Bravo, así que eso no es negociable en esta zona.

Estudió mi rostro por un minuto antes de reírse.

Yo también me reí. Tener un alter ego de lucha no sonaba tan mal. Era mejor que ser la Adela Ramírez común y corriente.

Manny me explicó lo que las gemelas estaban haciendo en el ring y cómo evitaban lastimarse.

—Todo se trata de ritmo y confianza —dijo.

Intenté escuchar, pero seguía pensando en todas las preguntas que tenía. Preguntas sencillas, como qué le gustaba hacer cuando no estaba luchando. Y si tenía una ciudad favorita entre todos los lugares del mundo que había visitado. Y preguntas difíciles, como por qué se había ido. Y por qué nos dejó ir. Y cómo se sentía respecto a dejar de ser mi padre legalmente. Si él, igual que yo, también consideraba raro que algo tan importante como ser el padre de alguien pudiera cambiar con un pedazo de papel.

Pero lo acababa de conocer y sabía que era demasiado por abarcar en una sola ocasión. Así que, cuando dijo que se trataba de ritmo y confianza, sabía que hablaba de las luchas, pero parecía que además me estuviera leyendo la mente.

—¡Vénganse a comer! —gritó Rosie desde la puerta de la cocina, donde estaba de pie con un platón de hamburguesas.

—¿Vamos? —preguntó Manny, poniéndose de pie. Me ofreció la mano.

Una vieja canción de Cyndi Lauper empezó a sonar en la bocina que tenían las gemelas en el ring, y Maggie y Eva chillaron. En lugar de estarse aventando, ahora bailaban en el ring y cantaban a todo pulmón.

—¡Ven acá, Adela Candela! —gritó Eva.

—Adela Candela. —Manny asintió—. Me gusta. En una de esas ahí está tu alter ego.

Sonreí y miré hacia el ring, luego de nuevo a Manny.

—Anda —dijo Manny—. Yo estaré adentro llenando el tanque. —Se sobó el estómago.

—También iré por comida —dije rápidamente.

—Diviértete con tus primas —insistió—. Hablaremos más después. No me voy a ningún lado, ¿recuerdas? Mi hogar está en Esperanza, con toda mi familia, contigo. Tenemos mucho tiempo para ponernos al corriente.

Manny apretó mi hombro, tranquilizándome. Vi su espalda mientras regresaba a la casa. Me daba miedo que, si lo perdía de vista, volviera a desaparecer.

A través de la ventana pude ver a Manny en el interior de la cocina. Le dio un besito a Rosie en la mejilla. Luego se inclinó para hablar con Pancho. Era como ver un programa de televisión de la familia de otra persona.

Alex dice que quitarle la máscara a un luchador es algo serio. Es como una muerte. No una muerte real, por supuesto, pero como la muerte de una ilusión. Es el fin de lo que creías saber. Mi padre siempre había sido un desconocido, un personaje enmascarado en mi vida. Y ahora sabía quién era. Sentía que habían arrancado la máscara.

—Ándale, prima —me llamó Maggie, sacándome de mis pensamientos.

Me alejé de la ventana y caminé hacia el ring. Tenía primas esperándome.

★ ★ ★

Cuando Manny se estacionó frente a mi casa, las luces estaban encendidas en el interior. Desde la camioneta noté que se movía la cortina de una de las ventanas de la sala, como si alguien se hubiera asomado.

—Muy bien, nena —dijo Manny—. Te veo el próximo fin de semana si tu mamá acepta.

—Va —dije.

Esperé, aunque no estaba segura de qué estaba esperando.

—Salúdame a tu mamá —dijo Manny. No hizo ningún gesto de salir de la camioneta y acompañarme a la puerta. Finalmente, me bajé. Para nada le iba a dar los saludos de Manny a mi mamá.

Cuando entré, mamá y Alex estaban sentados en el sillón con el televisor prendido. Alex le estaba sobando los pies a mi mamá.

—¿Qué tal te fue? —preguntó Alex, con un poco más de entusiasmo del que mi mamá hubiera querido, porque le pellizcó el brazo y él se encogió.

—Estuvo... bien —dije, soltando mi mochila y mirando a mamá. No estaba segura de qué tanto quería saber.

—Me da gusto —contestó mamá.

—¿Y? —dijo Alex. Se hizo a un lado para dejarme espacio en el sillón—. Estuvo bien, ¿y qué más? Cuéntanos de ellos. ¿Te la pasaste bien?

Me gustó que Alex tuviera cuidado de no decir "él", y cómo mi mamá pretendía no escuchar.

—¿No quieres que te cuente también, mamá? —pregunté, sentándome.

—Seguro —dijo mamá poco convencida. No sonaba como si quisiera escuchar algo de Manny ni de los Bravo.

—Me agrada Rosie. Y Eva y Maggie —dije—. Tú sabes quiénes son, ¿verdad?

—Sí —dijo mamá.

—Yo no —dijo Alex—. ¿Quiénes son?

—Eva y Maggie son mis primas —expliqué—. Las hijas de mi tío Speedy. Murió en un accidente cuando eran muy chiquitas. —Miré a mamá de reojo, pensando que reaccionaría. No lo hizo, pero me sentía bien hablando de los Bravo. Eran amables y hospitalarios y extravagantes y chistosos, y quería compartirlo con Alex y con mamá—. A Maggie le falta un diente. Eva se lo tiró. Y chequen esto, *luchan*. ¿Lo pueden creer? Rosie hace los muñecos de nieve con plantas rodadoras. ¿Lo sabían? Y a mi abuelo Pancho se le olvidan las cosas.

—Es de esperarse después de años de conmociones —dijo mamá.

—Las gemelas también lo dijeron —comenté—. Que es por luchar.

—¿Y aun así lo quieren hacer? —preguntó mamá, frunciendo el ceño—. Interesante.

—Las cosas han cambiado un poco desde que tu abuelo luchaba —señaló Alex—. Los *brainbusters* ya no...

—Ah, sí —dijo mamá con sarcasmo—. Es muy seguro ahora.

—Lourdes... —Alex apretó suavemente el pie de mamá. Ella se quitó.

A veces, cuando mi mamá se enojaba, actuaba como una niña. Prácticamente estaba haciendo puchero.

—Y mi tío Mateo cose máscaras y vive en un remolque plateado —dije, ignorándola—. E Hijo, el perro, se robó una bolsa de bollos para hamburguesa. Fue muy chistoso.

—Guau —dijo Alex—. Suena como una historia salida de... la lucha libre profesional.

Nadie se rio.

—Manny me invitó a pasar el fin de semana ahí —anuncié—. ¿Puedo ir? ¿La próxima semana?

—No sé —dijo mamá. Se sobó las sienes—. Acordamos un encuentro. *Y* se le olvidó recogerte.

—Pero todo se resolvió y estuvo bien —dije—. ¿Por favor? Por favor, mamá.

—Lo platicamos —dijo Alex.

—¿Lo platica*mos*? —repetí—. ¿Quieres decir mamá y tú?

—Sí, *nosotros* —dijo mamá—. *Nosotros* seguimos siento tus padres.

—Puedo ir y no contarte nada de Manny ni de ellos otra vez si no quieres oírlo —dije, levantándome—. Él no tiene por qué estar en *tu* vida.

—Por mí está bien —dijo mamá, esforzándose por levantarse del sillón—. Hemos estado muy bien sin él mucho tiempo.

—Quieres decir que *tú* has estado bien —le contesté—. No *hemos*. Tú nunca me preguntaste si yo quería conocerlo.

—Ey —dijo Alex—. Todos contemos hasta diez y respiremos hondo. —Juntó las palmas de las manos, haciendo una demostración.

—Eres una niña, Adela —dijo mamá.

Ya estábamos ambas de pie, frente a frente, atrás del sillón.

Alex se nos unió, metiéndose entre las dos como si temiera que mamá y yo nos pusiéramos a luchar en la sala. Manny dijo que ella hubiera sido una buena luchadora. Si no estuviera tan enojada, quizá me hubiera reído otra vez ante la imagen mental de mi madre embarazada en un traje de luchadora.

—Addie... —empezó Alex, pero yo lo interrumpí.

—Esto no es sobre ti —dije, girándome hacia Alex.

Él abrió la boca como si fuera a decir algo, y luego la cerró.

—¡Adela! —gritó mi mamá con sorpresa.

Pero yo me fui corriendo a mi cuarto antes de que pudiera decir nada más, o antes de que dijera lo que realmente estaba pensando: *¡Y tú no eres mi papá!* Azoté la puerta de mi cuarto. Se sentía bien dar pisotones y azotar cosas. Si mi mamá podía actuar como una bebé, yo también.

Aventé mi mochila a un rincón. Sabía que había cruzado una línea. Mi mamá y yo no siempre estábamos de acuerdo en todo, pero nunca le había hablado así, ni a Alex. Y aun cuando seguía enojada, también me sentía terrible. Esperé que fueran tras de mí. Pegué la oreja a la puerta y escuché que Alex le dijo *Déjala*, seguido de una conversación bajita que no pude distinguir.

Abrí mi clóset y encendí el suéter de Navidad. En el bolsillo frontal de mi sudadera podía sentir el papel doblado en cuatro que Maggie y Eva me habían dado en la cena. Lo saqué y lo desdoblé. Lo alisé contra el suelo, luego corté un pedazo de cinta de una de las fotos del anuario y lo pegué a la pared.

Maggie, Eva y yo nos habíamos comido nuestra cena en el ring mientras los adultos se sentaban en la mesa de picnic. Maggie arrancó una hoja de papel de su cuaderno.

—¿Cómo se llama tu mamá? —me preguntó.

—Lourdes Ramírez —contesté.

—Lourdes —dijo Maggie.

Mastiqué mi hamburguesa y la vi mientras escribía nombres. Todavía no encontraba su diente, y asomaba su lengua por el hueco mientras trabajaba. Cuando terminó, giró el papel para que lo viera.

—Parece una tabla de taxonomía —dije.

—Seguro, okey —dijo Maggie, empujando sus rajas hasta el borde del plato, como si estuvieran contaminadas.

—Ya sabes, El Rey es un Tipo de mucha Clase que Ordena para su Familia Géneros de buena Especie —dije.

Eva se me quedó viendo con una mirada vacía. Sus grandes ojos cafés se veían como algo sobrenatural, enmarcados por el maquillaje azul y dorado.

—Reino, filo, clase, orden, familia, género, especie. —Numeré con mis dedos—. Se supone que debe decir algo sobre el *gran* reino de España, pero mi mamá lo cambió porque dice que España era colonizadora y todo eso.

—Eres una nerd —dijo Eva y se rio.

Pero yo sabía que no se estaba riendo *de* mí. Y aunque así fuera, no me importaba. Las ciencias y la mnemotecnia eran padres, y no necesitaba que nadie lo entendiera.

—¿Qué crees que va a pasar? —dijo Maggie—. ¿Con Manny?

—¿Qué *esperas* que pase? —preguntó Eva.

—No sé —dije—. Solo quería conocerlo. Ver cómo es.

—Darte cuenta de si te pareces a él —añadió Eva.

—Sí —dije—. Supongo.

—¿Alguna vez pensaste qué hubiera pasado si no te caía bien? —dijo Maggie—. ¿Si acababas deseando nunca haberlo conocido?

Maggie no temía preguntar los *si* que se encondían en mi cerebro, las posibilidades que yo misma temía preguntarme.

Estudié el papel en la pared de mi clóset. La lista de nombres me recordaba algo que había dicho mi mamá de su trabajo una vez.

—Donde hay una especie que los paleontólogos consideran extinta porque no hay un registro fósil, pero luego reaparece, tienen que intentar rellenar el linaje fantasma. Esos son los huecos, las partes de la historia que faltan.

Para mí, Manny y los Bravo eran la especie que había reaparecido de pronto. Ahora intentaba rellenar mi propio linaje fantasma, la historia que me había faltado toda la vida.

CAPÍTULO 16

—¿Y luego? —dijo Cy—. ¿Me vas a contar de ellos? ¿Cómo es realmente el famoso Manny Bravo?

Le había mandado a Cy un mensaje de texto resumiendo mi visita a Esperanza, pero la verdad es que no había mucho que le pudiera compartir de Manny. Aparte de nuestra conversación antes de la cena el sábado, no había pasado mucho tiempo a solas con él. Se veía ocupado, apurado. Estaba ahí, pero no estaba. ¿Así había sido siempre, o estaba evitando intencionalmente estar a solas conmigo más de lo estrictamente necesario?

—No sé —dije, revisando la selección de asientos en el auditorio—. Es alto. Come mucho. Es... Parece un tipo normal.

—Que resulta ser luchador —dijo Cy—. Sí, totalmente normal.

No le conté a Cy que parte de mí había esperado que Manny no fuera solo una persona normal. Que me gustaría que hubiera algo extraordinario, bueno o malo, que me ayudara a determinar cómo me sentía respecto a él. En cambio, le conté de las gemelas y del tío Mateo.

—¿Los verás otra vez? —preguntó Cy—. Quiero conocerlos a todos.

Pasamos a un grupo de niñas que estaban recargadas contra la pared con los brazos cruzados, como si se prepararan para algo espantoso. Compartía su sentimiento.

—A lo mejor voy el fin de semana —dije—. Manny me invitó, pero mi mamá está enojada.

A mi mamá todavía no se le pasaba el coraje. Aquella mañana, en el desayuno, Alex había dicho que necesitaba darle tiempo a mi mamá. Que esto era mucho. Como si no hubiera tenido ya doce años. Mi mamá estaba actuando como si esto fuera sobre ella, cuando no lo era.

—Es igualito a una telenovela —dijo Cy—. Conoces a tu padre perdido y es un superhéroe. ¿No es genial?

Me reí.

—Para nada es así —dije—. No es un superhéroe.

Encontramos asientos, nos acomodamos, imaginándome a mí misma como un caracol que se mete a su caparazón. Había crecido cinco pulgadas desde el último año escolar. ¿Por qué parecía que, entre más me quisiera esconder, más difícil era?

—Estoy muy nerviosa —dijo Cy, mirando en dirección de la puerta trasera del auditorio—. Si no consigo dirigir esta cosa, no sé qué voy a hacer.

Yo quería que la puesta en escena de séptimo año fuera lo más preocupante en mi vida.

—Quiero hacer algo divertido y alegre y completamente original —continuó Cy—. ¿Qué opinas?

Me miró expectante y yo le devolví la sonrisa porque yo sabía cómo se sentía desear algo con todas tus fuerzas.

—Te va a escoger —le aseguré—. Eres una líder natural y la persona más creativa que conozco. No hay nadie en nuestra clase que pudiera hacer un mejor trabajo.

—Tienes razón —estuvo de acuerdo Cy—. Obviamente.

—También eres muy modesta —bromeé.

Las cortinas del escenario estaban cerradas, pero una luz brillaba en el centro, reflejándose en el suelo de madera pulida. Recordé lo emocionante que había sido ver la interpretación de los niños de séptimo de *El Cascanueces* la primera vez. Cada año esperaba ver los volantes por todo el pueblo, incluido el merendero: una invitación abierta a toda la comunidad. Cuando era más chica quería ser el Rey Ratón porque, si bien tenía el papel más pequeño, su batalla con el Cascanueces era lo más emocionante de la función. Pero ahora las cosas eran distintas. La idea de pararme frente a un montón de gente y pretender ser alguien más era aterrador. Ya era bastante difícil solo ser yo. Por fortuna, como no era una de las favoritas de la señorita González en la clase de teatro, sabía que iba a representar a una invitada de la fiesta o un ratón, a lo mejor un copo de nieve; un papel en el que pudiera desaparecer como un camaleón. Por lo menos tenía eso.

—Ya llegó —murmuró Cy. Apretó mi mano, aplastándome los dedos.

—Au —dije, zafando mi mano—. Relájate, ¿sí?

La señorita González se subió al escenario, taconeando con sus suecos color rojo brillante que siempre me hacían pensar en el final de la historia de *La Pequeña Blancanieves*. No la caricatura dulce de Blancanieves que todo mundo conoce, sino el cuento original de los hermanos Grimm, donde la reina malvada tiene que usar un par de zapatos de hierro candente y bailar hasta caerse muerta. Los cuentos de hadas originales eran más espeluznantes que las versiones animadas. Mamá decía que uno no se devoraba esos cuentos nada más porque sí. Tenía lo que podrías llamar un oscuro sentido del humor.

Cy se retorció inquieta durante toda la clase mientras la señorita González mostraba videos de las presentaciones de otros años, retrasando la revelación de los papeles. Al fin, la maestra de teatro tomó la pila de hojas con la que había entrado y la colocó en el podio.

—Antes de distribuir la lista, quiero recordarles que, sin importar el papel que les asigne, todos son estrellas —dijo la señorita González, su voz sonora por el micrófono—. No hay pequeños papeles en esta producción.

Cy se movió hacia la orilla de su butaca. Yo daba gracias de que ahora sus manos apretaran los descansabrazos. Alcancé a ver a Gus sentado solo en la parte de atrás, oculto en el interior de la capucha de su sudadera, como siempre.

Por todas partes se filtraba el brillo de los celulares escondidos entre las carpetas y debajo de las mochilas. A nadie parecía importarle un papel grande o pequeño. Quizá nadie creía lo que había dicho la señorita González. Quizá todos se daban cuenta de que, a menos de que tuvieras un papel protagónico, eras parte de la multitud. Así como en la secundaria. ¿A quién le importaba que dos copos de nieve no fueran iguales cuando había tantos, todos juntos, al mismo tiempo, que ni siquiera los podías distinguir? A lo mejor ellos también estaban bien con eso. Quizá también los hacía sentir a salvo.

—Y como es tradición —continuó la señorita González, bajando del escenario para empezar a entregar copias del reparto, fila por fila—, nuestros protagonistas van a trabajar con el director para planear el giro sorpresa de este año.

Las hojas se abrían paso hasta nosotras.

—Ay, ¿podrían tardarse más? —dijo Cy, lo suficientemente fuerte para que todos escucharan. Se levantó, esperando, y se volvió a sentar cuando la señorita González se lo indicó con la mano. Cuando las copias alcanzaron finalmente nuestra fila, Cy las arrebató. Tomó una y me pasó las demás. Agarré mi propia copia antes de pasar el resto.

—¡Sí! —Brincó Cy de su asiento, abrazando la hoja de papel contra el pecho y haciendo un pequeño baile.

La señorita González la volteó a ver.

—Me da gusto que por lo menos una de ustedes esté emocionada.

—No la voy a decepcionar —anunció Cy. Miró alrededor del auditorio, como si se dirigiera a todos—. Este va a ser el mejor *Cascanueces* de la vida.

—¡¿Addie?!

Antes de que me pudiera encontrar entre la larga lista de personajes secundarios, la voz de Letty Anaya chilló mi nombre unas cuantas filas enfrente de nosotras.

Volteó hacia atrás, su largo cabello rubio girando como si estuviera en un comercial de champú. La expresión de su rostro a la vez enojada y desolada.

—Guau —dijo Cy, mirando la lista del reparto—. Tú eres...

—¿Marie? —Me quedé viendo mi hoja—. Tiene que ser un error. —Miré a Letty y sacudí la cabeza para hacerle saber que estaba tan sorprendida como ella.

Unas cuantas filas atrás de nosotras, Brandon soltó un grito:

—¡El Cascanueces! ¡Sí!

La señorita González volvió al podio, al parecer inconsciente del caos que había creado.

—Señorita González —llamó Letty a la maestra, agitando su hoja del reparto—. Creo que cometió un error.

—Ey, señorita González —gritó Brandon—, ¿hay un yeti en *El Cascanueces*?

—No hay ningún error —dijo la señorita González—. Y no digas tonterías, Brandon. Sabes muy bien que no hay yetis en la historia.

—A lo mejor solo soy yo, pero me imagino a Marie, como, pequeña y delicada —dijo Brandon, lo suficientemente fuerte para que lo escuchara. Se giró hacia mí y me sonrió con maldad—. Tú podrías ser Addie la Abominable Mujer de las Nieves, ya que eres tan alta y peluda.

—Y tú eres un pequeño trol detestable —dijo Cy, viendo más allá de mí y dándole a Brandon una mirada de muerte—. Vete a tu puente.

Yo sentía que mi cara ardía como un chile chimayó. Jalé las mangas de mi blusa y crucé los brazos para hacerlos desaparecer.

Sonó la campana y Brandon saltó de su asiento. Nos sacó la lengua antes de dirigirse a la salida.

—Prepárate para que te parta las nueces, Rey Ratón —gritó al pasar cerca de Gus.

Yo me quedé congelada en mi asiento.

—Tú eres Marie —dijo Cy, una inmensa sonrisa en su rostro—. Vamos a ser un gran equipo. Digo, ya lo somos, pero vamos a trabajar juntas en esto. Estoy tan emocionada. ¿No estás emocionada?

—No, Cy —gruñí—, no me emociona. Yo no quiero ser Marie.

Miré hacia el escenario donde algunos niños se habían formado para quejarse con la señorita González. Letty estaba al frente de la fila, hablando animadamente mientras la maestra escuchaba.

—Ándale —dijo Cy, levantándome de mi asiento y sacudiéndome—. Serás una gran Marie. Tan buena como Letty. *Mejor* que Letty. Vamos a dejar nuestra marca en el *Cascanueces* de la Secundaria Thorne.

Letty cruzó furiosa el pasillo hacia la salida. Intenté darle una mirada apenada cuando pasó cerca de nosotros, pero ni siquiera me volteó a ver.

—Vamos a celebrar —dijo Cy, doblando con cuidado su lista del reparto—. A lo mejor Alex nos prepara unas malteadas de lujo.

—Tengo que hablar con la señorita González —dije, recogiendo mi mochila y agitando mi hoja de papel en su dirección.

—¿En serio? —Cy puso cara de puchero.

—En serio —dije—. Lo siento. ¿Me esperas afuera? Podemos ir por esas malteadas y celebrar tu triunfo.

—Está bien —dijo Cy—. Te veo en las bicicletas.

Esperé hasta que todos se hubieran ido antes de acercarme al escenario, donde la señorita González estaba juntando sus cosas. El auditorio vacío me daba miedo. Unos cuantos años atrás había habido una plaga de murciélagos y sacaron casi mil. Imaginé que algunos de ellos seguían colgados de las vigas, preparándose para caer sobre nosotras. Pero era ahora o nunca. Subí los escalones del escenario y caminé hasta el podio.

—¿Qué pasa, Adela? —preguntó la señorita González—. ¿O debería decir *Marie*? —Levantó la mirada de su copia del guion de *El Cascanueces*. Estaba subrayado y resaltado, con las esquinas maltratadas y manchas de comida. La señorita González se tomaba muy en serio la puesta en escena.

—Quería hablarle de mi papel —dije.

—El más importante de todos —contestó—. Todos piensan que es el Cascanueces, pero no.

—¿No? —pregunté. Saber que, de acuerdo con la señorita González, Marie tenía el papel más importante lo empeoraba—. Yo siempre pensé que era una historia sobre Navidad y el Cascanueces que cobra vida en el sueño extraño de Marie.

—Ah, sí —dijo la señorita González—. Pero el Cascanueces no existe sin la imaginación de Marie. Nada existe. Se trata de que ella crece y toma decisiones.

—Bueno, en cuanto a Marie —dije, dudando—. ¿Sería posible que cambiara de papel?

—Pero, *tú* eres Marie —insistió la señorita González.

—Pero no quiero serlo —me defendí—. Por favor dele el papel a alguien más. A quien sea. Letty realmente lo quiere y sería una Marie genial.

—Letty ya me explicó qué quiere —dijo la señorita González, guardando su libreto en el bolso—. Yo te escogí a ti.

—¿No puedo ser un ratón? —pregunté—. ¿Un soldado? —La señorita González seguía sonriendo—. ¿Eso es un
sí? —pregunté, esperanzada.

—Oh, no —dijo—. Tú eres mi Marie.

—No puedo hacerlo —insistí—. No me puedo subir al
escenario enfrente de la gente, y que todos me vean.

—Tienes miedo —dijo, como si fuera una revelación—.
Es natural. No te puedo decir cuántas veces he actuado ate-
rrada a morir. Está bien tener miedo. Es una señal de que
te importa.

No podía imaginar a nadie que usara un labial tan brillante como el de la señorita González sintiendo miedo o
pena de que la vieran.

—No estoy asustada —dije. De pronto no quería que la
maestra pensara que tenía miedo—. Solo no quiero. No me
parezco mucho a Marie, por si no lo había notado.

—¿Y cómo es Marie? —preguntó la señorita González.

Era obvio que no la iba a convencer fácilmente. No era
suficiente con que no quisiera el personaje y alguien más
sí. La señorita González necesitaba un argumento a nivel
debate. Así que pensé en Letty y todas las demás Maries
que había visto en el pasado. ¿Qué había en ellas que no
considerara parecido a mí?

—Bueno —dije. Extendí los brazos para que pudiera
verlos. Quizá se daría cuenta de lo que Brandon veía... un
yeti musculoso.

La señorita González seguía indiferente. Esperó a que continuara.

—Ella parece, no sé, desamparada —dije—. Y débil, como en espera de que alguien la salve.

—Y tú no eres esa clase de persona —dijo la señorita González—. Tú te puedes cuidar a ti misma.

Quería decirle que no solo venía de una familia de luchadores, sino que me había criado una madre soltera.

—Sigue —dijo la señorita González—. ¿Qué más? —Lo tomé como una señal de que lo estaba considerando. Tenía una oportunidad.

—En las obras de Thorne, Marie suele ser de piel clara —dije—. Usted debería saberlo porque siempre hace el *casting*. Igual que la Marie de los libros y las películas. Y solo he visto dos compañías de ballet distintas representando *El Cascanueces* en vivo, pero nunca he visto una Marie que no sea blanca.

—Tus puntos son muy válidos —dijo la señorita González—. Pero...

Resoplé, sintiéndome al borde de la derrota.

—¿Por qué *yo*? —gruñí.

—Adela, he estado haciendo esto durante mucho tiempo —dijo la señorita González—. Es más, no he dicho nada porque todavía no es definitivo, pero este puede ser mi último año de *El Cascanueces*.

—¿Se está muriendo? —jadeé.

181

—Ay, por Dios, no —se rio—. Solo planeo jubilarme. Pero tienes razón.

—¿La tengo?

—Sí —dijo—. Siempre elijo la misma clase de persona para interpretar a Marie. Siempre la he visto de la misma manera, año tras año. Mi propio sesgo mental, supongo. —Se quedó mirando más allá de mí, hacia las butacas vacías del auditorio—. Pero —continuó, saliendo de su ensoñación—, no este año. Este año dije que me obligaría a pensar distinto respecto a la historia. Una nunca es demasiado vieja para cambiar de opinión, ¿sabes? Y eso implicaba imaginar a Marie de otra manera.

—Yo no quiero ser su conejillo de Indias —dije, pensando en los libros de la biblioteca sobre las pruebas en animales. No quería ser parte del momento de inspiración de la señorita González—. ¿No puede encontrar una forma de imaginar todo esto que no me involucre?

—Cuando me desperté el día que escribí la lista del reparto, me viniste a la mente para el papel —dijo la señorita González—. Y si hay algo en lo que siempre confío, es en mi instinto.

—¿Y si mi mamá viene a hablar con usted al respecto? —pregunté—. ¿Puedo cambiar de papel entonces?

—Me dará mucho gusto ver a tu mamá —dijo—. Ahora, me tengo que ir, y tú también.

Suspiré y ajusté mi mochila al empezar a caminar. Sabía que mi mamá nunca iría a hablar con la señorita González sobre el papel. Tenía un millón de cosas que hacer, y me iba a decir que ya era lo suficientemente grande para arreglarlo.

—Adela —me llamó la señorita González.

Di media vuelta, esperando que hubiera cambiado de opinión.

—Diviértete con el papel. Hazlo tuyo —dijo con esa sonrisa para detener el tráfico—. Confío en que lo harás.

★ CAPÍTULO 17 ★

Mamá y Alex no sabían que alcanzaba a oírlos desde la cocina, donde esperaba sentada en la barra del merendero. Tenía la maleta que había empacado para el fin de semana encima de mis piernas, y la abrazaba fuerte, escuchando atenta.

—Necesitas dejar de decirle cómo se tiene que sentir respecto a él —insistía Alex—. Ella no es tú. Vas a acabar alejándola. ¿Es lo que quieres?

—Obviamente no es yo —dijo mi mamá—. A mí nadie me advirtió que me iba a decepcionar. Así como la va a decepcionar a ella.

—No lo sabes —dijo Alex—. Tal vez ya maduró y se da cuenta de que esta es su oportunidad de arreglar las cosas, de conocer a su hija.

No lo entendía, pero apreciaba que Alex estuviera del lado de Manny. Y pensara que Manny quizá había cambiado. Me daba esperanza.

—No puede solo aparecer doce años después —continuó mi mamá.

—Bueno, no apareció nada más —dijo Alex—. Los dos sabíamos lo que implicaba la adopción, Lourdes. Él tiene que ser parte de este proceso.

—Ya lo sé —dijo mamá, resignada—. Todo esto me pone... nerviosa.

Se escuchó el golpeteo de platos cerca y fulminé con la mirada a Alma, la mesera que parecía cargar más de lo que podía aguantar, haciendo tanto ruido que no me dejaba escuchar la conversación.

—Sé que estás intentando protegerla —dijo Alex—. Pero ella lo quiere conocer. Ella necesita conocerlo. Deja que aprenda ella sola quién es.

—Es una niña —dijo mamá.

—Está creciendo —contestó Alex—. No puedes mantenerla lejos de él para siempre.

Hubo silencio. Unos minutos después, mamá salió de la cocina. Sus ojos rojos, como si hubiera estado llorando.

—Malditas cebollas —murmuró cuando me vio mirándola—. ¿Estás segura de que tienes todo lo que necesitas? —Señaló mi mochila con la cabeza.

—Cepillo de dientes, pasta de dientes, ropa interior, ropa, cargador del celular —dije, escaneando mi lista mental de cosas que empacar—. Sí.

—Ey, antes de que se me olvide —dijo mamá, señalándome de forma acusadora—. Mario del museo mencionó que Lucy va a ser un soldado en *El Cascanueces*. Y que *tú* eres Marie. ¿Por qué me tengo que enterar de esto por alguien más?

—Aj —gruñí—. No me lo recuerdes.

—¡Marie! —Alex alzó una mano para que se la chocara—. Felicidades, Adelita. ¿No estás emocionada?

—¿Me veo emocionada? —pregunté—. No quiero ser Marie. ¿Por qué la señorita González no se molesta en preguntarles a los niños antes de obligarlos a interpretar un papel?

—Serás una gran Marie —dijo Alex. Estaba empacando un pastel de manzana en una caja blanca de panadería.

—Y si te escogió a ti debe tener una buena razón —dijo mamá.

—Sí, como humillarme enfrente de todo Thorne —dije.

—Lo dudo. —Mamá frunció el ceño.

—O quizá confía en que harás un gran trabajo como la líder de la obra —añadió Alex.

—¿Podrías hablar con ella, mamá? —pregunté—. Dile que le dé el papel a otra.

—Si no quieres hacerlo, tú tienes que hablar con ella —dijo mamá—. Ya estás grande.

—Ya lo hice —me quejé.

Mamá levantó las manos indicando que no había nada más que hacer. Miró su reloj y luego por la ventana. Manny ya venía unos minutos tarde, como era de esperarse. Estaba a punto de decir algo cuando escuché el sonido de llantas

186

aplastando la grava. Miré por la ventana y vi su camioneta café estacionándose afuera.

—Ya llegó. —Me bajé del banco, aliviada de que Manny hubiera llegado.

—Dale esto a Rosie, por favor —dijo Alex, poniendo el pastel en mis manos—. Ten cuidado.

—Llámame si necesitas algo —dijo mamá. Parecía que quisiera decir algo más, pero en cambio dijo—: Te veo el domingo.

Apretó mi hombro mirando por la ventana una vez más antes de dejarme ir y meterse a la cocina. No tenía que preocuparse por ver a Manny porque él no se bajó de la camioneta. Tomé mi mochila y caminé con cuidado hacia él, sosteniendo el pastel.

—¿Qué me trajiste? —preguntó, frotándose las manos con anticipación mientras yo dejaba el pastel a un lado de mis pies.

—Eva con una tapa.

—¿Quién con qué? —preguntó Manny, mirándome como si hubiera perdido la razón.

—Es lenguaje de merendero para pastel de manzana —expliqué con una carcajada—. Alex lo hizo.

—Suena bien —dijo—. ¿Lista para irnos?

Asentí. Tocó el claxon y salió del estacionamiento.

—Seguro comes muy bien, ¿no?

—Supongo —dije—. Quiero decir, sí. Alex cocina muy bien.

—Yo nunca aprendí a cocinar —dijo—. Pero paso tanto tiempo en carretera que no tengo realmente un lugar ni el tiempo para hacerlo.

—Ahora sí, ¿no? —pregunté—. Ya que te vas a quedar.

—Sí, supongo que sí —dijo.

—¿Cuándo es tu siguiente lucha? —pregunté—. No te he visto en Cactus.

—No es muy emocionante lo que estoy haciendo ahorita —contestó—. No estoy seguro de que valga la pena que vayas a verme.

—No me importa —dije—. ¿Puedo ir? A lo mejor con Maggie y Eva.

—Seguro, pronto —dijo. Me miró de reojo—. Oye, ¿puedes guardar un secreto?

—Eh, no sé —dije, dudando—. Mi mamá dice que los adultos no deberían pedirles a los niños que guarden secretos.

—No es esa clase de secreto —dijo—. No es nada malo. Es sobre mi trabajo. Solo es algo que no le puedo decir a la gente.

—Okey, pues. —Estaba intrigada y feliz de que Manny confiara en mí—. ¿Cuál es el secreto?

—Estoy luchando como un enmascarado —susurró como si hubiera alguien más en la camioneta que pudiera escucharlo—. Por eso no me has visto.

—*¿En serio?*

Intenté pensar quién podría ser. Había muchos luchadores enmascarados en la Liga de Lucha Cactus. Los enmascarados eran populares en México, así que era natural que los aceptaran en Cactus.

—Sí —dijo—. Pero solo un ratito más, mientras arreglo algunas cosas. No debo pelear como Manny Bravo ahorita.

—¿Por qué no? —pregunté.

—Expulsaron a Manny la Montaña de Cactus hace algunos años —dijo—. Me llegó una gran oportunidad de luchar en Japón, pero implicaba que rompiera mi contrato. Cactus me dejó ir con la condición de que perdiera un encuentro donde el perdedor tiene que renunciar. A tu abuelo no le hizo nada de gracia.

—Pero, Japón —dije maravillada—. ¿Fue genial?

—Fue una experiencia divertida —dijo—. Pero ahora Pa ya está mayor y, ya sabes, está enfermo. Además, yo también me estoy haciendo viejo. Mis prioridades son un poco distintas.

Me miró y sonrió. ¿Quería decir que yo también era una prioridad?

—De todos modos, Cactus quiere que luche como enmascarado un rato —continuó—. Eventualmente, expondremos mi verdadera identidad. Será el regreso de Manny la Montaña.

—¿Quién eres? —pregunté. Me volteó a ver, confundido—. ¿Tu identidad secreta?

—Ah. —Manny se rio—. Okey, pero debes saber que es secreto absoluto. Hay luchadores enmascarados que no le revelan su identidad a nadie, ni siquiera a su familia. Qué loco, ¿no?

—Suena como algo muy difícil —dije—. Guardar un secreto tan grande.

Pero entonces recordé que mi mamá me había ocultado un secreto enorme toda mi vida. Quizá no era tan difícil después de todo.

—Créeme, no es fácil —dijo.

Imaginé a Manny en máscara, empujando un carrito en el supermercado o pidiendo comida en el autoservicio, o sacando libros de la biblioteca, el mundo entero sin saber quién caminaba entre ellos.

—Bueno —dije—, ¿me vas a decir quién eres?

—Oh, sí. —Rio—. Pero ni una palabra a nadie.

—¿Qué hay de Cy? Es mi mejor amiga.

—Nop. —Manny sacudió la cabeza.

—¿Mamá? —pregunté.

—No creo que quiera saber —dijo.

Asentí. No tenía caso aparentar.

—Okey, ya dime.

—Soy... —dijo lentamente, retrasando la revelación—, El Águila.

—¿El Águila de Esperanza?

Pensé en el luchador enmascarado siendo apaleado por Apolo, la máscara torcida, la multitud aventándole cosas. El Águila que siempre perdía era mi padre.

—Sí —dijo—. No sé si ves las luchas japonesas, pero ya llevo años siendo El Águila.

—El Águila —repetí—. ¿Qué se siente perder todo el tiempo?

—No es divertido —dijo y se rio—. Pero es temporal. Por ahora mi trabajo es ayudar a impulsar a otros tipos. Pronto, El Águila emprenderá vuelo y Manny la Montaña regresará.

—Y alguien más te va a impulsar a ti, ¿correcto? —dije.

—Exacto —confirmó Manny.

No podía esperar para decirle a mamá que estaba equivocada respecto a Manny. Manny había vuelto para quedarse.

—¿Rudo o técnico? —pregunté—. ¿Cuál prefieres?

—Ay, caray —dijo Manny, pensando—. Es una decisión difícil. Me gusta ser técnico, pero representar al rudo también puede ser divertido. Yo diría que rudo. Pero no le digas a nadie.

—Yo también escogería rudo —dije, sonriendo con complicidad—. Me gustan Los Padres de la Paliza.

—Escogiste a los peores, ¿eh? —dijo, pero se notaba que aprobaba mi elección.

—¿Chocolate o vainilla? —pregunté.

—Chocolate —dijo Manny—. Esa es fácil.

—Yo también —estuve de acuerdo.

—¿Invierno o verano? —dijo Manny.

—Invierno —respondí—. Me gusta el frío.

—A mí también —dijo.

—¿Suplex o patada voladora? —pregunté.

—Suplex —dijo Manny—. Es mucho más divertida.

—Los extraterrestres. ¿Existen o no? —preguntó Manny. Miró hacia el cielo, como si hubiera alguno volando por ahí.

—Sí —dijimos los dos al mismo tiempo y nos reímos.

Quería preguntarle *¿Quieres ser mi papá, sí o no?*, pero no lo hice. Ya sabía que mi mamá había hablado con Manny de la adopción, pero él no lo había mencionado aún. Me preguntaba cuándo lo iba a hacer.

Cuando nos acercamos a la reja de los Bravo, tomé mi mochila y el pastel, y me bajé de la camioneta. Manny no apagó el motor.

—¿No vienes?

—Tengo cosas que hacer, nena —dijo—. Quédate con tus abuelos y te veo en la cena.

—Ah —dije, intentando no sonar decepcionada—, okey.

—Guárdame un poco de esa Eva con sombrero —dijo.

Se despidió con la mano y se alejó en una nube de polvo.

—Eva con tapa —le dije a nadie.

Apreté la caja del pastel, sintiendo el calor de su contenido contra mi estómago. Me quedé ahí parada, a un costado del camino, hasta que la camioneta no fue nada más que un minúsculo punto en el horizonte.

CAPÍTULO 18

La casa estaba en silencio cuando entré. Maggie me había mandado una selfi irreconocible más temprano, un acercamiento del espacio donde debería estar el diente que se le cayó y un mensaje diciendo que llegaría después a la casa porque tenía que ir al dentista después de la escuela por un nuevo diente postizo. Me asomé a la cocina, esperando encontrar a Rosie, pero estaba vacía. Podía escuchar la televisión y seguí el sonido hasta la salita. Ahí encontré a Pancho en su sillón reclinable con Hijo a los pies.

—Hola, hola —dijo cuando me vio. Parecía reconocerme hoy—. Dile a tu abuela que ya empezó su programa.

Mundo raro estaba empezando y me dio gusto tener algo de qué hablar con él. Algo que no lo obligara a recordar a nadie en la familia.

—¿Qué está pasando ahora? —pregunté. Me senté en el sillón reclinable que había a su lado. Rosie y él tenían sillones de piel idénticos. Me hundí en el sillón y levanté los pies. Me sentía a punto de despegar hacia el espacio exterior—. ¿Paulina ya descubrió la verdad sobre su madre?

—Todavía no —dijo Pancho—. Pero se está poniendo bueno. ¡Acaban de encontrar a Simona muerta!

—¿Está muerta? —jadeé—. ¿Cómo? ¿Dónde?

—En el horno que usaban para hacer las minas de los lápices. —Pancho se rio y sacudió la cabeza.

La cosa con las telenovelas era que siempre "se ponían buenas". Todos los giros y vueltas más locos eran lo que te mantenía enganchado. En *Mundo raro*, la protagonista, Paulina, no tenía idea de que su jefa, la rica heredera de una fortuna de fábricas de lápices, era su madre. Los padres de la heredera la habían obligado a dar a Paulina en adopción al nacer porque su padre era un obrero pobre. La familia amenazó con desheredar a la mamá de Paulina. Pero ahora, años después, Paulina era adulta, y otra empleada, la chismosa Simona, había descubierto la verdad. Intentó chantajear a la familia, por lo que terminó horneada junto con los lápices.

Las tramas de las telenovelas no eran distintas de las tramas de las luchas: identidades ocultas o engañosas, traiciones, el bien contra el mal y, por supuesto, dramas familiares. Todo era súper ridículo y, sin embargo, también tenía sentido. A lo mejor Cy tenía razón y mi vida era como una telenovela.

Pancho empujó un tazón de madera con mezcla de botanas sobre la mesita lateral, entre los sillones reclinables, para que yo lo tuviera más cerca. Tomé unos cuantos cacahuates con chile y limón.

Si bien la telenovela era interesante, el resto de la habitación fue lo que capturó mi atención. El espacio estaba lleno de viejas fotografías y premios. Era como una inmensa vitrina con trofeos. Había medallas deportivas y trofeos de luchas de la Preparatoria Esperanza. Estaba la chamarra de satín de Speedy, enmarcada y colgada de una pared, de lentejuela verde, blanca y roja, como la bandera de México, el nombre Bravo en letras negras en la espalda. Estaba el cinturón de campeonato de Pancho, el mismo que llevaba en la foto de la sociedad histórica.

Había fotografías en blanco y negro de Pancho en el ring, cuando era joven, estrechando la mano con algunos de los grandes, como Mil Máscaras y Gory Guerrero. Había fotos de Manny y de mis tíos juntos, retratos individuales de ellos en sus atuendos de luchadores y chamarras vistosas como la que había usado Speedy, fotos de ellos bromeando y haciéndose llaves y Quebradoras Bravo. En una foto, Speedy y Mateo llevaban cinturones que habían ganado por derrotar al Guapo García y a El CEO, el anterior dúo campeón.

Había viejos retratos familiares de Rosie y el abuelo, y los hermanos cuando eran niños. Parecían muñecas rusas, diferentes versiones de sí mismos a lo largo de los años.

Volteé a ver a Pancho, que se había quedado dormido. Desde donde estaba sentada podía ver que tenía cicatrices en la frente, algunas delgadas, como riachuelos, y algunas profundas y pronunciadas, como arroyos secos. Sentado ahí, con la cabeza recargada contra el reposacabezas, las manos sobre su regazo, encima de la manta tejida que cubría sus piernas, se veía pequeño. Nada parecido a las fotos que había alrededor.

La salita era casi un museo. Mi mamá fue a la escuela un día para hablar sobre su carrera y su trabajo en el museo. Yo siempre los había considerado tan solo lugares con colecciones de cosas viejas, pero mi mamá dijo aquella vez que los museos también contaban historias. Nos dio muchas preguntas en qué pensar cada que miráramos las exposiciones. Dijo que las cosas en un museo contaban una versión de la historia, y habló de lo importante que es pensar en quién contaba la historia, de qué trataba esta, por qué se contaba de una forma y no de otra, y en quién o qué faltaba por contar.

Mientras contemplaba todos los objetos y las fotografías, pensaba en la historia que estaban contando. Era la historia de una familia, de su fuerza y su gloria y sus victorias. Pensé en lo que faltaba. Las fotos eran viejas, así que de verlas no podías saber que Speedy había muerto ni que Mateo ya no luchaba ni que Pancho estaba enfermo. Ni que Manny tenía una hija. Las gemelas tampoco estaban ahí. Y a excepción del retrato familiar, Rosie no estaba.

Pancho soltó un ronquido fuerte y sonoro, y se despertó solito.

—¿Me perdí de algo? —preguntó, enfocándose de nuevo en la televisión.

—No realmente —dije—. Solo unos llantos horribles.

Se rio.

Quería preguntarle a Pancho de las luchas, de Manny, de lo que era ser un Bravo. Quería saber todo, pero no estaba segura de por dónde empezar. Así que miramos la telenovela y compartimos un tazón de botanas.

Cuando empezó un comercial, Pancho agarró el control remoto y le quitó el sonido al televisor.

—Quiero decirte algo, mija —dijo, volteando hacia mí.

—¿Qué pasa?

—Lo tienes que dejar ir —dijo con firmeza.

—¿De qué hablas? —pregunté, confundida—. ¿Dejar ir a quién?

—Va a ser de los grandes —continuó, como si no me hubiera oído. Sus ojos escanearon la habitación, mirando todo como si fuera evidencia—. Él quiere esto. Y si intentas detenerlo, nada más va a ser infeliz y tú vas a ser infeliz.

—¿Detener a quién? —Sentí que estaba teniendo una conversación conmigo, pero a la vez que no era conmigo.

—Pues a Manny, claro —dijo Pancho. Sonaba enojado.

—Pero me dijo que se iba a quedar aquí —dije. Hijo soltó un pequeño quejido desde donde dormía en el suelo.

—No, no —dijo, sacudiendo la cabeza—. Tú puedes ir a la escuela en cualquier momento. Él volverá a ver a la bebé. No es como que se irá para siempre.

Ahí me di cuenta de que no estaba hablando conmigo. Estaba hablando con mi mamá.

—Es su sueño —siguió Pancho—. Y es como ese cometa que solo pasa una vez cada cien años.

—¿Te refieres al Cometa Halley?

—Ese mismo —dijo Pancho, señalándome—. Cuando se va, se va. La familia siempre va a estar ahí. Rosie lo entendió. La grandeza es algo que tienes que perseguir. No solo te llega.

Me sentía incómoda escuchando una conversación que estaba teniendo con mi mamá, como si estuviera invadiendo su privacidad otra vez. Miré hacia la puerta, deseando que Rosie apareciera. Tal vez ella pudiera hacer algo para traerlo de vuelta al presente.

A principios de la semana había buscado información sobre luchas y lesiones en la cabeza. Quería saber qué le pasaba a Pancho. Leí sobre algo llamado encefalopatía traumática crónica, la cual le sucede a personas que juegan deportes donde son comunes las conmociones cerebrales. Era un tipo de daño cerebral y afectaba la memoria y el estado de ánimo de una persona. No estaba segura de que Pancho tuviera eso, pero sabía que no se podía hacer nada para revertirlo. ¿Qué tanto de mi abuelo se había ido para siempre?

—¿Dónde está Lourdes? —preguntó.

—Lourdes no está aquí —dije.

—Entonces, ¿quién eres tú?

—Yo soy Adela —dije—. La hija de Lourdes. La hija de Manny.

—Adela —repitió Pancho, asimilando la información.

Se giró en su sillón y me miró como si fuera la primera vez. Excepto que no parecía confundido. Me reconoció finalmente. Se inclinó hacia mí y puso su mano sobre la mía.

—Dile que lo siento —dijo—. Dile que me equivoqué.

Apretó mi mano y luego volvió a mirar el televisor como si estuviera solo en la habitación, con Hijo a los pies.

★ CAPÍTULO 19 ★

Salí de la casa, pensando en Pancho y lo que había dicho. ¿De verdad quería que le dijera a mi mamá que lo sentía? ¿Él era la razón de que Manny no hubiera estado ahí? El Cometa Halley se ve cada setenta y cinco años, no cada cien, pero entendí la idea. No se volvería a ver hasta 2061. Faltaba mucho tiempo. Podía comprender que esperar tanto tiempo por una oportunidad para hacer algo de nuevo era mucho. Pero Pancho también había dicho que la familia siempre estaba ahí. Y eso no era cierto. Las gemelas y yo habíamos crecido sin nuestros padres. ¿Cómo estaba tan seguro Manny de que *yo* siempre estaría ahí, esperándolo?

Caminé hacia el granero, donde las plantas rodadoras amenazaban con apoderarse de toda la estructura. La propiedad de los Bravo se sentía como un universo en sí mismo, una galaxia de planetas. El tío Mateo en su remolque, las gemelas en el ring. Rosie en su taller y Pancho, a pesar de los fallos en su memoria, como el sol alrededor del que todo giraba. Manny era una estrella fugaz, visible por un breve periodo. Atrápalo si puedes.

Me metí entre las plantas rodadoras y me asomé por la única ventana que no quedaba cubierta por ellas. Pude ver a Rosie en el interior, inclinada sobre algo que estaba haciendo. Toqué en el vidrio. Rosie levantó la mirada.

—Por aquí —gritó y señaló a sus espaldas.

Rodeé el granero hacia la parte de atrás, donde dos puertas masivas estaban abiertas, dejando entrar el aire fresco. Rosie estaba de pie ante una mesa de trabajo, rodeada de estatuas de plantas rodadoras en diferentes etapas de ensamblado. Traía puesto un overol gris.

—¿Manny te dijo dónde encontrarme? —dijo, levantando la mirada. Sus rizos estaban recogidos con un paliacate rojo.

—Sí —dije. Era más fácil que decir que no, que se había ido y me había dicho que me vería después. O que había dejado a Pancho en la salita platicando con el pasado.

—Mira —dijo—. Este va a ser el muñeco de nieve. —Señaló a tres de las bolas más grandes de rodadoras que hubiera visto. Grande, más grande y mucho más grande—. Necesito pintarlas de blanco con el aerosol y terminar la bufanda. —Levantó una bufanda azul larga todavía en una aguja de gancho—. Y luego, el mes que viene, lo ensamblamos.

La aparición de las plataformas en la Ruta 13 era una de las primeras señales de que las fiestas se acercaban. Cada año, justo después del Día de Acción de Gracias, se ponían las estatuas de plantas rodadoras, empezando con el muñeco de nieve en la entrada de Thorne. Había árboles de Navidad de plantas rodadoras entre los dos pueblos, y una Virgen de Guadalupe de rodadoras en el letrero que decía Bienvenidos a Esperanza.

—Nosotros nos tomamos una foto con el muñeco de nieve todos los años —dije, tocando la suave bufanda que llevaría el muñeco—. Mi mamá, mi padrastro y yo. Y Marlene también. Trabaja en el merendero. Y a veces mi mejor amiga si está en el pueblo.

—Me acuerdo —dijo Rosie—. A tu mami siempre le encantaron las estatuas de plantas rodadoras. A veces me ayudaba.

—¿Sí? —pregunté. Cada nueva revelación se sentía como un puñetazo en el estómago. Había tanto que mi mamá nunca me había contado—. Supongo que, ya que tú los haces, es como si tú también estuvieras en las fotos.

—Ah, eso me gusta —dijo Rosie, y sonrió.

—¿De dónde sacas estas rodadoras gigantes? —pregunté, mirando los monstruos secos y espinosos. Estaban por todas partes, en el piso, en las repisas, sobre la mesa, por todo el granero.

—Donde sea —dijo—. No sé si lo has notado, pero hay muchas plantas rodadoras por estos lares. —Se rio—. Me salgo a manejar, y también me entregan algunas los de control de inundaciones. Siempre están buscando formas de evitar que las rodadoras tapen los canales.

—¿Qué estás haciendo ahí? —Señalé hacia una masa de estambre verde que caía de la mesa.

—Es el manto de la Guadalupe —dijo Rosie, levantándolo—. Trabajo un poquito en él hasta que me canso, y luego sigo trabajando en la bufanda del muñeco de nieve. Empecé los dos en el verano. Poco a poco, todo va saliendo.

—¿También tejes? —Miré alrededor del granero, todas las partes.

—Y sueldo —dijo, señalando los marcos de acero cerca—. Esos son para los cuerpos.

—Guau —dije—. ¿Alguna vez duermes?

—Con un ojo abierto. —Rosie rio y cerró un ojo—. Mateo me ayuda a veces, pero él tiene su propio trabajo.

—Yo te puedo ayudar —dije emocionada—, si me enseñas.

—Yo te enseño todo lo que quieras aprender —ofreció Rosie—. Puedes ser mi asistente para las estatuas del próximo año.

Sonreí ante la idea de un próximo año con Rosie.

—¿Cómo empezaste a hacer estatuas de plantas rodadoras?

—Pues —empezó Rosie—, una noche estaba en casa sola con tres niños enfermos. ¡Hablando de no dormir! Estaba despierta muy tarde, o muy temprano, dependiendo de cómo lo mires. Era ese momento de la noche cuando no había mucho que ver en la televisión, ¿sabes? O, bueno, a lo mejor no sabes, porque tú tienes el internet, pero no siempre fue así. Encontré un episodio de un viejo programa de televisión sobre una pareja que se pierde en algún lado y los capturan las plantas rodadoras.

—¿Las plantas rodadoras? —Me reí, sacudiendo la cabeza—. ¿Estás segura de que no estabas soñando?

Ahora era el turno de Rosie de reírse.

—¡No, no, es en serio! —insistió—. Las plantas rodadoras no los dejaban salir de la casa. Esto pasa a veces, ¿sabes? ¡Uy, qué miedo me dio! Porque aquí estamos rodeados de ellas. Y ahí estaba yo con tres niños malitos. Sentí que estaba atrapada por mis propias plantitas rodadoras.

—Quiero ver ese programa —dije—. Tal vez lo pueda encontrar en la computadora al rato.

Rosie asintió.

—Las rodadoras pueden ser peligrosas, ¿sabes? Ruedan cuando se desprenden de sus raíces y terminan en lugares donde no deberían estar, tapando y atrapando.

—Hay una exposición en el museo de historia natural donde trabaja mi mamá —dije—. Dice que son polizones. Las semillas vinieron de Europa con los inmigrantes.

—Así es —dijo Rosie—. No son plantas nativas. Son invasivas.

—¿Y qué te dio la idea de hacer estatuas? —pregunté.

—Al día siguiente, íbamos a algún lado, yo manejando, y una inmensa cabezona...

—¿Cabezona?

—Sí —dijo, extendiendo sus manos alrededor de su propia cabeza—, una rodadora inmensa, una cabezona. Así las llamo yo porque parecen cabezas con el cabello desordenado. Como tus primas. —Se rio—. Bueno, pues esta cabezona rodó atravesando el camino, frente a nuestro auto. Era tan grande que, por un segundo, pensé que era un animal. Tuve que girar el volante para evitar pegarle. Cuando vi lo que era imaginé un conejo de plantas rodadoras, y de ahí salió la idea. —Señaló todo en la habitación—. Las cabezonas eran una cosa que por lo menos podía controlar.

—Yo pensé que los adultos controlaban todo —dije.

Rosie se rio y negó con la cabeza.

—Maggie dijo que eras una de las mejores luchadoras en México —dijo, mirando sus dedos trabajar la aguja de gancho y el estambre—. ¿Por qué lo dejaste?

—Oh, sí, era bastante buena —Rosie estuvo de acuerdo—. Eso fue hace una vida entera. Así conocí a tu abuelo. Ambos estábamos en el mismo programa una noche en Monterrey.

—¿Qué pasó?

—Nos casamos —dijo Rosie—. Y Sebastián pasó. Y Mateo y tu padre.

—Sí —dije—. Supongo que eso es bastante.

—Déjame enseñarte algo —dijo Rosie. Dejó el estambre y la aguja de gancho y se fue hacia una alacena de metal.

Sacó una caja de cartón de una repisa y la dejó sobre su mesa de trabajo—. Ábrela.

Separé las tapas de la caja y saqué el objeto de hasta arriba. Era un cinturón de campeonato, más pequeño que el de Pancho, pero más hermoso. La orilla del cuero café oscuro estaba decorada con terciopelo verde. Había una placa de plata en el centro. Las palabras CAMPEÓN FEMENIL DE MÉXICO estaban grabadas encima, y LUCHA LIBRE en la parte de abajo. Su nombre estaba grabado en medio de la placa de plata: ROSA TERRONES, LA ROSA SALVAJE.

—¿*Tú* eras la campeona mexicana? —pregunté impresionada. Levanté el cinturón. Era más pesado de lo que parecía.

—Pues sí —dijo Rosie—. Durante mucho tiempo no dejaban pelear a las mujeres en la capital, ¿sabes? Pero había luchas por todo México. Gané ese en Guadalajara.

—¿Por qué las mujeres no podían pelear en la Ciudad de México? —pregunté—. ¿No es la ciudad más grande del país?

—Lo es —dijo Rosie. Hizo algunos estiramientos para las manos—. Los hombres creían que era mala influencia para las niñas ver mujeres luchar. Les asustaban las mujeres fuertes.

Ella flexionó sus brazos. Aunque la piel bajo sus brazos temblaba un poco, no había duda de que tenía músculos. Cuando apretaba los puños, sus bíceps brincaban.

Sostuve el cinturón contra mi cintura.

—Se ve bien —dijo Rosie aprobatoria.

Me sonrojé y lo dejé, volviendo al contenido de la caja. Había un álbum lleno de fotos y recortes de periódico de los tiempos de Rosie en las luchas. Un titular en la sección deportiva de un periódico mexicano anunciaba la victoria de La Rosa Salvaje sobre Cathy "Crybaby" Cruz, de San Antonio, Texas. Otro encabezado decía que era La Reina de Guadalajara. En la foto en blanco y negro alzaba el cinturón del campeonato mundial.

Tomé una fotografía de una joven Rosie. Estaba vestida con un traje de luchadora de una sola pieza, botas negras de agujeta y una capa larga roja que tocaba el suelo. Su cabello negro brillaba, sus rizos salvajes alrededor de su rostro.

—Ahí tenía diecisiete años —dijo.

—Guau —dije, recargando los codos en la mesa para estudiar la foto—. ¿Te hubiera gustado seguir luchando?

—Hace cuarenta, cincuenta años era todo lo que quería —dijo, levantando su aguja otra vez—. Crecí viendo a Irma González, Chabela Romero y La Dama Enmascarada, todas las grandes luchadoras de México. Quería viajar por el mundo como ellas, como hacían los hombres.

—¿La Rosa Salvaje era ruda o técnica? —pregunté.

—Técnica, por supuesto —contestó Rosie.

Mirando las fotos y los recortes, no me parecía que hubiera nada más emocionante ni interesante que ser luchadora profesional y usar tus trajes y viajar por el mundo, actuando una historia todas las noches, apaleando tipos malos o siendo un tipo malo. ¿Qué podría competir con eso?

—¿Y no podías seguir trabajando? —pregunté—. ¿Aun con un bebé? ¿No había nadie que pudiera hacer de niñera o algo?

Rosie se rio.

—Luché cuando Sebastián y Mateo eran muy chiquitos, pero no me gustaba estar lejos de ellos por tanto tiempo. ¿Sabes lo difícil que es encontrar una niñera por meses?

—¿*Meses*? —dije, imaginando que mi mamá se fuera tanto tiempo—. ¿Y no podían turnarse? ¿Una vez viajabas tú y otra Pancho?

—Ay, niña, esos eran otros tiempos. ¿Qué caso tiene pensar ahorita en lo que pudimos haber hecho? —dijo—. Yo vi lo difícil que era para otras luchadoras ser dos cosas a la vez. Algunas eran madres solteras y no tenían muchas opciones. Tenían que hacer lo que tenían que hacer. No era imposible, pero no era la vida que yo quería. La mitad del tiempo aquí y la mitad del tiempo allá, ¿y nunca realmente en ningún lado? Además, yo cuidé a esta familia. Yo he cargado y todavía cargo con esta familia a través de todo, lo bueno y lo malo, y esa es una lucha. No hay debilidad en ello.

Quizá no era Atlas el que cargaba el mundo, después de todo. Tal vez era Rosie y mujeres como ella. Mujeres como mi mamá.

—Pero Pancho sí pudo luchar —dije—. ¿Por qué él no tuvo que elegir entre su familia y luchar?

—Sí tuvo que escoger —dijo Rosie—. A veces parece que una persona lo tiene todo, pero no es posible. Renuncias a algo, incluso si no es tan obvio para otros. Tu abuelo nunca estaba en casa mucho tiempo. Volvía, sobre todo cuando los niños eran muy chicos, y no lo reconocían.

—Pero, ¿nunca te preguntaste —pregunté— cómo hubiera sido tu vida si hubieras tomado diferentes decisiones?

Se detuvo y levantó la mirada de su tejido un momento, como si se hiciera a sí misma esa pregunta o pensara qué hubiera pasado.

—Estamos aquí ahora —dijo y miró alrededor—. A lo mejor las cosas no son magníficas, pero son buenas, ¿no? ¿Tengo remordimientos? Sí. ¿Estoy contenta con mi vida? También, sí. La vida está llena de contradicciones.

—¿Tú crees que Manny tiene remordimientos? —pregunté.

—Claro que sí —dijo sin dudarlo—. Siempre los ha tenido.

Quería creerle a Rosie, pero si se arrepentía de no haber estado cerca, ¿por qué tuve que ser yo la que lo encontrara? Habían pasado once años desde la última vez que me vio. En todo este tiempo, ¿por qué nunca intentó arreglar las cosas con mamá? Si Marlene no se hubiera dado cuenta de que yo sabía quién era, y si no le hubiera dicho nada a mi mamá, ¿estaría en Esperanza? ¿Alguien habría contestado mi correo?

Seguí revisando el contenido de la caja. En un póster, Rosie estaba de pie, victoriosa, con una bota sobre el pecho de su oponente, posando con su cinturón de campeonato. En otra foto parecía que estuviera rasurando la cabeza de su oponente.

—Órale. —Alcé la foto—. ¿Qué está pasando aquí?

—Ja —gritó con gusto—. Es una pelea de cabellera. A la perdedora le rasuran la cabeza.

—¿Alguna vez te rasuraron la cabeza?

—Nunca —dijo Rosie orgullosa. Se pasó los dedos por sus rizos.

En el fondo de la caja, abajo de las fotos y los pósteres, había un par de botas negras de luchadora, una capa roja con una rosa bordada en la espalda, doblada con cuidado, y un traje rojo de una pieza, el mismo atuendo que llevaba en la foto.

—¿Por qué todo esto no está en la salita con todas las cosas de las luchas? —pregunté. Pasé la mano por el costado de una de las botas. Sus agujetas negras terminaban en moños perfectos hasta arriba. Imaginé a Rosie atándolos una última vez, guardando las botas en la caja y despidiéndose de su sueño.

—Ay. —Rosie hizo un gesto con la mano—. No hay espacio, ¿y qué importa de todas maneras? Son un montón de cosas viejas.

—Todo debería estar ahí también —dije, devolviendo los objetos a la caja con cuidado. Miré de nuevo la foto de La Rosa Salvaje de diecisiete años. En su capa se veía como una superheroína—. Sí importa.

—Te la puedes llevar si quieres —dijo Rosie mirando la foto.

—¿De veras? ¿Puedo?

—Claro, niña —dijo.

—Gracias.

En la foto, Rosie tenía una expresión de determinación en su rostro, su ceño ligeramente fruncido. Miraba más allá de la cámara, como si viera algo a distancia. Imaginé que miraba hacia su futuro. Uno donde no la atrapaban las plantas rodadoras. Uno donde viajaba por todo el mundo. Uno donde era La Rosa Salvaje, la campeona mundial.

★ CAPÍTULO 20 ★

Esa noche algo cayó en mi cama con un fuerte golpe seco y me despertó.

—Ándale, dormilona —dijo Eva, sentada al pie de la cama, jalándome los dedos gordos de los pies.

—Au. —Aparté los pies. Miré los contornos de las gemelas en la oscuridad—. ¿Qué hora es?

—Atrapa —murmuró Maggie. No estaba lo suficientemente despierta para reaccionar rápido. Para cuando pensé en levantar los brazos para atrapar lo que fuera que me hubiera lanzado, el saco para dormir ya me había pegado en la cara y había caído sobre mi regazo.

Eva se rio.

—¿Qué están haciendo? —pregunté, bostezando.

—Vámonos —dijo Maggie—. Agarra tu almohada también.

Miré el reloj que había en el buró. Sus manecillas brillantes indicaban las 12:19. Todas las luces de la casa estaban apagadas excepto la luz azul del televisor en la salita. ¿Pancho seguía despierto?

—¿Le deberíamos avisar a alguien? —pegunté, siguiendo a las gemelas, que llevaban sus propios sacos de dormir y sus almohadas.

—No les importa —dijo Maggie en voz baja—. Nada más vamos afuera.

En la cocina, abrió una alacena y, después de mirar adentro por un minuto, sacó una caja de cereal.

Con una linterna que apareció del interior de su saco de dormir, Eva iluminó el camino por la puerta trasera y hacia el ring.

—Está helando —dije. Podía ver mi aliento. Miré hacia la casa del tío Mateo, pero no había luces encendidas.

Echamos los sacos de dormir y las almohadas al ring, y nos trepamos después.

—Te puedes regresar si quieres —dijo Maggie, acomodándose. Arrancó la tapa de la caja de cereal y la pasó.

Yo enterré la mano y tomé un puñado de bolitas de crema de cacahuate y chocolate. De ninguna manera me iba a meter a la casa.

Nos sentamos en la oscuridad, con nada más que el sonido de nosotras masticando. Era la primera vez que veía a las gemelas sin sus trajes de tzitzimime. Esta noche, llevaban pijamas oscuros de franela con un patrón de ovejas durmiendo. Estaban desmaquilladas, así que también podía ver sus rostros. Sus facciones *reales*. Se veían como un par de niñas de catorce años, no diosas de las estrellas.

Maggie apartó la caja de cereal y se acurrucó en su saco de dormir.

—Ciérralo por fa —dijo.

Eva corrió el cierre del saco de dormir de su hermana y se deslizó en el interior del suyo.

—¿Puedes cerrar el mío, Addie? —pidió Eva.

Cerré su saco tan apretado como pude contra sus hombros. Luego me metí en el mío. No quedaba nadie que corriera mi cierre.

—¿Sabías que los aztecas creían que la tierra era un cocodrilo flotando en el océano? —dijo Maggie adormilada—. Lo mejor de dormir aquí afuera es que se siente como si en serio estuviéramos flotando.

—Como estar en un caimán inflable en una alberca —bromeé.

Sentí que entraba un poco en calor con el sonido de su risa. Me gustaba hacer reír a mis primas. Lo que Maggie había dicho era cierto. Estaba tan oscuro afuera que se sentía como si pudiéramos estar en cualquier parte, incluso en el lomo de un cocodrilo. Solo las tres, solas en el mundo.

—Cuéntenme de las tzitzimime —dije. Ya pronunciaba mejor la palabra después de contarles a Alex y a Cy de las gemelas.

—Esto es lo que Rosie nos contó —dijo Maggie—. Los aztecas creían que las tzitzimime eran divinidades, diosas que protegían las cosechas y a la gente, pero sobre todo a las mujeres embarazadas.

Yo pensé en mi mamá, cuidada por un montón de chicas adolescentes que se veían y se vestían como mis primas.

No había muchos faroles donde vivían los Bravo, así que podía ver todo en el cielo con claridad. La luna era un filo dorado, como una de las pequeñas arracadas que me ponía. Sentí que me tragaba la oscuridad. ¿Las tzitzimime acechaban en algún punto de ese cielo de obsidiana?

—Cuando el mundo se acabe, las tzitzis se comerán a toda la gente —dijo Eva. Se zafó de su saco de dormir y agarró mi brazo, haciendo chasquidos y gruñidos mientras hacía como que lo devoraba.

Yo chillé y aparté el brazo, pero no pude evitar soltar una risita.

—Creí que protegían a la gente —dije.

—Los aztecas creían que siempre que había un eclipse, o al final de un ciclo de cincuenta y dos años, o cuando se daba alguna clase de gran cambio, era un buen momento para que las tzitzimime bajaran a la tierra —explicó Eva—. Eran poderosas y podían hacer que esos tiempos horribles acabaran bien o no.

De pronto cobró sentido que las gemelas hubieran entrado en mi vida. Entre conocer a Manny, que mamá fuera a tener pronto un bebé, la adopción y hasta toda la ridiculez del *Cascanueces*, estaban pasando muchos cambios. Tal vez las gemelas, las tzitzis, estaban aquí para asegurar que todo saliera bien. Por lo menos eso esperaba.

Ululó un búho en alguna parte y caí en cuenta de que probablemente había toda clase de criaturas ocultas en la oscuridad. Zorrillos, venados, lobos, diosas de las estrellas, La Llorona. Tal vez el ulular era su clamor por sus hijos y no un búho.

—Son buenas y malas —retomó Maggie el tema—. Depende de cómo las veas y depende de la situación.

—Parecido a un *jobber*, ¿no? —pregunté, pensando en El Águila de Esperanza—. No realmente bueno ni realmente malo.

¿Las gemelas sabrían el secreto de Manny?

Me acomodé en mi saco para dormir y me acurruqué más adentro, el sonido del nylon raspando con cada movimiento.

—¿Por qué las escogieron? —pregunté—. ¿Para sus alter egos de las luchas?

—Cuando Rosie nos contó de ellas, nos parecieron geniales —dijo Maggie—. Algunas personas dicen que son femeninas y otras las describen como masculinas. Me gusta la idea de ser algo que no puedes identificar por género. Que solo es.

—Y si son femeninas —dijo Eva—, me gusta que no encajen en un estereotipo. Que las personas las respeten, pero también que les teman.

—Mujeres fuertes —dije, recordando lo que Rosie me había contado en el granero.

—Exactamente —dijo Maggie—. Las tzitzis pueden nutrir y proteger, pero también pueden destruir.

—¿Quién les enseñó todo lo que hacen en el ring? —pregunté—. ¿El tío Mateo?

—¿El tío Mateo? No, para nada —dijo Maggie—. Él a veces nos ayuda. La abuela es la que nos ha enseñado casi todo lo que sabemos.

—¿Rosie? —Me enderecé sobre los codos—. Pensé que lo había dejado hace mucho.

—Sí —dijo Maggie—, pero todavía está muy fuerte.

—Lo *sé* —dije, emocionada—. Me enseñó sus brazos flexionados hoy. Tiene unos buenos músculos.

—Todavía entrena —dijo Eva. Detecté orgullo en su voz—. Dice que el cuerpo nunca olvida.

Yo quería ser una tzitzi. Una niña poderosa, una mujer fuerte.

—¿Cuándo supieron? —pregunté—. ¿Que también querían ser luchadoras?

Las gemelas no contestaron de inmediato. Cada una parecía estar esperando que la otra hablara primero.

—Siempre —dijo Maggie al fin—. Desde que tengo memoria. Es lo que hacemos.

Sabía que al decir *hacemos* se refería a la familia. Eva y Maggie tampoco tenían a su padre, pero de cierta manera tenían más relación con él que yo con Manny. Estaban conectados a través de las luchas. Ellas sabían quiénes eran y qué querían.

—Yo quiero luchar hasta que ya no pueda —dijo Maggie. Se giró hacia mí y pude ver que no traía su nuevo diente postizo—. Voy a aplicar para el equipo de lucha este año. Seré la primera mujer en el equipo de la Prepa Esperanza.

—Eso suena realmente difícil —dije—. Pero eres tan buena. Apuesto a que te quedas. Manny estuvo en el equipo de lucha de Esperanza.

—Todos —dijo Eva—. Manny, Speedy, Mateo.

—¿Y tú? —le pregunté a Eva—. ¿Tú también vas a aplicar?

—No, yo no —dijo Eva—. Eso es lo suyo.

—Eva juega softball —me informó Maggie.

—Pero, ¿qué hay de las tzitzimime? —pregunté, temiendo que las diosas de las estrellas estuvieran perdiendo su luz.

—Voy a ser equipo con Maggie después de la preparatoria —dijo Eva. Se sorbió los mocos y se limpió la nariz en la manga del pijama—. Un tiempo por lo menos. Luego quizá vaya a la universidad. Pero no quiero estar vieja y lastimada, y olvidar cosas como el abuelo.

—Ay, Eva —se quejó Maggie—, solo porque luches no quiere decir que acabarás como el abuelo.

—¿Qué más te gustaría ser? —pregunté como si no pudiera imaginar otra posibilidad para un Bravo que no fuera luchar.

—No sé. —Eva se reacomodó en su saco de dormir—. Mi mamá dice que el cielo es el límite. A lo mejor actriz, o juez, o dentista, para que pueda componerle la boca a Maggie cada vez que le tiren un diente en el ring.

Maggie le dio un empujón a su hermana jugando.

Las tres nos quedamos acostadas en la lona, en silencio. Pensé en Manny y en las luchas. Pensé en Rosie y en mi mamá. ¿Era raro para Eva y Maggie que una de las dos no quisiera seguir los pasos de los Bravo? Intenté identificar los sonidos en la oscuridad. ¿Esos eran coyotes aullando? ¿El canto de los grillos? Busqué constelaciones. El cinturón de Orión era el más fácil. Tres estrellas una al lado de la otra. Imaginé que las tres éramos deidades estelares, un asterismo en el cazador del cielo. Pensé en los bdeloideos, organismos microscópicos que viven en el agua y que han existido y sobrevivido sin machos durante millones de años. Mi mamá dice que son su clase de rotífero. Volteé para contarles a las gemelas de ellos, pero estaban acurrucadas juntas, profundamente dormidas.

CAPÍTULO 21

Rosie se movía por la cocina, ágil y veloz, preparando el desayuno del domingo. Abajo de su overol y su delantal floreado podía ver a La Rosa Salvaje.

—Eyyy —dijo Manny, abriendo la silla a su lado para mí.

Manny, Pancho y las gemelas estaban sentados a la mesa. Hijo se les unió en los pies, esperando comida.

—Eres una dormilona —bromeó Maggie.

Miré el reloj de la estufa.

—Apenas son las nueve y media. —Me senté en la silla que Manny me ofrecía—. Y es domingo. Y alguien me despertó a mitad de la noche. —Me había regresado a mi cama en la madrugada, con frío y tiritando.

—A quien madruga, Dios lo ayuda, nena —dijo Manny—. Así somos los Bravo.

—¿Y quién es esta muchacha? —preguntó mi abuelo, mirándome con los ojos entrecerrados del otro lado de la mesa.

—Pa, es mi hija, Adela —dijo Manny, apretando mi hombro—. Es igualita a su viejo, ¿no?

Sentí que me ruborizaba.

—Adela —repitió el anciano como si buscara en su memoria—. Te recuerdo. Cómo van los dinosaurios, ¿eh?

Manny rio.

—No, Pa —dijo—. Esa es Lulú.

—Se parece mucho a ella —dijo Pancho.

—Porque es su mamá, abuelo. —Maggie se levantó y empezó a poner la mesa.

—¿Lulú tiene una hija? —preguntó Pancho.

Podía sentir el suspiro colectivo en la cocina mientras seguían dándole vueltas con él.

—Sí que la tiene. —Manny me sonrió con orgullo.

Rosie dejó un plato de tocino en la mesa.

—Si alguien tiene ganas de ayudar, estaría genial —dijo Maggie, mirándonos a cada uno.

—Eres la mejor, Mags —dijo Manny. Pero no se levantó.

Maggie sacudió la cabeza y resopló.

—Tú crees que vivimos en los cincuenta o algo —murmuró mientras caminaba hacia Rosie, quien le dio un tazón de ensalada de fruta—. ¿Cómo lo aguantas, abuela?

Maggie puso el tazón en el centro de la mesa con fuerza. Manny pareció no darse cuenta. Estaba tomando su café y mirando su teléfono. Pancho estaba en su propio mundo, platicando con Hijo en español.

Rosie siguió trabajando como si fuera cualquier cosa. Eva puso los ojos en blanco, pero no se levantó.

—Yo ayudo —ofrecí.

La puerta trasera se abrió y entró el tío Mateo.

—Buenos días, mi gente —dijo, tomando una fresa de la ensalada de frutas.

—Cuchara, Mateo, por favor —dijo Rosie—. ¿Vas a comer?

—Nada de desayuno para mí, Ma —dijo el tío Mateo—. Solo vine para buscar entre tus sombras de ojos. ¿Tienes algo con diamantina?

—No creo, mijo —dijo, y se rio—. ¿Alguna vez me has visto con diamantina?

—Cierto —dijo el tío Mateo, mirando alrededor de la mesa—. Son cuadros o mezclilla para esta banda.

Manny, Rosie y Pancho traían puestas camisas de franela a cuadros. Pero yo pensé en la capa roja brillante de Rosie y su hermoso cinturón. Sí usaba cosas brillantes. O por lo menos solía hacerlo.

—Nosotras tenemos sombras con diamantina —dijo Eva—. Ya vuelvo. —Se levantó y corrió al cuarto que Maggie y ella compartían.

—¿Para qué es la sombra de ojos? —le pregunté al tío Mateo.

—Hago una lectura travesti en la librería —dijo—. Deberías venir.

Pero antes de que pudiera decir nada, Pancho azotó el puño contra la mesa, haciendo que todos los platos brincaran igual que en un terremoto.

—¿Qué clase de hombre se pone diamantina? —dijo Pancho, frunciendo el ceño.

Yo sentí como si alguien hubiera vaciado el aire del cuarto.

—Yo, Pa —dijo el tío Mateo—. Lo sabes.

—No puedo creer que lo botaras todo —dijo Pancho, sacudiendo la cabeza—. ¿Y para qué?

—Abuelo —intervino Maggie—, hace cosas magníficas afuera del ring.

—Sí, Pa —añadió Manny—. ¿Recuerdas? ¿Las máscaras? ¿Y todas las chamarras? Yo te llevo al remolque luego para que puedas ver en qué está trabajando.

El tío Mateo les sonrió agradecido.

—Pero *adentro* del ring es lo que importa —insistió Pancho—. ¿Qué hay del campeonato mundial, mijo?

—Eso no era para mí, Pa —dijo el tío Mateo con suavidad. Se paró atrás de mi abuelo, las manos sobre sus hombros, y le besó la coronilla como si Pancho fuera el hijo y él su padre.

—Además, abuelo, tienes otros contendientes en esta casa —dijo Maggie—. ¿Qué soy? ¿Tocino?

Todos se rieron, incluyendo Pancho. Yo miré a Manny, y estaba sonriendo. Pero había algo en su rostro que no era felicidad. Quizá decepción porque Pancho no lo consideraba un contendiente.

—Niña chistosa —dijo Pancho.

—¿Qué tiene de chistoso? —preguntó Maggie.

—Una niña no puede ser campeón del mundo —dijo Pancho. Miró a Maggie como si fuera lo más obvio.

—¿Y por qué no? —preguntó Rosie, volviéndose de la estufa. Parecía que estaba considerando ponerle un candado al cuello.

—Sí, ¿por qué no? —dije—. Rosie lo era.

—Sí, Pa —añadió Manny—. A lo mejor Adela también se suma a la acción algún día. —Me guiñó un ojo.

Eva volvió con un puñado de contenedores de maquillaje.

—¿Le están echando montón al abuelo? —preguntó, dejando el maquillaje en las manos extendidas del tío Mateo.

—Por fin —dijo Pancho, tomando la mano de Eva—. Aquí está mi Evita que vino a protegerme.

Eva se inclinó hacia él y le pasó un brazo alrededor de los hombros.

—Yo te protejo —dijo, sonriéndole a Pancho—. Pero tú tienes que reconocer que las mujeres son buenas luchadoras también. Y que el campeonato de las mujeres es tan importante como el de los hombres.

—Ay, caray —murmuró Manny entre dientes.

—Y que la diamantina es para todos —añadió Maggie.

Rosie se recargó contra el fregadero. El tío Mateo y Maggie estaban de pie con los brazos cruzados. Todos nos quedamos inmóviles, esperando la respuesta de Pancho.

Yo tenía miedo de que esto lo detonara de nuevo como al principio.

Pancho nos miró a todos.

—Está bueno —dijo—. Las mujeres son buenas luchadoras.

—Sigue —dijo Maggie.

—El campeonato de mujeres es igual de importante que el de los hombres —añadió con un suspiro.

—¿Y qué más? —lo animó Eva.

—La diamantina es para... todos —murmuró Pancho.

Eva le dio un beso en la mejilla. El tío Mateo y Maggie chocaron palmas.

—Todavía hay esperanza para ti, abuelo —dijo Maggie.

Pancho manoteó en el aire y se dirigió a Hijo.

—Mi único amigo —dijo, rascándole atrás de la oreja.

—Muy bien —dijo el tío Mateo, tomando un trozo de tocino del plato en la mesa—. Gracias por las sombras. —Pellizcó la mejilla de Eva—. Te las devuelvo al rato. El autobús de la librería sale en una hora si ustedes tres polluelas quieren venir.

—¿Podemos ir, abuela? —preguntó Maggie.

—Vayan —dijo Rosie—. Diviértanse con su tío.

Cuando la puerta se cerró atrás de él, todos nos fuimos sobre el desayuno.

Chistes, un poco de ternura y algo de amor rudo hicieron que los comentarios de Pancho sobre el tío Mateo no se convirtieran en un buen pleito. Había alivio en el aire. Parecía una familia normal sentada a la mesa, comiendo y riendo.

Pero no podía dejar de preguntarme qué tanto era una máscara de lo mucho que las palabras de Pancho o la ausencia de ellas lastimaban a cada uno: su desaprobación de las decisiones del tío Mateo, su indiferencia hacia Manny, la forma como minimizaba a Rosie y a las gemelas. Y luego estaba yo. Pancho parecía lúcido ahora; me reconocía. Hizo preguntas sobre mi mamá y sobre mí. Pero no había mención alguna de mi ausencia en su vida, como si hubiera sido perfectamente normal que yo desapareciera y reapareciera tantos años después sin exigir respuestas.

No fui con las gemelas a la lectura porque Manny dijo que tenía planes para nosotros, pero terminé pasando el día en la casa, haciendo mi tarea, intentado no molestar a Rosie en su taller, esperando que Manny terminara sus pendientes. Para cuando regresó, las gemelas ya se habían ido a su casa y era hora de que yo me fuera a la mía. Me despedí de Rosie y de Pancho antes de que Manny me llevara a Thorne.

—Lo siento, nena —dijo—. Tuve que llevar la camioneta de Pa con mi amigo el mecánico. Como él ya no puede manejar y Ma necesita su camioneta para trabajar, yo la estoy usando hasta que me pueda comprar la mía. Era el único momento en que mi amigo podía revisar este cacharro.

—Está bien —dije, aunque deseaba haber ido a la lectura con las gemelas. Saqué los dedos por la franja abierta de la ventana y sentí el aire frío.

—Todavía no me hallo —dijo, manejando por el camino que salía de la propiedad—. Mi plan no es vivir para siempre con mis padres y tomar prestada la camioneta de mi papá como si fuera adolescente, ¿sabes? —Se rio—. Una vez que tenga todo listo, las cosas serán diferentes. Ya verás.

Manny encendió la radio y retumbó música rock por las bocinas.

—¿Qué le pasa a Pancho? —pregunté—. ¿Por qué se le olvidan las cosas?

—El doctor dice que es demencia —explicó Manny. No sonaba muy preocupado.

—Oh —dije, pensativa—. Las gemelas dicen que es de luchar.

Nos detuvimos en un semáforo en rojo y un correcaminos pasó corriendo frente a nosotros, lo que me hizo pensar en Rosie.

—No sé qué la provocó —dijo Manny—. Tal vez las luchas, tal vez la genética. A lo mejor es solo la edad.

—¿En serio estaba enojado con el tío Mateo? —pregunté—. ¿Por el maquillaje?

No quería que Pancho fuera alguien que desaprobara la vida del tío Mateo. Pensar en ello me hacía enojar.

—Pa siempre ha sido un poco anticuado —admitió Manny.

—Creo que quieres decir cerrado —dije, y puse los ojos en blanco.

Manny se rio, una carcajada que le hizo temblar todo el cuerpo y me hizo temer que se saliera de la Ruta 13 y cayera en una zanja.

—¿Sabes quién solía ponerlo en su lugar? —dijo Manny—. Tu mamá.

—¿De veras?

—Oh, sí. —Manny siguió riendo—. Esos dos se daban con todo.

—¿Por qué?

—Por todo —dijo Manny, mirando por el espejo retrovisor—. Política, feminismo, luchas, hasta el clima. —Sacudió la cabeza—. Nunca lo dejaba salirse con la suya después de decir cosas así.

—Genial —dije, sintiéndome orgullosa de mi mamá—. Es bueno que Maggie y Eva lo reten por esas cosas también.

—Sí —Manny estuvo de acuerdo—. Y bueno, nunca superó que Mateo dejara las luchas. Pa tenía grandes planes.

—Una dinastía —dije, recordando la biografía de los Bravo.

—Algo así —dijo Manny.

Había tantas cosas que quería preguntarle a Manny. Por ejemplo, cómo se sentía tener tanta presión sobre él. Y cómo podía apoyar tanto a su hermano y ser un hijo tan cariñoso, pero abandonarme a mí. Antes de que pudiera preguntar nada, Manny cambió el tema.

—Ey, ¿ya viste las estatuas? —preguntó, señalando con su pulgar por la ventana hacia donde estaba el letrero de BIEN- VENIDOS A ESPERANZA—. Ahí va a ir la Guadalupe. Tu abue- la antes nos hacía ayudarla a juntar plantas rodadoras. Nos pagaba como veinticinco centavos por cada una que usara.

—¿Veinticinco centavos?

—Sí, señora —dijo Manny—. En ese entonces, veinti- cinco centavos servían de mucho. Si te ofrece pagarte por ayudarla, no aceptes lo mismo.

—No lo haré —dije—. ¿Sabes?, mamá y yo nos toma- mos una foto con el muñeco de nieve todos los...

—Años —terminó Manny—. Sí, lo sé. ¿Quién crees que empezó esa tradición?

Por supuesto, mamá tampoco me había contado nada de eso.

—Tengo la foto de mi primera Navidad —dije—. Así te encontré.

Manny se rio entre dientes, pero noté que apretaba el volante con más fuerza.

—¿Dónde has estado? —pregunté, sintiendo una inyec- ción de valor.

Manny me miró.

—Pensé que te había dicho. Empecé aquí en Cactus, luego me fui a México. Me mudé bastante. Luego estuve en...

—No —dije—. Quiero decir, ¿por qué no fuiste a verme? —Manny dejó escapar un leve silbido al exhalar—. Solo es una pregunta. —Me jalé la oreja, de pronto insegura de si quería escuchar lo que iba a decir.

Suspiró como si estuviera cansado.

—Es difícil, Addie —dijo—. Esta vida que llevo. Nunca paro. Nunca he tenido siquiera mi propia casa. No tenía caso si me he mudado por todas partes en la última década.

—Si mamá y tú se hubieran quedado juntos, habrías tenido un hogar —dije tranquila—. Podrías volver con nosotras.

—Ojalá hubiera sido tan fácil —dijo Manny, mirando hacia enfrente, al camino.

¿Por qué los adultos volvían todo tan complicado? Era como si intentaran ser infelices.

—Las luchas suenan como una feria —dije—. ¿No te has cansado de viajar?

—Voy adonde hay trabajo —dijo Manny—. Las raíces de las luchas están en las ferias, ¿lo sabías? Así que tiene sentido más o menos.

—¿Y cuál es tu plan ahora? —pregunté—. ¿Una vez que puedas luchar como La Montaña otra vez?

—Qué bueno que preguntas —dijo Manny—. Primero, se revelará la identidad de El Águila. Luego voy a ganar el cinturón de campeonato de la Liga de Lucha Cactus. Y de ahí sigue conquistar al mundo. Como siempre debió ser.

—¿Qué quieres decir?

—Speedy murió y Mateo se retiró antes de que cualquiera de ellos pudiera luchar por el campeonato mundial de la Federación de Lucha del Atlántico —dijo—. Ahora depende de mí.

Asintió mientras manejaba, como si se imaginara a sí mismo portando el cinturón de campeón mundial.

—¿Puedes conquistar al mundo desde Esperanza? —pregunté—. Dijiste que no te irías.

—Una vez que gane el campeonato mundial, se acabó —dijo Manny, removiéndose en su asiento.

—¿Dejarás de luchar?

—El campeonato mundial de la FLA es la cúspide —dijo—. Es el estrellato. Es el cinturón que ganó tu abuelo. Pero, oye, un día a la vez, ¿va?

Me volteó a ver y me sonrió con ese gesto tan suyo, ahora familiar. Pero no había contestado mis preguntas. Pensé en el Monte Olimpo, el hogar de los dioses, e imaginé a Manny intentado subir.

—¿Y si no sucede? —murmuré, casi para mí, pero Manny debió oírlo.

Pude sentir su cambio de humor. Ya no estaba sonriendo. Se quedó mirando hacia el camino con la misma mirada intensa que había visto en todas las fotos de los Bravo.

Yo quería que Manny cumpliera su sueño, pero todo lo que podía pensar era en obtener lo que *yo* quería. Y si los últimos doce años eran señal de algo, no estaba segura de que ambas cosas pudieran suceder.

Recargué la cabeza contra la ventana. Un minuto después escuché a Manny murmurar:

—*Sí* pasará.

★ CAPÍTULO 22 ★

—Ya es bastante malo que sea Marie, pero, ¿ahora también nos tenemos que reunir en el almuerzo? —me quejé.

—Por lo menos tienes la oportunidad de hacer algo genial con tu mejor amiga —dijo Cy, tomando mi mano y jalándome hacia el auditorio.

En el interior, la señorita González estaba sentada en una silla en el escenario. Brandon y Gus ya estaban ahí con ella.

—Excelente —dijo la señorita González, aplaudiendo—. Ya están aquí todas mis estrellas.

—Y su directora, reportándose. —Cy se quitó la gorra de beisbol que traía puesta y la inclinó hacia la señorita González.

Por lo general, Cy jamás usaría una gorra de beisbol, pero cuando llegó esa mañana, dijo que era obligatorio que todo director usara una.

Cy y yo nos sentamos, formando un círculo que la señorita González cerró. Cy sacó una claqueta de su mochila.

—Esto no es una película —dijo Gus.

—Oh, sí habla. —Cy hizo sonar la claqueta en su cara.

—El propósito de nuestra reunión es comentar el plan para la producción de este año —dijo la señorita González—. Elegí a cada uno de ustedes porque sé que aportarán algo especial.

—Obviamente —bromeó Brandon.

Gus y yo nos volteamos a ver como si ambos tratáramos de entender qué creía la señorita González que podíamos aportar. Por un momento pensé que quizá se acercaría a decirme algo; en cambio miró para otro lado.

—Ahora, como saben —continuó la señorita González—, *El Cascanueces* es un clásico, pero lo que realmente atrae al público cada año es su curiosidad por el giro sorpresa.

Cy aplaudió toda emocionada.

—¿Podemos hacer una versión de títeres con calcetines? —preguntó Brandon.

La señorita González lo consideró.

—¿Por qué no? —dijo—. Pero eso es algo que los cuatro deberán comentar y acordar. Y, por supuesto, necesitan decidirlo a más tardar el lunes, para que tengamos el mayor tiempo posible para prepararnos.

—La función es hasta diciembre —dijo Gus—. ¿En serio necesitamos tanto tiempo?

—Por supuesto —contestaron al unísono la señorita González y Cy.

—Hola, diciembre es el *próximo* mes —dijo Cy, mirando a Gus como si tuviera algo raro saliéndole de la cara.

—Gustavo, eres nuevo en Thorne, así que tal vez no sepas que esto es algo que el pueblo espera todos los años —explicó la señorita González—. No es una producción cualquiera.

—Amén —remató Cy.

—Y, Cy, como nuestra directora, ¿tienes algo que quieras decirnos? —La señorita González sonrió expectante. Hoy llevaba labial morado que la hacía verse como si se acabara de comer una paleta de uva.

Brandon, la señorita González y yo nos volteamos hacia Cy. Gus miró hacia las vigas.

—Ahí viven los murciélagos —dijo Brandon—. Ten cuidado de que no te caiga popó de murciélago en los ojos.

—Shhh. —Cy lo fulminó y se puso de pie.

—Se llama guano —dijo Gus—. No popó de murciélago.

Yo intenté no sonreír ante el hecho de que lo supiera.

—La producción de *El Cascanueces* de la Secundaria Thorne es una tradición importante para la escuela y para la comunidad —dijo Cy. Caminó afuera de nuestro círculo—. Durante años ha sido mi sueño dirigir esta función y me siento orgullosa de haber sido elegida. Gracias, señorita González.

La maestra asintió aprobatoriamente.

—Gracias, Cy, Y como había mencionado...

—No he terminado —dijo Cy. La señorita González levantó una mano en disculpa—. Voy a hacer todo lo que esté en mi poder como directora para hacer que esta sea la función más memorable en la historia de la escuela —continuó Cy—. Pero, aun siendo la directora, reconozco que no puedo hacerlo sola. Ahí es donde entran ustedes. En verdad tengo muchas ganas de trabajar con ustedes. Juntos seremos un gran equipo. ¡Gracias!

Nos miró a cada uno antes de sentarse. Brandon hizo un gesto como si hubiera olido algo terrible. Marlene decía que era *cara de fuchi*.

—Tiene razón —dijo la señorita González—. Desde este instante y hasta el final de la función, *son* un equipo. Y quizá incluso después de eso. Esta es una experiencia que los unirá.

—Yo prefiero no unirme a un yeti —dijo Brandon, señalándome con el pulgar.

En lugar de esconder mis brazos como solía hacer, pensé en lo que harían las gemelas si alguien las llamaba yeti. Por supuesto yo no podía cargar a Brandon y lanzarlo fuera del escenario, así que me incliné hacia él y lo pellizqué.

—¿La vio, señorita González? —chilló, sobándose el brazo.

—Yo no estoy aquí para unirme a nada —murmuró Gus entre dientes.

—No me interesa si están aquí para unirse o no —dijo Cy, mirándolo fijamente—. Si quieres pasártela solo, abajo de una piedra en tu tiempo libre, adelante. Pero cuando

estemos juntos, quiero que todos den el cien por ciento.
¿Está claro?

Gus la miró atónito. Brandon se levantó y se estiró.

—¿Ya nos podemos ir, sargento? —preguntó Brandon.

La señorita González lo ignoró.

—Recuerden, estoy aquí para apoyar su visión —dijo—.
Ahora bien, en lo que respecta a sus reuniones, pueden
verse aquí durante el almuerzo o después de clases esta semana. Y por supuesto, pueden verse fuera de la escuela si
quieren. Pero el lunes necesito su plan para que podamos
poner todo en marcha.

Cuando llegué a casa de la escuela, encontré a mamá en
el cuarto del bebé, intentando armar un móvil de dinosaurios.

—Estoy a punto de mandarlos de vuelta al mesozoico
—murmuró.

—Déjame intentar —dije, tomando las piezas de madera y los hilos enredados.

—Gracias —dijo mamá y empezó a doblar playeritas.

Desde que había empezado a ir a Esperanza, intentaba imaginar a mi mamá ahí. En la preparatoria, en la casa
de los Bravo. Una vez, ayudando a Rosie, pasamos por la
casa donde había crecido mi mamá. La imaginé en ese

minúsculo espacio, soñando con dinosaurios, con ir a la universidad y con algo más allá de ese pueblo. Después de la primera noche en Esperanza, parecía que habíamos llegado a un acuerdo no implícito de que ella nunca preguntaría y yo nunca le contaría. A menos de que tuviera algo que contar, por supuesto. Así que le conté que había dormido afuera con las gemelas y del taller de Rosie. Pero no mencioné la desaparición de Manny gran parte del fin de semana. Aun cuando él no pasaba mucho tiempo ahí, me gustaba Esperanza y estar con los Bravo. No entendía por qué mi mamá creía que era tan terrible.

Aunque no podía dejar de pensar en la disculpa de Pancho el día que estábamos solos en la salita.

—Pancho me pidió que te dijera que lo siente —dije, mirándola, esperando una reacción.

Mamá dejó de doblar ropa.

—Mmm. ¿Dijo algo más?

Negué con la cabeza.

—Se confunde mucho. A veces cree que soy tú.

—Interesante —dijo mamá.

—¿Qué?

—Nada. —Siguió doblando.

—¿De qué te tiene que pedir perdón?

—Quién sabe. Como tú dices, se confunde. Estoy segura de que tiene mucho de qué disculparse.

—¿A qué te refieres?

—¿Cómo va ese móvil? —preguntó mamá, ignorando mi pregunta.

Se lo mostré, ya todos los hilos desenredados.

—Perfecto —dijo mamá. Tomó el móvil y lo encajó en el soporte de la cuna—. Vas a ser una buena hermana mayor.

Los dinosaurios colgaban delicadamente de las puntas de sus hilos.

—¿Por qué nunca quieres hablar de Manny ni de los Bravo? —Cada vez que le preguntaba creía que finalmente cedería—. Ni siquiera ahora que ya sé quiénes son.

Mamá guardó parte de la ropa en un cajón y lo cerró.

—No hay mucho que decir. Todo quedó en el pasado.

—Si está en el pasado, ¿cuál es el problema?

Mamá se sentó en la mecedora. Parecía como si intentara recordar cuál era el problema.

—¿Eres feliz? —preguntó—. ¿Estando con Manny y su familia? ¿Sientes que recibes todo lo que quieres encontrar ahí?

Hice girar el móvil, haciendo que los dinosaurios dieran vueltas. Fui a Esperanza buscando a mi padre, para saber si quería ser parte de mi vida, para descubrir qué cosas de mí venían de él. Conocí a una familia que no sabía que tenía, pero Manny se sentía distante aún.

—No sé —dije—. A veces, supongo.

—No tienes que seguir yendo si no tienes ganas —dijo.

—Ya lo sé —dije—. Quiero ir.

—Está bien. —Mamá asintió—. Solo no quiero que te sientas atrapada u obligada. O que se lo debes a alguien.

En un video en la clase de ciencias aprendí que las células en distintas partes del cuerpo se regeneran a velocidades diferentes. Las que no, las que están ahí toda la vida, son las que viven en el corazón, en el cerebro y en los ojos. Pero quizá esas son las que *deberían* regenerarse. De otro modo, ¿cómo olvidas? ¿Cómo empiezas de nuevo? Todos los adultos a mi alrededor parecían aplastados por cosas de su pasado.

Mientras mamá doblaba la ropa del bebé, imaginé las mitades del corazón que mi mamá y Manny llevaban en sus fotos del anuario. Yo sabía que supuestamente eran una señal de amor, un corazón compartido. Pero no podía evitar pensar en lo que realmente eran: un corazón roto.

CAPÍTULO 23

Alma estaba parada en una escalera, colgando pavos de cartón del techo. Se veía peligroso.

—Yo los hubiera puesto en las mesas —dijo Marlene, mirándola.

—Yo igual —dijo Cy.

Ver a la mesera conservar el equilibrio mientras los pavos giraban en sus cordones, sus cuerpos de papel amarillo, naranja y café dando vueltas, era mi única distracción mientras esperaba.

Se escuchó la campanilla de la puerta y entró Gus.

—¡Pavos que vuelan!

Se rio, señalando el techo. Nunca había visto a Gus siquiera sonreír en la escuela. Tenía brackets con ligas verdes que hacían juego con su playera de Bob Marley.

Cuando me vio pareció recordar que no debía sonreír. Se echó en la banca acolchada arrugando la frente.

Cuando le conté a Alex de nuestra reunión de la escuela, ofreció alimentarnos a todos si nos reuníamos en el merendero. Yo no tenía planes de invitar a Gus ni a Brandon, pero Cy estaba conmigo cuando Alex lo sugirió y para ella era una gran idea.

Cy se recorrió en su lado de la mesa y yo me senté.

—Algunos pavos pueden volar, ¿sabes? —dije.

—¿De veras? —preguntó Cy—. Son tan grandes. No tenía idea.

—Este lugar es de tu papá ¿cierto? —preguntó Gus, mirando alrededor.

—Alex es mi padrastro —contesté.

—Cuéntale de Manny —insistió Cy.

—¿Quién es Manny? —preguntó Gus.

—Manny Bravo... —Hizo una pausa para añadir un efecto dramático— es su padre.

Fulminé a Cy con la mirada.

—¿Qué? —dijo—. Ya no es un secreto. ¿O sí?

—O sea, ¿el luchador Manny Bravo? —dijo Gus, una expresión de incredulidad en su rostro.

—¿Conoces a otro Manny Bravo? —preguntó Cy, arqueando una ceja—. Cuéntale, Addie.

—Sí, claro —dijo Gus.

Cy y Gus esperaron. Yo miré a Alex, que estaba untando glaseado a un pastel con la concentración de alguien que resuelve un difícil problema de matemáticas.

—Lo es —admití.

—Genial, ¿no? —Cy recargó la barbilla en su puño.

—¿Es cierto que está luchando como El Águila? —preguntó Gus—. Si en serio eres su hija, lo sabrías, ¿no?

242

—¡No! —Sacudí la cabeza con demasiada emoción—. Es decir, no lo es. O sea, no sé... No sé nada.

—Ese es el rumor. Lo leí en Pro Wrestling Today. —Gus me miró a los ojos—. Pero a lo mejor no sabes porque no es realmente tu papá.

—Buen intento, Gustavo —dijo Cy—. Si fuera cierto, yo sabría poque soy su mejor amiga. ¿Cierto, Addie?

Ahora los dos me miraban esperando una confirmación. Gus por fin estaba hablando. Pero yo había prometido guardar su secreto. Ni siquiera le había dicho a Cy, y ella se pondría furiosa si lo revelaba delante de Gus.

—¿Usa máscara todo el tiempo? —preguntó Gus.

—Por supuesto que no. —Fruncí el ceño, segura de que yo traía puesta una máscara de culpa.

—¿Por supuesto que no porque se la quita? ¿O por supuesto que no porque no es El Águila? —Gus me presionaba como un verdadero detective intentando cansar a un sospechoso—. ¿O por supuesto que no porque estás inventando todo eso de que es tu padre?

—Me gustaba más cuando no hablabas —dije, mirando hacia la puerta.

Nunca imaginé que algún día desearía que Brandon estuviera cerca de mí, pero deseaba que apareciera ya para poder cambiar de tema y hablar de la función.

—¿Sabías que El Santo nunca se quitó la máscara en público, en toda su carrera? —preguntó Gus—. Bueno, sí, después de que se retiró. Y al poco tiempo se murió de un ataque al corazón. Raro, ¿no? Lo enterraron con la máscara.

—Estás pensando en Bela Lugosi —dijo Cy—. Lo enterraron con su capa de Drácula.

—Búscalo —insistió Gus. Era lo más animado e involucrado que lo había visto desde que llegara a la Secundaria Thorne.

Se abrió la puerta del merendero y Brandon entró, asustando a Alma. La mesera intentó atrapar un pavo cayendo y casi se cae con él.

—Rodadoras de Idaho con cobija amarilla y arrastradas por Nuevo México —anunció Marlene, dejando en medio de la mesa una canasta rebosante de bolitas de papa con chile verde encima—. Cortesía del chef.

—No tengo idea de lo que acaba de decir. —Brandon tomó un tenedor. Traía un títere de calcetín en una mano y trinchó una bolita con la otra—. Pero parece que llegué justo a tiempo.

—¿Qué onda contigo y los títeres de calcetín? —dijo Cy, dándole un manotazo—. Quítate esa cosa.

—Se supone que tienes que estar abierta a ideas. —Brandon movió la boca de su títere de calcetín en la cara de Cy—. No sabía que fueras dictadora en lugar de directora.

—¿Y si hacemos *El Cascanueces* desde el punto de vista de otro? —preguntó Cy—. Por ejemplo, del Rey Ratón.

¿Qué opinas, Gus? —Sumergió una bolita en salsa y miró con odio a Brandon—. El Rey Ratón no tiene suficiente tiempo en el escenario.

—¿*El Rey Ratón y el Cascanueces* en lugar de *El Cascanueces y el Rey Ratón*? —Brandon sacudió la cabeza—. Para nada.

—¿Por qué no? —preguntó Cy, pateándolo por abajo de la mesa.

Brandon le devolvió la patada. Los dos estaban a punto de empezar una pelea de patadas cuando Alex se acercó cargando un soporte de cristal con un pastel de tres pisos con glaseado rosa, decorado con bastones de dulce triturados.

—Mmm —dijo Cy—. ¿Qué es esta bella creación?

—Pastel de moca y menta —dijo Alex—. ¿Quién quiere un pedazo?

—¡Yo! —gritó Brandon.

—¿Podemos comer todos? —pregunté—. ¿Por favor?

—Por supuesto —dijo Alex—. Salen cuatro rebanadas.

—Si no encontramos nada mejor que hacer para el lunes, yo digo que nos vayamos por los títeres de calcetín —dijo Brandon—. Hasta me ofrezco de voluntario para hacerlos.

—¿Tú? —Intenté no reírme.

—Seguro —contestó Brandon—. Mi mamá es maestra de arte y los estaba haciendo en su clase hoy. Es fácil.

Cy y yo lo miramos, sorprendidas.

—¿Qué? —dijo Brandon—. ¿No me pueden gustar los títeres de calcetín?

—Por supuesto que sí —dijo Gus, saliendo en su defensa.

—Pero quizá deberíamos discutirlo un poco más —dijo Cy, mirando alrededor de la mesa—. ¿Tú que dices, Gus? ¿Addie? ¿Alguna idea?

—No me interesa qué hagamos —dijo Gus—. La historia es tonta. Y, de todas maneras, me gusta el arte que dice algo importante, no estas cosas anticuadas.

—Vamos en séptimo año —dijo Brandon—. ¿Qué cosa tan importante tendríamos que decir?

—Solo porque vayamos en séptimo no quiere decir que no tengamos opiniones —dijo Gus, tamborileando los dedos en la mesa—. En mi otra escuela en Las Cruces organizamos una marcha con toda la clase porque nuestro maestro de matemáticas dijo que los niños eran mejores en matemáticas que las niñas.

—Bueno, es cierto, ¿no? —Brandon dijo, y se rio.

Cy se inclinó a través de la mesa y le dio otro manotazo.

—Y cuando vivía en San Antonio —siguió Gus—, fui a una escuela privada y los niños no podían usar pantalones cortos, ni siquiera en los días súper calurosos, así que protestamos llevando falda. Y cuando vivía en...

—¿Exactamente cuántas veces te has mudado? —preguntó Cy.

—Olvídenlo —murmuró Gus, como si hubiera hablado de más—. Hagan lo que quieran.

Gus se apartó. Lo estudié y empecé a pensar. Quizá había algo más en él de lo que nos dejaba ver. Quizá tenía un motivo para no querer hacer amigos. Quizá tenía algo que ver con sus mudanzas.

—Me gusta la idea de declarar algo importante —comentó Cy—. ¿Tú qué opinas, Addie?

—Los copos de nieve no dicen nada —murmuré—. Además, creo que la señorita González ya está en eso.

—¿Qué quieres decir? —preguntó Cy.

—Bueno, en primera, yo como Marie —dije—. ¿Qué estaba pensando? —Les conté mi conversación con la señorita González.

—Este es nuestro *Cascanueces* —dijo Cy—. Y tú eres la perfecta Marie. Y creo que es genial que la señorita González quiera hacer algo diferente este año.

—Sí, pero no debería usar a Addie como experimento —dijo Gus—. Sobre todo, si Addie no quiere participar.

—Gracias, Gus —dije—. Fue exactamente lo que pensé.

Le sonreí. Él subió los hombros y apartó la mirada.

Alex llegó y puso cuatro rebanadas de pastel en la mesa.

—Es momento de ponerme a trabajar en el pastel de eggnog latte —declaró antes de volver a la barra, murmurando algo sobre cadenas de cafeterías.

—¿Qué tiene? —preguntó Cy, raspando el glaseado con su tenedor.

—Odia la nueva cafetería grande que acaban de abrir —expliqué—. Ha estado haciendo versiones en pastel de las bebidas de temporada que tienen en su menú. Alex dice que es su forma de manejar su ira contra los corporativos.

—Haciendo una declaración con harina y azúcar —dijo Cy—. Me gusta.

—Si el eggnog latte queda tan bueno como este, yo lo apoyo —dijo Brandon con la boca llena de pastel.

—Muy bien, hasta ahora tenemos títeres de calcetín y algo que haga una diferencia —dijo Cy—. ¿Qué tal un *Cascanueces* neomexicano? ¿Algo que grite Dos Pueblos?

—Creo que ya se hizo —dije—. ¿Te acuerdas del año de los animales nativos de Nuevo México?

—Ah, sí. —Cy tachó lo que había escrito en su cuaderno. Golpeó el papel con la punta de su lápiz—. ¿Qué hay de extraterrestres? No necesariamente es Dos Pueblos, pero sigue siendo Nuevo México.

—Los extraterrestres son un poco... predecible —dije—. ¿No crees?

—¿Predecibles? —Cy dijo la palabra como si le recordara la popó de perro. Rayó encima de lo que había escrito.

—Podría estar bien —concedí. Pero yo sabía que Cy nunca iba a aceptar algo solo bien o predecible para la puesta en escena.

Gus talló una bolita de papa en un resto de glaseado en su mano y se la metió a la boca.

—Aj. —Arrugué la nariz.

—Dulce y salado es una buena combinación —dijo a la defensiva.

Todos intentamos ver si Gus tenía razón.

—¿Podemos meditarlo con la almohada? —pregunté, dejando mi bolita cubierta de glaseado—. ¿Y decidimos la próxima vez?

—O —dijo Brandon—, ¡podemos hacer títeres de EX-TRATERRESTRES!

Cy le aventó una bolita, la cual Brandon recogió y se comió alegremente.

Nos acabamos las bolitas de papa y el pastel rosa de Alex. Tratamos, sin éxito, de sacarle más información a Gus sobre sus mudanzas. Brandon y Cy estuvieron comentando la labor de decoración de Alma para el Día de Acción de Gracias, y todos tratamos de adivinar si lograría colgar todos los pavos del techo sin caerse.

Aun cuando no quería ser Marie, y aun cuando no había querido que el grupo fuera al merendero, se sentía bien pasar un momento en que no estuviera pensando en la adopción, o en los sentimientos de mi mamá, o en lo que yo quería de Manny. Estar ahí sentados en el merendero se sentía como un momento normal. O por lo menos tan normal como pavos que vuelan, padres que luchan y títeres de calcetín con cara de alienígena.

★ CAPÍTULO 24 ★

Esperé que Manny me dejara en la reja de los Bravo y se fuera como siempre hacía los viernes por la tarde, pero no tomó la ruta usual.

—¿Adónde vamos? —pregunté confundida.

—Es sorpresa —dijo, golpeando el volante con los dedos.

Cuando dimos vuelta en Yucca Road, pude ver la Arena Esperanza y sabía que ahí nos dirigíamos. En la arena se hacía toda clase de eventos —juegos de basquetbol de preparatoria, ferias comerciales, campamentos para niños chiquitos—, pero todos sabían que los viernes en la noche había luchas. Grababan los encuentros en vivo y los transmitían más tarde por televisión.

—¿De veras? —jadeé—. ¿Te voy a ver luchar?

—Piensa que es el día de llevar a tu hija al trabajo —dijo Manny—. No pasaremos tiempo juntos precisamente, pero creo que te vas a divertir.

—Es fantástico —dije, tratando de contener la emoción. Me sentía como esos carritos de tracción a punto de que lo suelten y salga disparado—. Pero...

—¿Qué pasa? —dijo Manny estacionándose en uno de los cajones.

—No quiero ver que te pateen el trasero y pierdas —dije—. Perdón.

Manny se rio y jaló mi trenza de broma. Se inclinó hacia la guantera. Sacó la máscara de El Águila y se cubrió el rostro.

—Ya estamos listos —dijo—. Volemos.

Me bajé de la camioneta y lo seguí a través del estacionamiento hacia la entrada trasera de la arena.

En la parte de atrás de la arena estaba todo lo que el público nunca ve. Leí nombres en las puertas de los vestidores y vi el cuarto verde, donde los luchadores hacen sus entrevistas y les gritan a sus enemigos. Había unos tipos levantando pesas en un gimnasio. Pasamos una mesa de comida, de donde Manny tomó algunas almendras.

—¿Alguien aquí sabe que eres El Águila?

—Algunos sí —dijo—. La mayoría no. O por lo menos no están seguros. Los *bookers*, los que escriben las historias, han intentado mantener secreta mi identidad. De cualquier manera, me gusta mantener el *kayfabe*, por lo menos aquí.

—¿Qué es *kayfabe*?

—*Kayfabe* —repitió Manny, saludando con la mano a un luchador—, significa permanecer en tu personaje, aun cuando no estás en el ring. La idea es que nadie sepa que El Águila es Manny la Montaña.

Me acordé de El Santo, que nunca se quitó la máscara en público, y de las gemelas, que casi siempre vestían sus trajes de tzitzimime. Manny saludó con la cabeza a otro luchador. De todo lo que vi, lo más interesante fue ver a los luchadores vestidos como cualquier persona. Sin maquillaje, sin atuendos extravagantes, sin *kayfabe*. Pasamos a un hombre sentado en una silla plegable, inmerso en un libro.

—¿Ese era Apolo? —pregunté, girando la cabeza para mirar al luchador rubio en pantalones cortos, playera y tenis. No se parecía en nada al dios del sol que salta desde lo alto de la esquinera para derribar a sus oponentes.

—Sí, era él —dijo Manny, y abrió una cortina que llevaba hacia el ring—. Vete derecho por ahí. Si quieres algo de comer, diles que vienes conmigo.

—¿El Águila o Manny Bravo?

—El Águila —dijo—. Es un poco confuso, ¿verdad? Te veo pronto.

La cortina se cerró atrás de mí y me vi inmersa en la multitud. Había familias con niños chiquitos, grupos de adolescentes, parejas de novios, ancianos que parecían haber vivido sus buenas batallas. Unas cuantas personas en sillas de ruedas y sillas motorizadas se acercaron al frente, donde había más espacio. Algunos llevaban letreros con mensajes para sus luchadores favoritos o no tan favoritos, esperando llamar la atención del camarógrafo y salir en televisión. Unos cuantos niños llevaban máscaras de lucha libre, como las que hacía el tío Mateo. Vi a una mujer tan vieja como Rosie con una playera negra que tenía impresas las caras de los Bravo, lo que fue rarísimo. Algunos iban vestidos como sus luchadores favoritos. Un tipo llevaba una bata hecha en casa, verde y larga como la que usaba el Guapo García.

El aire estaba cargado del olor a comida de los puestos y de la agitación del público. La arena estaba tapizada de filas de butacas plegables de metal y parecía que aumentaba la temperatura conforme la gente ocupaba sus asientos. Tomé una caja de palomitas y una cerveza de raíz y me fui hasta enfrente, justo atrás de la mesa donde se sentaban los dos comentaristas.

Había cuatro encuentros en el programa aquella noche. La campana del primero sonó justo cuando me senté. Dos jóvenes luchadores que nunca había oído mencionar se rodearon uno a otro unos segundos antes de entrelazar los brazos. Me daba gusto que Manny no estuviera en la primera lucha, ya que suelen ser poco importantes en el programa porque son los luchadores menos populares.

Los dos luchadores en el ring se hicieron un candado al cuello, una llave en el brazo y se voltearon de cabeza, la ocasional bofetada o golpe o patada en el torso, hasta que uno logró inmovilizar al otro lo suficiente para que el réferi contara hasta tres. La gente aplaudió, probablemente tanto por el ganador como porque el combate había terminado.

El siguiente encuentro en el programa era entre la Maravillosa May Mendoza y La Lechuza, la campeona actual de la Liga de Lucha Cactus. La Lechuza llevaba una capa con capucha cubierta de plumas, así que parecía ser parte mujer y parte búho. Me sorprendió lo intimidante que se veía de cerca, igual que los búhos que se convierten en brujas en los cuentos. Se quitó la capa para revelar el cinturón de campeonato alrededor de la cintura. Me hizo pensar en Rosie y deseé que estuviera ahí conmigo.

La Lechuza dejó escapar un espeluznante "Uh-uh-uh-uh" antes de agarrar a May de los cabellos y estrellarla de cara contra una esquinera del ring. Si alguien pensaba que las mujeres no luchaban igual de duro que los hombres, probablemente nunca había visto un combate entre mujeres. La Lechuza y la Maravillosa May eran dos de las mejores luchadoras de Cactus. Eran fuertes y veloces, y montaban de los encuentros más emocionantes que hubiera visto.

Terminó con La Lechuza derribando a la Maravillosa May con una tijera voladora al cuello antes de rodarla para el conteo en lo que ella llamaba la Egagrópila de la Lechuza. Yo había visto una egagrópila real antes. Es todo lo que una lechuza no puede digerir de la presa que se traga entera —huesos, piel, garras y plumas—, regurgitado en masa. Una egagrópila de lechuza, una real y la que veía en el ring, definitivamente decían algo importante. Aplaudí a

La Lechuza mientras salía de la arena, su cinturón de campeonato sobre el hombro.

Seguía el encuentro de Manny. Estaba tan nerviosa por él que tuve que correr al baño antes de que empezara. La mujer con la playera de los Bravo estaba en la fila. Me vio mirándola y sonrió.

—Me gusta tu playera —dije.

Aun si era una extraña, sentí que teníamos algo en común.

Corrí de vuelta a mi asiento justo a tiempo para ver a El Águila recorrer el pasillo hacia el ring. Alzó los brazos al aire, tratando de animar al público. Un niño atrás de mí le aventó un puñado de palomitas cuando pasó cerca de nosotros.

Yo me volteé y le grité:

—¡Ey, no hagas eso!

—¿O qué? —El niño se rio y me aventó una palomita.

Bajé la mirada y alcancé a ver la palomita rebotando contra mi pecho. Miré al niño fijamente a los ojos.

—O te voy a poner yo a *ti* una Quebradora Bravo —lo amenacé. Yo era más alta y lo fulminé con la mirada desde arriba para hacerle saber que iba en serio.

Se rio otra vez, pero se sentó y se metió un puñado de palomitas a la boca.

Manny saltó por encima de la última cuerda para entrar al ring, donde esperó a que se abriera camino El Escorpión.

El Escorpión era un rudo, así que la gente tampoco le aplaudía mucho, aunque algunos levantaron la mano para que este los saludara al pasar.

Yo sabía que la pelea de La Lechuza y la Maravillosa May debería haber estado entre los mejores lugares del programa. Era una pelea de campeonato y había sido una mejor pelea de lo que esperaba.

El Escorpión se deslizó por abajo de la última cuerda y ambos luchadores se pusieron en guardia. El Escorpión también era enmascarado, así que además de tirarse golpes, los dos intentaban arrancar la máscara del otro. Uno pensaría que era tan fácil como quitarle el sombrero a alguien, pero las máscaras estaban hechas para que quedaran muy ajustadas. Estaban aseguradas con agujetas, más el sudor y la determinación de no dejar que revelaran tu identidad.

El Águila se detuvo la máscara con una mano y le dio a su oponente un tajo a la garganta con la otra, provocando que El Escorpión se cayera contra las cuerdas, agarrándose el cuello. El Águila giró hacia el público. Aleteó con los brazos y ahuecó la mano contra la oreja, como si preguntara a la multitud si debería volar.

Yo me levanté con la ovación. El niño atrás de mí gritó algo grosero, pero lo ignoré. Estaba demasiado ocupada aleteando con los brazos, esperando que Manny pudiera verme donde estaba sentada.

Cuando El Águila iba trepando las esquineras, El Escorpión apareció atrás de él y lo estampó contra la esquina, haciéndolo caer. Levantó a El Águila por encima de la última cuerda, mandándolo al piso fuera del ring. El réferi empezó a contar.

El Águila se levantó y caminó unos cuantos segundos antes de volverse a subir al ring. Pero El Escorpión estaba ahí para saludarlo con un pisotón en la espalda. Agarró a El Águila de los tobillos y trató de arrastrarlo como carretilla hasta el centro del ring, pero El Águila se aferró de la cuerda de hasta abajo. El Escorpión soltó las piernas de El Águila y le pateó las costillas hasta que El Águila soltó la cuerda.

Era duro ver que golpearan a Manny, preparándose para perder otra pelea. De pronto volví a pensar *Levántate levántate levántate*, como unos meses atrás, mientras veía a El Águila en el pequeño televisor del merendero. Cuando no tenía idea de quién era él.

El Escorpión jaló a El Águila de una pierna y la multitud, incluyendo el niño de atrás, clamaba por una llave de pierna de figura cuatro. Me senté, consciente de que la pelea terminaría pronto. El Escorpión agarró a El Águila del tobillo, preparándose para torcerle el pie. Pero, cuando le estaba dando la espalda, El Águila se las arregló para usar su pierna libre y patear a El Escorpión.

Yo grité y salté de mi asiento de nuevo. Aunque El Águila no ganara la pelea, quería verlo defenderse.

El Escorpión se tambaleó, dándole tiempo a El Águila de levantarse. Una vez de pie, El Águila atravesó el ring corriendo y se impulsó con las cuerdas, golpeando a El Escorpión con un tendedero mientras este se enderezaba. Así nomás, la dinámica del combate había cambiado. El Águila llegó al esquinero de hasta arriba. En esta ocasión no perdió segundos en aletear con los brazos. Tan pronto como El Escorpión se puso de pie, El Águila voló, aplastando a su oponente bajo una plancha. El Águila levantó la pierna de El Escorpión, manteniendo su propio peso sobre el luchador para que no pudiera alzar los hombros de la lona.

El réferi se hincó y empezó a contar. Yo esperé que El Escorpión pateara para zafarse, pero nunca lo hizo. El réferi golpeó contra la lona tres veces y sonó la campana. ¡El Águila ganó la pelea!

El Águila se rodó de la lona y se bajó del ring, saliendo rápidamente de la arena. Logré tocar el brazo sudoroso de Manny cuando iba pasando. Me volteó a ver y sabía que estaba sonriendo abajo de la máscara. El Escorpión se quedó parado en el ring por un minuto, como si estuviera confundido, antes de bajarse.

Seguía el evento principal, pero todo lo que quería hacer era correr a ver a Manny.

—No puedo creer que ese tipo ganara —dijo el niño de atrás—. Es un perdedor.

No lo pensé dos veces antes de girarme a enfrentar al niño otra vez.

—Ese tipo es mi papá —dije.

—¿De veras? —El niño se veía confundido e impresionado al mismo tiempo—. Qué genial.

—Sí —dije—, lo es.

Le di la espalda de nuevo y esperé el evento principal. Era un campeonato entre Apolo, el campeón actual, y el Guapo García. Apolo se abrió paso hacia el ring en medio del clamor de sus fans. Se quitó el cinturón y se lo entregó al réferi, luego esperó a que llegara su contendiente.

Cuando al fin apareció el Guapo García, desfiló pavoneándose como gallo hasta el ring. Llevaba lentes de sol y la hermosa capa de lentejuelas verdes que el tío Mateo le había hecho. Se quitó de la cara su largo cabello oscuro, posó y le aventó besos al público. Yo me dejé llevar por los abucheos y me les uní. Alguien lo bombardeó con palomitas, pero yo solo grité. No iba a ser responsable de manchar de mantequilla el trabajo de mi tío Mateo.

Una vez en el ring, el Guapo se quitó su capa y se tomó su tiempo, doblándola con todo cuidado. Cuando sonó la campana para que empezara la pelea, los dos luchadores se encontraron en el centro. Guapo extendió su mano, como si ofreciera un saludo. Pero cuando Apolo se inclinó para tomarla, Guapo lo agarró del brazo y se lo torció en la espalda. Apolo se quejó de dolor. No podía creer que hubiera caído con esa treta.

La ventaja iba de uno a otro. Apolo tenía al Guapo en una llave de brazo y luego Guapo tenía a Apolo en un agarre de pie. Guapo lanzó a Apolo a través de las cuerdas y Apolo regresó con un jab de rebote al abdomen.

Guapo peleó sucio, asfixiando a Apolo con una llave ilegal al cuello y usando las cuerdas como contrapeso. En algún momento, Apolo se cayó a la lona. Guapo lo levantó y lo aventó contra la mesa de los comentaristas, justo frente a mí. Podía ver a Apolo tratando de jalar aire. Lentamente se rodó de la mesa y se levantó mientras el réferi contaba. Tenía que volver al ring o se arriesgaba a perder la pelea. Cuando al fin lo hizo, Guapo lo recibió con un cruzado a la cabeza.

Las cosas no se veían bien para Apolo y estaba convencida de que iba a perder su cinturón. Pero así de rápido como caía, se levantaba. Se impulsó de las cuerdas y cayó contra Guapo con una patada voladora. El público rugía.

Guapo estaba en la lona, retorciéndose del dolor. Apolo le soltó un codazo en el pecho, luego se levantó y rápidamente se fue hacia una esquina. El público se volvía loco esperando el Atardecer.

Guapo seguía en la lona cuando Apolo se subió a la última esquinera. Si lograba mantener al Guapo contra la lona e inmovilizarlo, la pelea acabaría. La arena vibraba con los gritos del público. Pero la ovación se convirtió de pronto en grito mientras alguien salía corriendo por el pasillo. ¡Era El Escorpión!

El Escorpión corrió hasta la orilla del ring y agarró los tobillos de Apolo, tirándolo del esquinero donde se había subido. Cayó contra la lona, dándole al Guapo tiempo de recuperarse. El público le gritaba a Apolo que se levantara. El Guapo se burlaba del público, haciendo un bailecito alrededor del luchador caído, antes de abalanzarse sobre de él.

El réferi, que no había visto la intervención de El Escorpión, inició el conteo. Parecía que en esta ocasión iba a ser el final de Apolo. Mientras, en el piso afuera del ring, El Escorpión provocaba al público, complacido por haber ayudado a vencer al campeón. Pero se detuvo de repente cuando vio algo que lo asustó.

Un rayo negro y dorado pasó junto a mí.

—¡Manny! —dije en un grito ahogado, y de inmediato me tapé la boca con la mano, temiendo que alguien me hubiera oído. Pero probablemente ni una banda escolar se hubiera oído en la arena de lo fuerte que gritaba la gente.

El Águila se trepó a la falda del ring y le jaló una pierna al Guapo, rompiendo la inmovilización y permitiendo que Apolo levantara un hombro antes de que terminara el conteo de tres. El Escorpión atacó a El Águila, y ahora había dos peleas al mismo tiempo, una arriba del ring y otra en el suelo. El Escorpión estampó la cabeza de El Águila contra el borde del ring. El Águila se sacudió el golpe. El Escorpión se aferró de sus brazos, pero El Águila rompió el agarre, se giró hacia la espalda de El Escorpión y lo estrelló contra el poste de una de las esquinas.

El público enloquecía. Los comentaristas saltaron de sus asientos. El réferi, a quien habían tirado cuando Apolo aventó al Guapo contra él, yacía en la lona. Mientras tanto, Apolo estaba golpeando al Guapo, y el Escorpión seguía en el piso, era masacrado por El Águila. El Escorpión logró escapar del ataque de El Águila y se deslizó para entrar al ring. Se tambaleó hacia donde el Guapo se ponía de pie lentamente, aún mareado. Como si todo hubiera sido parte de un plan, El Águila escaló las cuerdas para subir al ring. Apolo y él atravesaron corriendo el círculo cuadrado y se impulsaron contra las cuerdas. Usaron la fuerza del impacto para volar por los aires y, cuando el Guapo y El Escorpión voltearon, confundidos, se encontraron con dos patadas voladoras idénticas.

Apolo rodó al Guapo para inmovilizarlo, justo cuando el réferi se levantaba de donde había estado. Gateó hasta donde se encontraban los dos luchadores y estrelló la palma de su mano contra la lona. ¡Uno! ¡Dos! ¡Tres! Sonó la campana. El réferi alzó el brazo de Apolo en señal de victoria.

En ese instante me di cuenta de que había estado conteniendo la respiración y solté un inmenso suspiro de alivio.

La pelea había terminado, pero no la acción, porque adentro del ring El Águila tenía a El Escorpión boca arriba sobre sus hombros, como si lo tuviera amarrado a un potro de tortura. Yo sabía lo que iba a hacer porque lo había visto hacerlo en todos los videos que vi en internet.

—Pero, ¿qué está pasando? —gritó uno de los comentaristas desde su mesa—. ¡El Águila tiene a El Escorpión en una Quebradora Bravo!

Los comentaristas se miraron en shock.

—Nadie hace esa quebradora más que los Bravo —dijo el segundo comentarista—. ¿Qué pasa aquí esta noche?

El rostro de El Escorpión se contraía del dolor, y movía un brazo pidiendo que alguien lo ayudara o que el réferi parara la pelea, pero la verdadera pelea ya había terminado, así que no había nada que pudiera detener. Cuando El Águila finalmente lo soltó, El Escorpión se desplomó contra la lona.

De repente, Guapo García llegó por detrás y agarró a El Águila en una mata león. El Águila luchaba por liberarse, pero no recibió ayuda de Apolo, que ahora peleaba con El Escorpión del otro lado del ring. El Águila se dejó caer hacia adelante y el Guapo se aferró al borde de su máscara y tiró. Jaló y forcejeó, y entonces, como si fuera en cámara lenta, la máscara se levantó para revelar al hombre.

Yo sentí que la arena entera ahogaba un grito al mismo tiempo. Y también yo, aunque ya sabía quién era El Águila.

El Guapo se tambaleó hacia atrás. Manny se levantó y rugió, jalando al Guapo de entre las cuerdas, donde se había ido a esconder, y lo aventó por encima de la última cuerda. Luego se giró a mirar a la multitud y el lugar estalló. Yo miré alrededor y vi a la gente saltar y chocar palmas. Tenían los ojos desorbitados y la boca abierta, maravillados. Gritaban y aplaudían y silbaban. Alguien incluso estaba sonando un cencerro. El niño atrás de mí se había subido a su silla y estaba brincando. Alcancé a ver a la mujer con la playera de los Bravo unas filas más allá. Se le corrían las lágrimas. Todo por Manny.

El Escorpión y el Guapo se deslizaron fuera del ring como un par de víboras, sus ojos inmensos por el asombro, y salieron corriendo de la arena antes de que Manny y Apolo les dieran otra paliza.

En el ring, Manny levantó la máscara de El Águila y la alzó en el aire. Los fans gritaron. La lanzó hacia la multitud, donde la gente se aventó para atraparla. El rostro de Manny estaba cubierto de sudor y se veía exhausto, pero feliz. Parecía estar en el lugar al que pertenecía. Se veía como si estuviera en casa. Todos acabábamos de atestiguar el regreso de Manny "La Montaña" Bravo. Manny y Apolo levantaron los brazos y se giraron hacia cada lado del ring para mirar a la multitud. Como si fueran actores en un escenario, hicieron una reverencia. Y fue entonces que se me ocurrió una idea.

★ CAPÍTULO 25 ★

Los cuatro estuvimos de acuerdo en vernos el lunes en la mañana, antes de clases, para votar por un plan que presentarle a la señorita González. Cy empujó la puerta del auditorio y corrió por el pasillo hacia donde Gus y Brandon esperaban en la primera fila.

—A Addie se le ocurrió la mejor idea del mundo —declaró Cy—. ¡Apúrate! —Me hizo señas para que me uniera a ellos.

—¿Mejor que los títeres de calcetín? —preguntó Brandon—. Lo dudo.

—Cuéntales, Addie —insistió Cy.

—Okay —dije—. En lugar de la batalla entre el Cascanueces y el Rey Ratón, deberíamos...

—Hacerlo como si fueran las luchas —terminó Cy por mí. Se abrazó a sí misma—. Ayyy, es tan increíble que no puedo soportarlo. Es especial para Dos Pueblos y definitivamente nadie lo ha hecho. Eres un genio, Addie. —Me tomó de los brazos y me sacudió.

Yo me sonrojé. *Era* una buena idea.

—¡Yo le entro! —Brandon saltó de su asiento y le dio una palmada a Gus—. No puedo esperar para ponerle una mata león al Rey Ratón.

—¿Gus? —preguntó Cy—. ¿Qué opinas?

Todos lo volteamos a ver. Se quitó la capucha y los mechones de pelo negro de la cara.

—¿Tu *papá* nos va a enseñar a luchar? —preguntó, como si todavía no me creyera.

Cy me miró expectante.

—Manny nos va a ayudar —ofrecí con orgullo.

—¿Te refieres a El Águila? —preguntó Gus.

—Él también —dije con una sonrisa—. Empezamos mañana después de la escuela. Él nos va a recoger y nos va a traer después. Pídanles permiso a sus papás. Y mi mamá quiere sus números de teléfono también.

Mi mamá había accedido renuente al plan, aunque lo describió como "preocupante".

Sonó la campana del primer periodo y Gus se levantó.

—Buena suerte poniéndome una mata león. —Empujó a Brandon. Brandon lo correteó hasta el pasillo.

—Voy a buscar a la señorita González en este momento —dijo Cy—. Te veo en el almuerzo. —Se fue corriendo, dejándome sola de camino al primer periodo.

Me apuré a salir del auditorio vacío, recordando la última pelea de Manny como El Águila. Después del encuentro en la arena, esperé a Manny en lo que se bañaba. Cuando salió del vestidor parecía flotar en una nube. Yo sentía que estaba flotando en una nube también mientras caminábamos hacia el estacionamiento y él saludaba con la mano a otros luchadores, quienes lo felicitaban por su triunfante regreso. Me presentó a todos con un *Esta es mi hija, Adela*.

De camino a casa de los Bravo repasamos los detalles de la pelea. Le hice toda clase de preguntas, como desde cuándo había sabido que le quitarían la máscara y cómo se sentía estar de nuevo en el ring como Manny Bravo. Luego le conté de *El Cascanueces* y cómo no podíamos decidir qué hacer y teníamos que contarle nuestro plan a la señorita González el lunes. Le describí el títere de Cascanueces de Brandon, un triste calcetín largo con un rostro dibujado con plumón. Y reconocí que, si bien quería que pasara rápido y ya, también tenía lo que bien podría ser una buena idea.

—¡Eyyy! —asintió Manny después de que terminé de contarle—. Es una gran idea.

—¿Lo crees? —pregunté—. Las luchas son una gran parte de Thorne y de Esperanza. El duelo entre el Rey Ratón y el Cascanueces en un ring sería perfecto. Pero hay un problema.

—¿Cuál? —preguntó Manny.

—¿Cómo se hace? —dije—. ¿Cómo luchas?

—No te preocupes —dijo—. Yo te enseño.

Al llegar a mi primera clase, sentí que todo estaba cayendo en su lugar finalmente. Yo había conocido a mi padre.

CAPÍTULO 26

—¡Todos a bordo del tren del dolor! —nos gritó el tío Mateo. Se había estacionado afuera de la escuela en su camioneta negra.

Brandon lo miró, abriendo grandes los ojos.

—Es broma —rio el tío Mateo.

—¿Quién es ese? —murmuró Brandon, levantando su mochila del suelo.

—No mi padre —murmuré, marchando hacia el lado del conductor.

—Pensé que Manny nos iba a recoger —dije—. Se supone que nos va a ayudar. Dijo que lo haría.

—Le hablaron del trabajo. —El tío Mateo me miró disculpándose—. Me dijo que te mandaría un mensaje para decirte.

—¿Y quién nos va a ayudar ahora?

—¿Qué? —El tío Mateo miró alrededor como si lo hubiera insultado—. Él no es el único luchador en la familia, ¿sabes?

Suspiré y caminé hacia el lado del copiloto.

—Todos sus adultos saben dónde están, ¿verdad? —preguntó el tío Mateo después de que todos nos subiéramos. Volteó directamente conmigo—. Eso te incluye a ti.

Se escuchó un coro de afirmaciones desde el asiento trasero.

—Mamá sabe adónde voy y por qué —dije.

Una vez en el camino, Brandon, Cy e incluso Gus bombardearon a mi tío con preguntas hasta que llegamos a Esperanza, mientras yo me preguntaba por qué Manny se había echado para atrás sin siquiera molestarse en decirme. Todo el día tuve sus palabras en mi cabeza. *Yo te enseño*. Y ahora no estaba aquí.

En Esperanza, nos desparramamos fuera de la camioneta y rodeamos la casa hasta el jardín.

—¡No inventes! —gritó Gus. Se frotó los ojos sin poderlo creer y corrió hasta el ring.

Brandon se echó a correr atrás de él. Se subieron y de inmediato empezaron a luchar.

—¿Tus primas están aquí? —preguntó Cy, mirando la casa. Le había estado contando de Eva y Maggie, y tenía muchas ganas de conocerlas.

—No —dije—. Por lo general solo vienen los fines de semana.

—¿Así que somos tú y yo y todos estos niños? —preguntó Cy, torciendo la boca.

—Júntense, niños —nos gritó el tío Mateo. Se quitó los tenis y se subió a la falda del ring, pero en lugar de meterse entre las cuerdas, saltó por encima de la última en un rápido movimiento.

—Yo puedo hacer eso —dijo Brandon como si fuera cualquier cosa.

Todos nos reímos mientras intentaba imitar el movimiento del tío Mateo.

—Siéntate antes de que te rompas algo —dijo el tío Mateo, caminando por el ring.

Nos sentamos en abanico a sus pies e imaginé que así debía ser cuando contaba historias como travesti en la librería. Excepto que hoy llevaba pantalones de mezclilla y una playera, y no tenía los ojos pintados con diamantina.

—Adela me dice que quieren luchar —dijo.

—Bueno, por lo menos estos dos —dijo Cy, señalando a Gus y a Brandon—. Yo no tengo interés en salir lastimada.

—Enséñanos cómo saltar de la última cuerda como hiciste ahorita —dijo Brandon.

—No, enséñanos cómo hacer un suplex —intervino Gus, mirando diabólicamente a Brandon.

—¿Ya acabaron? —pregunté. Miré al tío Mateo, que esperaba pacientemente.

—Okey —dijo el tío Mateo, asumiendo el mando del grupo—. Primero lo primero. Nadie se va a lastimar bajo mi cuidado. Eso quiere decir que necesitan escuchar. No pueden simplemente empezar a jalonearse. Los luchadores entrenan mucho para poder hacer lo que hacen. La meta es evitar lastimarse y evitar lastimar a alguien más. ¿Comprenden? —Se inclinó hacia Brandon y Gus, muy cerca, y ambos asintieron rápidamente—. Luchar es un arte —continuó el tío Mateo—. Hay técnica, pero también hay una trama. Es la combinación del cuerpo y la imaginación.

—Y también un montón de golpes y azotones y patadas, ¿cierto? —dijo Brandon, mirándonos a todos, esperanzado.

Todos lo ignoramos.

—Es como ciencia —dije mientras mi tío se movía por el ring— y mitología.

—Así es —dijo el tío Mateo—. Me gusta eso, Adela. Ciencia y mito. Exactamente de eso se trata. Son todas estas cosas trabajando juntas, la ley de gravedad, la fuerza del cuerpo humano, la imaginación de la gente. Están montando un espectáculo. Y ese es el concepto atrás de lo que les voy a enseñar. No necesitan ser capaces de levantar a nadie así.

Agarró a Brandon y lo levantó por encima de su cabeza.

Brandon gritó y todos nos reímos. El tío Mateo lo bajó con cuidado.

—Eso fue increíble —dijo Brandon, riéndose nervioso—. Ni me asusté.

—Es como si estuviéramos bailando —dijo Cy.

—Exacto —dijo el tío Mateo. Me estiró las manos y dejé que me levantara—. En lugar de coreografiar un baile, van a coreografiar una pelea.

—Adela, quiero que me avientes contra las cuerdas y, cuando regrese hacia ti, tírame un codazo al pecho, ¿va?

Yo sabía que no podía mover físicamente a mi tío, pero se inclinó en la dirección hacia la que lo estaba jalando y, con su cooperación, lo aventé del otro lado del ring. Golpeó las cuerdas y rebotó hacia mí.

—Codo *ahora* —dijo.

Yo encogí el brazo y dirigí el codo hacia el pecho de mi tío, igual que había visto hacer a las gemelas. No quería lastimarlo y casi ni siquiera hice contacto, pero él se cayó de espaldas con fuerza, la lona vibrando bajo nosotros.

—Órale —dijo Cy, abriendo los ojos.

—¿Estás bien? —Me arrodillé donde yacía mi tío—. No pensé que te hubiera pegado tan fuerte.

Tío Mateo me guiñó un ojo y se recargó sobre su costado para mirar al grupo.

—Recuerden, todo es ritmo y estar conscientes uno del otro. Como un baile. Me tomó tiempo aprender a usar mi cuerpo para generar sonido, cómo moverme para que se viera como si me estuvieran pegando fuerte cuando no era así.

—Si todo es actuación, entonces, ¿quiere decir que nada en las luchas es real? —preguntó Gus. Sonaba preocupado.

—No, para nada —dijo el tío Mateo levantándose—. La gente se lastima de mil formas. Es muy real. —Miró un instante en dirección a la casa. Me pregunté si estaría pensando en Pancho.

Rosie salió de atrás del granero en su overol de trabajo.

—Rosie —le grité y la saludé con la mano. Se encaminó hacia el ring y se la presenté a todos—. Rosie era la campeona mundial en México —dije con orgullo.

—Estamos en presencia de una de las grandes —declaró Cy. Hizo una reverencia ante Rosie y esta rio.

—Ay, basta —dijo Rosie, haciendo un gesto con la mano para quitarle importancia.

—Es cierto —dijo el tío Mateo—. *Es* genial. Cuando éramos chicos, ella nos enseñó sus movimientos.

Rosie se rio y sacudió la cabeza.

—Y ella entrena a mis primas —dije—. ¿Verdad?

—Esas dos ya son tan buenas, que no me necesitan mucho que digamos —contestó Rosie.

—Eres genial —dijo Cy, admirando a mi abuela—. ¿Nos enseñarías algo *a nosotros*?

—Por favor —dije—. Ándale, Rosie.

—¿Quieren que una anciana se rompa la cadera? —preguntó Rosie.

Pero se subió a la falda y rodó hacia el ring, como si lo hiciera todo el tiempo. Como si su cuerpo *realmente* recordara. Se levantó y caminó por la lona.

—¿Quién quiere un pedazo de La Rosa Salvaje? —rugió—. ¿Tú?

Señaló a Gus, que negó con la cabeza, los ojos muy abiertos. Yo nunca había visto esta Rosie. Su mirada era intensa. Se movía como un animal cazando su cena. Sus pasos hacían retumbar la lona bajo nosotros.

—¿O tal vez tú? —Se volteó hacia el tío Mateo.

El tío Mateo le tiró un manotazo a Rosie y en un instante estaba sobre él. Lo pateó a medio cuerpo, haciendo que se cayera de pompas. Cuando se levantó, lo agarró y lo aventó con un derribe de brazo.

—¿Qué opinas? —le preguntó a Brandon. Era obvio que Brandon esperaba que no lo metiera en su pelea con el tío Mateo.

—Se está levantando —le advirtió Brandon, señalando a mi tío.

—No, no lo hará —dijo Rosie. Se paró atrás de Mateo y le envolvió el cuello con los brazos. El tío Mateo parecía forcejear con su agarre, pero no se podía liberar.

—Gente, la abuelita se volvió loca —susurró Brandon con urgencia—. ¿Quién la va a detener?

—Yo no —dijeron Gus y Cy al mismo tiempo.

Rosie me miró y supe que el tío Mateo estaría bien. Cuando finalmente lo soltó, Mateo se cayó de espaldas y Rosie enganchó su brazo con la pierna de Mateo y lo cubrió con su cuerpo. Yo miré al grupo y gateé hacia ellos. Golpeé mi puño contra la lona.

—¡Uno! —gritó Cy.

—¡Dos! —Ahora todos lo decían.

Pero antes de que pudiéramos contar hasta tres, el cuerpo del tío Mateo se convulsionó separándose de la lona y lanzando a Rosie por los aires.

Se sentó, riéndose y se inclinó para ver si ella estaba bien. Rosie se sentó, carcajeándose también.

—Hace mucho que no hacía eso —dijo, limpiándose las lágrimas de los ojos—. Mañana me va a doler todo.

—¿Quieres ser mi abuela? —preguntó Cy, deslizándose cerca de Rosie.

—Eso fue increíble —dijo Gus con admiración—. Enséñanos a hacer eso.

—Sí —dije, olvidando por un momento que Manny me había plantado—. Enséñanos todo lo que sabes.

★ CAPÍTULO 27 ★

El Día de Acción de Gracias siempre implicaba levantarse temprano y ayudar a Alex en el merendero. Todos los años había una colecta de alimentos y luego, el mero día, el merendero regalaba cajas de comida y el platillo especial de Alex, "Día de Acción de Gracias en un Pastel", que era exactamente lo que decía su nombre: pavo relleno, camote, salsa de arándanos, chícharos y gravy en un pastel de doble masa. Poníamos en el televisor un partido de futbol americano o las luchas, o la película navideña que estuvieran pasando.

A las dos de la tarde cerrábamos el merendero y cenábamos con cualquiera de los empleados que no tuviera adónde ir. La cena del Día de Acción de Gracias era un bufet de todo, desde calabacitas y menudo, hasta empanadas y puré de camote con malvaviscos, más la natilla de Marlene de postre. Luego nos llevábamos las sobras y un pastel de calabaza a la casa, y mamá y Alex me dejaban escoger una película. Pero todo eso iba a darse sin mí este año, porque iba a pasar el Día de Acción de Gracias con los Bravo.

Me enteré de que los Bravo no lo celebraban. No desde el año que Speedy murió. Se dirigía a casa para Acción de Gracias cuando la avioneta en la que volaba se estrelló en las montañas. Manny dijo que hacían algo muy "discreto". Maggie me explicó que "discreto" significaba nada de cenas grandes y un viaje al panteón para visitar a Speedy.

—¿Segura que quieres pasarlo allá? —preguntó mamá cuando le conté, una expresión de preocupación en su rostro.

No lo estaba, pero decidí ir de todas maneras.

Mamá me fue a dejar el jueves en la mañana con un "Día de Acción de Gracias en un Pastel". Me sentía un poco como Patty, invitándose sola a la casa de Charlie Brown, como si me estuviera metiendo en un día reservado para la familia que conoció a Speedy. Por lo menos llevaba comida.

—Los Bravo siempre han sido buenos para esconder su dolor —dijo mamá con un suspiro—. Es parte del trabajo.

—¿Parte del trabajo de las luchas o parte del trabajo de ser un Bravo? —pregunté.

—Ambos, supongo —contestó mamá.

Se bajó del auto y empujó la reja por mí, pero no cruzó la entrada.

—Dile a Rosie... Diles a todos que les deseo un feliz Día de Acción de Gracias.

—Lo haré —dije, sosteniendo con cuidado la caja del pastel. Era la primera vez que mi mamá decía cualquier cosa que fuera lo más mínimamente amable para los Bravo.

Cuando llegué a la casa, parecía particularmente silenciosa. No había aromas de comida deliciosa cocinándose, ni la energía boyante de una familia que se prepara para recibir invitados.

—Hola, Adela —dijo Rosie cuando llegué a la cocina.

Dejé la caja en la barra.

—Es de parte de mi mamá.

—Se ve delicioso —dijo Rosie, abriendo la tapa—. Por favor dale las gracias a tu mamá de mi parte.

—Tú también se lo puedes agradecer —dije, cansada de estar en medio—. Si quieres.

Rosie asintió, pero no dijo nada sobre contactar a mi mamá.

—Veremos a tus primas mañana en el panteón. Celebran el Día de Acción de Gracias con la familia de su mamá.

—Okay —dije—. ¿Manny está aquí?

—Volverá pronto.

Volverá pronto. Siempre volverá pronto. Desde que regresó Manny la Montaña lo veía menos que cuando luchaba como El Águila. Se había disculpado por no recogernos ese primer día que supuestamente iba a ayudarnos con la función, pero cada vez que el grupo se reunía, el tío Mateo o Rosie nos recogían y nos ayudaban. Hasta las gemelas habían colaborado. Pero jamás él. Siempre estaba ocupado. Y parecía que nunca era buen momento para hablar de mamá y Alex, y la adopción.

Dejé a Rosie en la cocina y salí al jardín con Hijo. Caminamos hacia el remolque del tío Mateo.

Aunque la puerta estaba abierta, toqué y pasé mis dedos por las campanillas de viento para hacerle saber que estaba ahí. No me sentía bien metiéndome así nada más. Por otra parte, Hijo, que me había seguido, no esperó una invitación. Ese perro no tenía modales.

—Adelante —oí la voz del tío Mateo.

Mi tío no estaba solo. Estaba metiéndole a los costados de un saco de terciopelo que ya no estaba sobre el maniquí. En cambio, estaba sobre un hombre alto y musculoso, cuya piel empataba con el café suave de la tela. El hombre mantenía firmes los brazos, ligeramente despegados de sus costados, mientras mi tío clavaba alfileres en la tela.

El hombre meneó los dedos a manera de saludo.

—Ey —dijo. Tenía barba oscura y corta, y ojos amables.

—Hola —dije en respuesta, sentándome del otro lado del tío Mateo—. Yo te conozco. Eres Carter "El Triturador" Jones.

El hombre inclinó la cabeza.

El tío Mateo tomó un alfiler de entre sus dientes y lo clavó en el saco.

—Carter, esta es mi sobrina Adela —le dijo al hombre.

—Te daría la mano, pero en una de esas me clava un alfiler a mí y no a esta cosa —dijo Carter, levantando las cejas con miedo exagerado.

—Y lo haría —amenazó el tío Mateo, señalando a su amigo con un alfiler.

Carter cerró los ojos como temiendo el piquete.

—¿Es tuyo? —dije, indicando el saco—. Pensé que le pertenecía a un Padre de la Paliza.

—Sí —dijo Carter, girando la cabeza en dirección mía—, y sí.

—Deja de moverte —advirtió mi tío Mateo—. Es en serio.

—*No* me estoy moviendo —insistió Carter.

—Y bueno —dijo el tío Mateo, dirigiéndose a mí—, Carter el Triturador tiene una nueva identidad.

—¿Prometes no decirle a nadie? —preguntó Carter.

—Lo prometo —le aseguré.

—Hay un nuevo Padre de la Paliza en este pueblo. —Sonrió.

—*¿Tú?* —pregunté, sorprendida.

El tío Mateo miró a Carter desde donde estaba sentado y resplandecía de orgullo.

—Voy a hacer mi debut en el desafío del Día de Acción de Gracias en Atlanta, mañana en la noche.

—¿De verdad? Guau —dije—. ¿Cómo te vuelves siquiera un Padre de la Paliza?

—No fue fácil, eso seguro —dijo Carter—. ¿Ya casi acabas?

El tío Mateo metió un alfiler más en el saco y luego levantó las manos como un concursante compitiendo en un programa de cocina al acabarse el tiempo.

—Quítatelo —dijo mi tío.

Carter se sacó con cuidado el saco y se lo entregó a mi tío Mateo, quien lo metió bajo la aguja de su máquina.

Le hice espacio en la mesa y Carter se metió en el asiento; con su altura apenas cabía.

—Escuché que estaban haciendo audiciones para un nuevo miembro. He estado luchando con Cactus algunos años y me sentí listo para una promoción —dijo Carter—. Y, vamos, que son Los Padres de la Paliza, así que pensé probar.

Manny me había explicado que muchos luchadores pasan todas sus carreras trabajando prácticamente en las sombras, moviéndose de territorio en territorio. Eran los que abrían las funciones, los que luchaban antes del evento principal. O los tipos cuyo trabajo era perder. No todos llegaban a ser luchadores principales, encabezando el programa.

—Y te eligieron a ti —dije—. Qué genial.

—Mucho —dijo el tío Mateo desde atrás de su máquina de coser—. Sobre todo, porque casi no sucede.

—¿Por qué no?

—Entré y me miraron de arriba a abajo —dijo Carter.

—¿Te miraron? —pregunté—. O sea, ¿*Los* Padres de la Paliza?

—Sip —dijo Carter—. Todos estaban ahí. Alexander, John, Thomas, George.

—¿Estabas nervioso?

—¿Que si estaba nervioso? —rio Carter—. Nunca has estado en un cuarto lleno de zombis gigantes, ¿verdad? Me miraron y antes de que pudiera decir una palabra, John Addams me dice, "Gracias por venir, pero no".

—¿Por qué? —pregunté.

—Dijeron que no tendría sentido porque no había Padres de la Patria negros —explicó—. Y yo dije que si lo que querían era que tuviera sentido, entonces tampoco había Padres de la Patria zombis.

—La Independencia de Estados Unidos pudo haber acabado mucho antes si hubiera habido —bromeó el tío Mateo y todos nos reímos.

—Pero sí te escogieron —dije—. ¿Cómo los convenciste?

—Les dije, miren, denme una oportunidad, vean lo que puedo hacer en comparación con el resto de estos tipos —dijo Carter—, y después de eso les daré una clase de historia.

—Sí —dijo el tío Mateo, agitando su dedo índice en el aire—. Y que empiece el año escolar.

—Se rieron, pero dijeron que sí —continuó Carter—. Así que hice lo mío.

—Y luego, ¿qué pasó? —pregunté, imaginando que Carter peleaba su caso frente a los demás luchadores.

—Y luego fue innegable que era el mejor luchador en el ring ese día —dijo Carter, golpeando la mesa con las palmas—. Eso fue lo que pasó.

—¿Te contrataron? —pregunté—. ¿Así nada más?

—Bueno, no —dijo Carter—. Me dijeron que querían hacerlo, pero que no iba con los personajes. Estaban prendados de la idea de que no había Padres de la Patria negros. Dijeron que no era creíble.

—Esto en un negocio que no se trata de otra cosa más que de ilusión. —El tío Mateo puso los ojos en blanco.

—Les conté de James Armistead Lafayette y Salem Poor —dijo Carter—. ¿Has escuchado hablar de ellos?

Negué con la cabeza.

—Bueno, existen Padres de la Patria negros, hayas escuchado de ellos o no —añadió el tío Mateo.

—Entonces, les presenté mi caso y los convencí de darme una oportunidad —dijo Carter—. Y hasta me escogieron un nombre. Saluda a Crispus *Ataques*. —Se levantó y dio una vuelta para nosotros.

—¡Como Crispus Attucks! —grité—. Lo conozco. Fue la primera persona que mataron en la Masacre de Boston. Aprendimos de él en historia el año pasado. Mi maestra dijo que no hay mucha información sobre él. Los historiadores saben que era un marinero y que probablemente era negro e indígena, y que estaba protestando porque los soldados británicos dificultaban que los marineros trabajaran y se ganaran la vida.

—Órale —dijo Carter, mirándome—. Sabes más que yo.

—Te dije que era una chica lista —dijo el tío Mateo—. Addie también tiene un nuevo papel.

—¿Sí? —dijo Carter, como si genuinamente estuviera interesado—. Cuéntame.

—Ay, no es nada tan emocionante como Los Padres de la Paliza. —Doblé un trozo de tela en cuadritos—. Es *El Cascanueces* de nuestra escuela.

—Con luchas —añadió el tío Mateo, levantando la vista desde la máquina de coser.

—Eso suena divertido —dijo Carter—. ¿Cómo va?

—Está bien. —Subí los hombros.

—¿Bien? Es tan modesta —dijo el tío Mateo—. Se ven geniales. Tus amigos son buenos.

—Sí, supongo que Gus y Brandon están aprendiendo bien los movimientos —dije—. Rosie y tú han sido de gran ayuda. A diferencia de otro.

—Sé que estás decepcionada —dijo el tío Mateo—. Yo recuerdo ese sentimiento.

Los tres nos quedamos en silencio un minuto. Sentí que no había nada más que decir sobre Manny.

—De todos modos —dije, rompiendo el silencio—, estoy feliz de que *yo* no tenga que luchar.

—Una Bravo... que no quiere luchar —dijo Carter confundido—. Eso no me cuadra. —El tío Mateo y él se rieron.

—No soy una Bravo —dije, mirando hacia mi tío.

—Pero Addie también ha estado entrenando con nosotros —dijo el tío Mateo—. Y no le sale nada mal.

—¿*Nada mal*? —Arrugué la nariz—. Gracias.

Mi tío rio.

—Pensé que no te importaba.

—A lo mejor puedes meterte en un *shoot* —sugirió Carter.

—¿Qué es eso? —pregunté.

—Un *shoot* es cuando sucede algo que está fuera del guion en una pelea —dijo—. Te podrías meter así no más en la acción.

—No, gracias. —Temblé—. Además, así no va la historia. Marie *observa* el duelo.

—No tienes que seguir el guion, ¿sabes? —dijo Carter. No había conocido a Cy, así que era imposible que supiera cómo me iba a retorcer el pescuezo si le arruinaba su puesta en escena.

—Sí —añadió el tío Mateo—. Algunas personas eligen improvisar y escribir su propia historia.

Tuve la sensación de que no solo estaba hablando de mí y de *El Cascanueces*.

—¿Es lo que tú hiciste? —pregunté, mirando el interior de su casa—. ¿Tú te saliste del guion?

—Hago máscaras —dijo el tío Mateo, levantando una de la mesa—. Pero no creo en usarlas. —La lanzó dramáticamente a una pila.

Carter tronó los dedos como si aplaudiera el comentario de mi tío.

—Además, el espectáculo está en tu sangre —dijo el tío Mateo—. Solo tienes que creer. —Apartó el saco de la máquina de coser y se lo entregó a Carter. Este se lo puso y nos volteó a ver—. Perfecto —declaró mi tío Mateo.

Carter dio una vuelta para modelarlo. La luz del sol entraba por las ventanas, reflejándose sobre el oscuro terciopelo café. Carter se veía como un superhéroe. Como un Padre de la Patria zombi. Y en ese momento, creí.

CAPÍTULO 28

Nunca había ido a un panteón. Mamá me había obligado a empacar algo bonito de ropa, pero Rosie dijo que no importaba porque íbamos a limpiar un poco. Rosie, Pancho y yo nos apretamos en la camioneta de Manny, y el tío Mateo se fue solo. Las gemelas nos iban a ver ahí con su mamá, una mujer corpulenta con un rostro dulce que parecía una especie de hada madrina. No se veía como alguien que tuviera diosas estelares como hijas. Saludó a todos de beso y abrazo, y cuando Rosie nos presentó, me abrazó con fuerza, como si me conociera de siempre.

Había ángeles tallados en piedra a cada lado de la entrada. Rosie dijo que era un cementerio católico, y como yo nunca había ido a la iglesia, observé a todos para ver si hacían algo especial, como la señal de la cruz o agachar la cabeza antes de entrar. Pero todos atravesaron la reja nada más.

Seguí a las gemelas por un camino pavimentado hasta un mausoleo que tenía pequeños floreros integrados a lo largo de la fachada. Algunos de los contenedores tenían flores de verdad y otros tenían flores de plástico, pero había algunos más vacíos. Junto a los floreros había plaquitas con los nombres de las personas y sus fechas de nacimiento y defunción. En algunas partes había una pequeña foto de la persona también, o una línea que decía algo como AMADA MADRE o SIEMPRE EN NUESTROS CORAZONES. Se veía como una pared de cajones, como un archivero de vidas.

Más allá del mausoleo había una pequeña capilla con vitrales en las ventanas, una oficina y el cobertizo del jardinero. Y todo alrededor había tumbas; algunas tenían lápidas verticales, otras estaban señaladas con cruces y algunas tenían piedras incrustadas en el suelo. Las más interesantes se veían como cuevas con estatuas de la Virgen de Guadalupe y otros santos, y las flores y regalos que dejaba la gente.

Encontramos la tumba de Speedy pasando la capilla. Estaba señalada con una lápida de mármol que tenía una abertura oval con una foto de él portando la chamarra que ahora lucía enmarcada en la salita de los Bravo. La inscripción en la lápida decía HIJO, HERMANO, ESPOSO, PADRE, BRAVO. Pensé cómo era que la vida de una persona podía resumirse a una lista de palabras que describía cómo se relacionaba con las demás personas, como si nuestras conexiones con otros fueran lo más importante de nuestra vida. ¿Qué diría mi lista? *Hija, hijastra, hija perdida, mejor amiga, prima, sobrina, nieta*. Algo así.

Las gemelas, su mamá y Rosie inclinaron la cabeza y se tomaron de las manos por un minuto. Luego empezaron a trabajar. Todos parecían saber qué hacer. La mamá de las gemelas sacaba hierbas y limpiaba el área alrededor de la tumba. Rosie tallaba la lápida con un trapo y una botella con atomizador que tenía alguna clase de solución especial para limpiar.

Yo me arrodillé junto a las gemelas, que estaban recolectando cosas que había encima de la tumba, metiéndolas a una caja.

—¿Qué es todo esto? —pregunté, levantando un muñeco de luchador.

—La gente le deja regalos —explicó Maggie—. Son pequeñas muestras de respeto para hacerle saber que están aquí.

—Ay, asco —dijo Eva, levantando una máscara de luchador toda raída.

Había fotos y tarjetas y notas. ¿Los muertos podían disfrutar las cosas que les dejaban? ¿El fantasma de Speedy se levantaba en la noche para ver los regalos que le llevaba la gente? ¿Se ponía la máscara y hacía que los muñecos lucharan entre ellos?

—¿Vienen cada año? —pregunté en un susurro.

—Sí —susurró Eva de vuelta. Miró a Maggie—. Yo sé que es nuestro papá, pero se siente como si visitáramos la tumba de un extraño.

—A lo mejor para ti —dijo Maggie subiendo la voz y frunciéndole el ceño a su hermana.

Rosie las calló desde donde estaba trabajando.

—¿Te acuerdas de él? —pregunté, levantando un billete de un dólar arrugado y echándolo en la caja.

—Murió cuando teníamos casi tres —dijo Eva—. Maggie dice que ella sí, pero...

—Sí me acuerdo —insistió Maggie. Levantó la mirada hacia Rosie y su mamá para asegurarse de que no hubiera hablado demasiado alto—. Recuerdo reírme mientras nos correteaba por el jardín. Y lo recuerdo entrenando en el ring de la casa.

Eva me dirigió una mirada como diciendo que no le creía a su hermana.

—Yo no sé por qué tenemos que seguir viniendo —murmuró—. Lleva tantos años muerto. Once años.

—Es la misma cantidad de años que Manny no estuvo —dije.

—Pero por lo menos tu papá está vivo. —Maggie arrojó algo a la caja.

—Sí —dije—. Lo siento.

Aun si no hubiera visto a Manny la mayor parte de mi vida, por lo menos podía hablar todavía con él y quizá algún día me enseñaría la Quebradora Bravo. Y era más de lo que las gemelas tendrían en su vida. Me sentí culpable y deseé que Manny no desapareciera tan seguido.

Maggie sacó un papelito del bolsillo de su chamarra y lo dejó en el suelo frente a la lápida de Speedy. Encontró una piedrita cerca y la puso encima para que el papel no se volara.

—¿Qué es? —pregunté.

—Me aceptaron en el equipo de lucha —dijo Maggie. Parecía estarle hablando a la tumba de Speedy—. Es la lista de integrantes.

—Guau —dije, sonriéndole—. Hiciste historia. La primera mujer en el equipo. Apuesto que Speedy estaría orgulloso.

Maggie guardó silencio.

Pensé que quizá querría estar sola, así que me levanté y me limpié las rodillas. Rosie ya había terminado de pulir la lápida y me llevé sus cosas de limpieza de vuelta a una de las camionetas. Eva recogió la caja de regalos y me siguió.

Caminé hacia donde estaba Manny de cuclillas, abriendo bolsas blancas de papel.

—¿Puedo ayudar?

—Claro —dijo Manny—. Mete arena en cada bolsa; solo lo suficiente para que no se vuelen.

—Sale —dije. Me arrodillé junto a la cubeta y abrí una bolsa.

—Este es el lote de nuestra familia —dijo Manny. Pasó su mano por nuestra línea de visión—. Tú eres mi única hija, así que, cuando me muera, ya sabes dónde quiero que me entierren, ¿va?

—¿Esa es tu forma de decirme que te da gusto que esté aquí? —pregunté, echando arena a una bolsa.

—Sí —dijo Manny—, me da gusto.

El viento volaba y mi rostro empezaba a entumecerse.

—Ven —dijo Manny—, quiero enseñarte algo.

Dejé la palita en la cubeta de arena y seguí a Manny, pisando ligeramente entre las tumbas, pero sintiendo que no estaba siendo lo suficientemente cuidadosa. Manny se detuvo frente a una tumba a unos pies de la de Speedy.

—¿Quién es? —pregunté, leyendo la lápida de Armando "El Jaguar" Jiménez. Calculé su edad al morir: cincuenta y siete. Bastante viejo, pensé, pero no demasiado viejo.

—El Jaguar Jiménez y mi papá prácticamente empezaron la Liga de Lucha Cactus —dijo—. Fueron equipo durante mucho tiempo. Y él fue uno de mis mentores. Era como un tío para mí.

—¿Qué le pasó?

—Su cuerpo ya no aguantó —dijo Manny—. Tuvo un ataque cardiaco. No tenía familia, así que lo enterramos aquí, con nuestra gente.

Manny se quedó mirando la tumba como si esperara que El Jaguar Jiménez saltara de su fosa de pronto.

—Cada vez que estoy aquí, pienso en tener que hacer esto mismo por mis padres —dijo Manny—. Apuesto a que ahora deseas no haber venido, ¿eh? ¿Que ahora sea tu obligación? —Se rio.

—No me molesta —dije—. Lo haría. Es lo que hace la familia, ¿cierto?

—Sí. —Manny asintió.

De vuelta en la tumba de Speedy, Rosie hizo un arreglo con flores frescas y la mamá de las gemelas juntó las bolsas de arena que habíamos llenado, alineándolas a ambos lados de la tumba.

—¿Sabes?, mi papá nunca estaba en la casa —dijo Manny de la nada—. No te lo digo para justificarme —añadió rápidamente.

Yo sabía que Manny intentaba responder una de mis preguntas: ¿Por qué? ¿Por qué no estaba ahí?

—En mi cabeza, mi papá y el hombre en el ring que veía en la televisión eran el mismo —dijo—. Aunque siempre estuviera lejos, yo sabía que era porque estaba peleando contra los malos, siempre haciendo lo correcto. Yo quería ser igual que él.

Manny volteó a ver a Pancho, de pie en el camino pavimentado, con el tío Mateo. Parecía que Manny seguía intentando complacer a su papá. Como Maggie, aunque su padre ya tampoco estuviera ahí.

—¿Por qué querías ser como él? —pregunté—. ¿No podías ser tú mismo y ya?

—Soy yo mismo —dijo Manny. Parecía sorprendido por mi pregunta. A lo mejor nunca lo había pensado—. Pero es mi papá. ¿No es razón suficiente? Gente de todo el mundo lo quería. Era un gigante. ¿No es lo que todos quieren? ¿Ser como su viejo?

No realmente, pensé. Me gustaba que Manny persiguiera su sueño con tanta pasión. De la misma manera que mi mamá lo hacía. Pero yo no entendía por qué tenía que hacerlo sacrificando otras cosas importantes... como a mí.

—Supongo que fue el mejor padre que supo ser —dijo—. Al menos volvía a casa. No puedo decir lo mismo por mí, ¿eh?

—Todavía puedes ser un buen papá —dije—. Pero igual y te falta práctica.

—Cierto. —Manny me dio una palmaditas en la cabeza—. Oye, parece que ya acabaron. Vamos. —Señaló hacia la tumba de Speedy.

—¿Pa...? —empecé a decir mientras se alejaba, pero no tuve valor—. ¿Manny?

Se volvió hacia mí.

—¿Crees que podrías enseñarme su quebradora alguna vez? —pregunté.

—¿En serio? ¿Quieres aprender la Quebradora Bravo?

Asentí.

—¿Qué diría tu mamá?

—Probablemente no le va a gustar —dije—. Pero es mi decisión.

—Está bien, pues —dijo—. Así será.

El tío Mateo y Pancho se acercaron con todos frente a la tumba de Speedy. Yo ayudé a las gemelas a encender las velitas de pilas y meterlas en las bolsas de papel, enmarcando la tumba.

—¿Dónde están mis hijos? —preguntó Pancho de pronto, sin dirigirse a nadie en particular. Sonaba como la Señora Leo con Sueño imitando a La Llorona—. ¿Quiénes son todas estas niñas?

—Son tus nietas —explicó Rosie.

—Bah —gruñó Pancho.

Maggie se acercó a él y lo tomó de la mano. Pancho no se veía feliz, pero la dejó.

Yo me acerqué del otro lado. Me latía fuerte el corazón mientras le tomaba la mano. Pancho se quedó viendo la lápida de Speedy, como si se acordara de algo.

Pancho miró entonces a Maggie y luego a mí.

—A lo mejor alguna de ustedes puede ganar el campeonato, ya que mis hijos al parecer no.

Volteé a ver a Manny, cuyos ojos no se apartaron del suelo. No sabía si había escuchado a Pancho. Si lo había oído, aparentaba que no. Yo tenía la esperanza de que no.

Había otras familias que parecían hacer lo mismo que nosotros: limpiar, encender velas y rezar, visitar a los seres queridos en el Día de Acción de Gracias. Maggie, Eva y su mamá se agarraron de la mano. Rosie se hincó en el suelo, murmurando. No alcanzaba a distinguir si estaba rezando o hablando con Speedy. Pancho soltó mi mano y se fue a parar a su lado. Manny estaba junto al tío Mateo, cada uno sumido en sus pensamientos.

Observé las tumbas. ¿Qué habría hecho Manny si yo nunca lo hubiera buscado? ¿Quién se hubiera asegurado de que lo enterraran con todos los Bravo y que su tumba mencionara las formas en que fue importante para otros?

Salimos del panteón al atardecer. Desde el asiento trasero de la camioneta de Manny podía ver farolitos titilando por todas partes, como pequeñas luces fantasmas, fuegos fatuos, fuera del alcance. Cada minúscula flama era un recuerdo que alguien en alguna parte intentaba evitar que se consumiera.

CAPÍTULO 29

Vacié mi casillero en busca de un libro de la biblioteca. Mientras, los niños pasaban corriendo, pisando mis cosas en su salida de la escuela hacia la libertad. La señora Baig había enviado a un alumno a entregar notas de préstamos atrasados en la mañana. Cuando el niño entró a mi clase y dejó la nota en mi escritorio, todos murmuraron. Suspiré aliviada cuando encontré el libro aplastado entre las páginas de un cuaderno hasta el fondo de mi casillero. Ya había perdido un libro de la biblioteca. Mi mamá no iba a estar nada feliz si perdía otro. Volví a meter todo en el casillero y corrí a la biblioteca. La señorita Baig estaba en el mostrador, pero no entré. En cambio, dejé el libro en la casilla de devoluciones.

La escuela ya estaba vacía para cuando llegué a la salida. Al final de pasillo, cerca de la escalera, alcancé a ver a Gus en su sudadera café. Los cuatro habíamos estado entrenando en Esperanza algunos días a la semana, además de los ensayos normales para la función en la clase de teatro. A veces, Gus bajaba la guardia. Pero justo cuando parecía que empezaba a sentirse cómodo con nosotros, volvía actuar como su yo de siempre, enojado y distante. Era como si en serio no quisiera tener amigos. Hasta Brandon era un poco menos molesto cada día que pasábamos juntos.

Lo saludé con la mano, pero parecía distraído. Hizo una inspección de 360 grados a su alrededor antes de desaparecer en el clóset de mantenimiento. Era la segunda vez que lo veía entrar o salir de ahí.

Me acerqué rápido y me detuve afuera de la puerta del clóset. La señorita Murry se acercó y me di cuenta de que ahora yo era la que se veía sospechosa. Desabroché mi mochila y removí las cosas, fingiendo buscar algo.

—Hasta mañana, Addie —dijo la maestra al pasar.

Levanté la vista y la saludé con la mano.

Se sintió como una hora antes de que la puerta del clóset se abriera ligeramente.

—No hay moros en la costa —susurré hacia la abertura.

La puerta se azotó. Unos segundos después se abrió de nuevo. Gus asomó la cabeza.

—¿Qué estás haciendo aquí? —preguntó, frunciendo el ceño.

—Creo que una mejor pregunta sería qué estás haciendo *tú ahí* —contesté. Mantuve la puerta abierta para que saliera, montando guardia.

—No es asunto tuyo —dijo Gus. Se fue hacia la entrada de la escuela.

Corrí para alcanzarlo.

—Te vi salir de ahí el otro día. —Lo seguí hasta afuera del edificio—. ¿Qué te traes, Gus Gutiérrez?

—Déjame en paz —ladró.

—¿Estás trabajando también como conserje? —pregunté, siguiéndolo mientras apretaba el paso.

—Y si sí, ¿qué? —dijo. Llegamos hasta las bicicletas y le quitó la cadena a la suya.

—No me importa lo que hagas —dije, subiendo los hombros. Pero entre menos me contara, más quería saber—. Solo dime.

—En serio eres una metiche —dijo Gus, montándose en su bicicleta—. Thorne, Nuevo México, ¡hogar de las personas más metiches! —Me hizo una mueca que claramente indicaba su desaprobación.

—No soy metiche —ofrecí—. Soy curiosa. ¿Qué estás haciendo? ¿Necesitas ayuda?

—No —gruñó—. No necesito tu ayuda. No necesito la ayuda de nadie.

Antes de que pudiera decir algo más, salió disparado, pedaleando tan duro que su bicicleta y él se tambaleaban de derecha a izquierda, derecha a izquierda, hasta que llegó a la esquina y desapareció. Cómo se atrevía a decir que Thorne era un lugar raro cuando él era el que actuaba raro. Estaba a punto de quitarle el seguro a mi bici, pero en cambio di media vuelta y volví a la escuela. Pasé junto al señor Pace, el maestro de música, que iba saliendo.

—Olvidé algo en mi casillero —dije y corrí al interior antes de que pudiera preguntarme cualquier cosa.

★ ★ ★

Mamá se sentó frente a mí. Yo retrasaba el momento de hacer mi tarea de matemáticas hojeando un número de *National Geographic*. Tenía manchas de yeso en los brazos y en el cabello.

—¿Trae algo bueno sobre dinosaurios? —preguntó, indicando la revista.

—No —contesté—. Pero, ¿tú tienes algún bolsillo de piel donde puedas guardar cosas?

La mirada que me lanzó mi mamá —en parte confundida, en parte horrorizada y en parte asqueada— me hizo reír.

—Esa es quizá la pregunta más extraña que me hayan hecho alguna vez. —Bajó la vista hasta su estómago—. Pero quizá sí.

—Las nutrias tienen piel suelta bajo los brazos, donde guardan cosas —dije—. ¿No es genial?

Seguí hojeando mi revista, esperando que mi mamá se fuera. Mi mamá siempre se estaba moviendo, trabajando, haciendo cosas. Cuando dejaba de moverse, empezaba a pensar. Pero no solo a pensar, a *rumiar*. Y eso llevaría a hablar, y hablar llevaría al tema de Manny y la adopción. Y no tenía ganas de hablar de ninguno de los dos. Sobre todo, porque no había mucho que decir.

—Súper genial —estuvo de acuerdo Alex, sirviéndonos dos pedazos de pastel y salvando el momento—. Mira, yo también tengo piel suelta. ¿Crees que me sirva para guardar algo? —Extendió su brazo izquierdo y golpeó la piel bajo su bíceps. Se movía. Su bíceps no se parecía en nada al de Manny. Alex no entrenaba, a menos de que contaras sudar en la parrilla como entrenamiento.

—¿Qué es esto? —preguntó mamá, tomando su tenedor.

—Dije que iba a hacer un pastel de eggnog latte y lo dije en serio. —Golpeó la mesa con el puño.

Yo comí un bocado. Era un pastel amarillo con crema de mantequilla y eggnog, espolvoreado con nuez moscada.

—¿Y bien? —dijo Alex.

Asentí aprobatoriamente.

—No sé por qué me preocupa tanto esa nueva cafetería —dijo, sacudiendo la cabeza—. Creo que solo me pone nervioso que la gente, incluso la gente que ha estado viniendo aquí toda la vida, se emocione por la novedad.

—Está delicioso —dijo mamá—. Y no te preocupes. Lo nuevo pronto deja de serlo.

—Mientras tanto, me pondré a trabajar en el pastel de jengibre latte —dijo Alex—. ¿A qué clase de persona le gustaría beber un latte de pan de jengibre? —Hizo una mueca y levantó los brazos antes de alejarse.

Yo me metí otro pedazo a la boca, deseando que Alex se llevara a mamá con él. Mamá mordisqueó su pastel y dejó el tenedor.

—He intentado no preguntar mucho de tu padre, ya sabes —empezó mamá—. Pero, ¿todo está bien?

—Sí —dije, alzando la mirada de mi plato—. ¿Por qué no lo estaría?

—Porque conozco a Manny —dijo mamá, acariciando la superficie de la mesa con las puntas de los dedos.

—Lo *conociste* —dije—. Tal vez ya no lo conoces. Tal vez no es el mismo Manny que conocías en la preparatoria.

Mi mamá pareció sorprendida.

—Tal vez —dijo—. Espero que tengas razón.

—La gente puede cambiar —dije—. Se llama *evolución*. —Eso hizo reír a mamá. En ocasiones tenía que hablarle en un lenguaje que ella entendiera.

Pensé en todos los adultos que conocía: mamá y Alex y Marlene, y ahora Rosie y Manny y Pancho y el tío Mateo. ¿Qué tanto habían evolucionado en sus vidas? ¿Yo siempre sería la que era en ese momento?

—Dice que se quedará —dije, sintiendo que tenía algo que demostrarle—. Está luchando como Manny la Montaña otra vez. Está en casa, mamá.

—No quiero que te apegues demasiado —dijo.

—¿Por qué no? —pregunté—. Es mi papá.

—Porque no quiero que te lastime, Adela.

—No puede lastimarme —dije—. No soy tú. —No estaba segura de por qué lo dije. No estaba siquiera segura de que fuera cierto. Solo quería que mi mamá se dejara de preocupar de que pasara tiempo con Manny.

Yo sabía que Manny estaba congelado en el tiempo en la memoria de mi madre. Era como un bicho prehistórico atrapado y conservado en una gota de ámbar, inmutable. Pero en algún lugar en mi interior temía que tuviera razón. Manny dijo que nos ayudaría a entrenar para la producción y no lo había hecho. Dijo que quería que lo visitara y fuera los fines de semana, pero casi nunca estaba.

—Tienes razón —dijo mamá—. Manny y tú tienen una relación distinta.

—Me gusta ir a Esperanza —dije.

—¿Qué te gusta de ahí? —preguntó. Se inclinó hacia mí, empujando un poco su plato como si quisiera escuchar mejor. Me daba cuenta de que quería saber realmente. No solo buscaba algo que criticar.

—Es muy distinto que estar en Thorne —dije—. Siento que hay otro lado de mí que sale cuando estoy ahí. Como con *El Cascanueces*. Gus y Brandon van a hacer la escena de las luchas, pero Cy y yo también hemos estado aprendiendo los movimientos.

—Este plan me pone muy nerviosa —dijo mamá, frunciendo el entrecejo.

—No te preocupes —dije—. El tío Mateo y Rosie nos están enseñando a movernos para que parezca que estamos luchando, pero nadie se lastima. El punto es que es algo que nunca hubiera hecho si no los hubiera conocido.

Es algo que no sabía que podía hacer. Y es muy divertido. Me gusta estar con Rosie y el tío Mateo y las gemelas.

—Ya veo por qué te parece tan divertido —estuvo de acuerdo. Giró el plato frente a ella, pensando—. ¿Sabes?, no tengo muchos recuerdos de mis padres.

Los papás de mi mamá habían muerto en un accidente automovilístico cuando ella era muy chica. Era como Afrodita, la diosa de padres desconocidos. ¿A Afrodita le obsesionaba quiénes eran sus padres? Tal vez es la clase de cosa que solo los mortales piensan.

—Entiendo lo que es querer saber más de algo que te ha faltado en la vida —continuó mamá. Tenía la mirada perdida, como si tratara de recordarlos—. Preguntarte de qué manera esos factores ausentes te hacen ser quién eres.

—Exactamente —dije—. Es eso.

—Sí —dijo, picando su pastel, pero los ojos puestos en mí—. Te iba a preguntar de la adopción, pero no lo haré. Sé que están pasando muchas cosas en tu vida ahorita.

—Dices que no vas a preguntar —dije—. Pero solo mencionarlo es tu forma de preguntarme.

—Eres tan lista —dijo mamá—. Y ese cerebro, para tu información, definitivamente viene de *mí*.

Las dos nos reímos y la conversación sobre Manny y la adopción se desvaneció, reservada para después, como algo que una nutria marina escondiera en su piel.

★ CAPÍTULO 30 ★

—El lunes son las últimas pruebas de vestuario. —Cy estaba parada en el escenario, moviendo los brazos para llamar la atención de todos, pero los de séptimo grado estaban ocupados juntando sus cosas. Tomó el micrófono del podio.

—Hola —dijo fuerte. El micrófono chilló y todos se pararon en seco—. Necesitan registrarse. —Levantó la hoja—. Todavía hay muchos nombres que faltan. No me obliguen a tener que buscarlos. —Nos fulminó a todos con el láser de sus ojos y agitó el micrófono.

—Okey —dijo la señorita González, tomando delicadamente el micrófono de manos de Cy—. Gracias, Cyaandi.

Cy bajó del escenario de un salto y corrió hasta mí. Mi genial mejor amiga se había convertido en una liga a punto de reventar ahora que la fecha de estreno estaba cerca.

—Ey, deberías venir conmigo y con Manny de compras el sábado —dije esperanzada—. Quizá podrías pasar el fin de semana conmigo en Esperanza.

Cy respiró hondo por la nariz y exhaló lentamente por la boca.

—Gracias, Addie —dijo—, pero no puedo. Tengo mucho que hacer. —Miró alrededor del auditorio, como si controlar el caos del final del día fuera algo que tuviera que atender.

—En serio necesitas relajarte —dije—. Te ves como mi mamá.

Cy se me quedó viendo como si la hubiera insultado horriblemente.

—Lo siento —dijo, sacándose el suéter por encima de la cabeza—. ¿En serio me acabas de decir que me relaje?

—Sí —dije—. ¿Por qué estás tan estresada? Todo está saliendo a la perfección bajo el liderazgo del General Fernández. —Le hice un saludo militar.

—Qué chistosa. —Cy sonrió—. ¿Ya viste los copos de nieve? Creo que están tramando una rebelión.

—¿De qué estás hablando? —Me reí.

—Son un relajo —insistió Cy. Tomó su mochila—. Y creo que Letty está intentando sabotear la función intencionalmente.

—¿Por qué lo haría? —pregunté, siguiéndola fuera del auditorio.

—Porque es un copo de nieve, por eso —dijo Cy. Empezó a caminar de espaldas por el pasillo.

—Tu casa está para acá. —Señalé con la cabeza hacia la salida.

—Tengo que ir a revisar lo de utilería —dijo—. La labor de una directora nunca termina.

—Bueno, si cambias de opinión sobre el fin de semana, dime. —Le di mi mirada más comprensiva—. Será divertido.

Pero mientras veía a Cy alejarse con determinación por el pasillo, sus Wallabee naranjas como dos faros, sabía que no cambiaría de opinión.

Con Cy ocupada, me enfoqué en las otras cosas que necesitaba atender. Me asomé al auditorio para ver si Gus ya había salido. No había señales de él, así que me apuré a salir.

Gus estaba en las bicicletas.

—¡Ey! —grité—. ¡Espera!

Levantó la vista de su candado y puso los ojos en blanco.

—Espera —dije de nuevo mientras montaba su bicicleta y empezaba a pedalear lejos de los soportes—. Tengo una pregunta para ti.

Gus se detuvo.

—En realidad, es un chiste —dije cuando lo alcancé.

—Ay, Dios —suspiró Gus—. ¿Me detuviste por un chiste?

—¿Por qué a las lombrices les encanta Beethoven? —pregunté.

Una expresión de sorpresa se cruzó por su rostro, tal y como yo esperaba. Se la sacudió.

—No sé —dijo, apretando el manubrio—. ¿Por qué?

—Porque es...

Empecé a reírme antes de que pudiera acabar de decir la última parte. Cuando se me ocurrió, no me había parecido tan gracioso, pero ahora no paraba de reír. Necesitaba una forma de romper el hielo con Gus. Dejarle saber que conocía su secreto y que estaba de su lado.

—¿Porque es *qué*? —preguntó Gus—. Deja de reírte y acaba de contármelo.

—Porque... —Respiré hondo e intenté hablar, pero me volví a doblar de la risa.

—Me tengo que ir —dijo Gus, pero no se fue. A lo mejor no le importaba el chiste, pero había algo más que sí le importaba.

—Está bien, está bien —dije, poniéndome seria—. ¿Por qué a las lombrices les encanta Beethoven?

Gus me dio una mirada vacía.

—¡Porque es de composición! —Sonreí y miré a Gus a través de ojos vidriosos. Se veía confundido.

—¿Entiendes? —dije—. ¿De-composición? *¿Descomposición?* Por las lombrices...

—Okey —dijo Gus—. Ya entendí. —Detecté una leve sonrisa.

—Yo lo inventé —dije con orgullo—. Y ya *sé*.

—¿Sabes qué? —preguntó Gus, dejando libre su curiosidad.

—Ya sabes lo que sé —dije, entrecerrando los ojos—. ¿El clóset de mantenimiento? ¿Algo que quieras compartir?

—¿Estabas husmeando? —preguntó, actuando ofendido.

Después de regresar a la escuela ese día, me metí al clóset del conserje. Era un espacio pequeño atestado de productos de limpieza y otras cosas. Olía raro, como a desinfectante y trapos mohosos y quién sabe qué más. Busqué por todos lados la linterna de mi teléfono dándome una visibilidad extra. ¿Qué estaría haciendo Gus ahí? Fue entonces cuando descubrí la caja escondida en un rincón. Estaba marcada con el número del salón del laboratorio de ciencias y olía horrible. Adentro había pequeñas bolsas de plástico con lombrices preservadas y charolas de disección.

—¿Qué? —dije—. Se supone que ni tú debes estar ahí. Ya no digamos...

—¿Me estás chantajeando? —preguntó, arrugando la frente.

—Qué siniestro —dije, negando con la cabeza—. No es chantaje.

—Entonces, ¿qué quieres?

—Pues —dije, pensando—, quiero saber por qué te robaste las lombrices del laboratorio de ciencias. Y quiero saber qué planeas hacer con ellas.

—¿Por qué te importa?

—No todos los días alguien se roba las lombrices que vamos a diseccionar —contesté—. Escuché que hasta hubo un manifiesto, lo que implica que te importa mucho. Entonces, cuéntame.

—Si te cuento, ¿me dejas en paz?

—Quizá —dije—. Depende.

—Me las llevé como protesta —dijo—. No creo que debamos diseccionar nada que haya estado vivo.

—¿Por qué no?

—Porque es asqueroso y no está bien —insistió—. ¿Te gustaría que murieras, o peor, que te mataran solo para que un montón de niños te pudieran abrir y miraran tus órganos, y luego te tiraran a la basura? Es indigno.

—Sí sabes que la gente dona su cuerpo a la ciencia.

—Sí —dijo Gus—. Y es su decisión. Estas pobres lombrices no pueden elegir. A duras penas tienen cerebro.

—Y entonces... ¿qué vas a hacer con ellas? —pregunté—. ¿Dejarlas en el clóset de mantenimiento?

—Para tu información, tengo un plan —dijo Gus.

—¿Y cuál es?

—No te voy a decir. —Frunció el ceño—. Ni siquiera te conozco.

—¿Qué quieres decir con que no me conoces? —pregunté—. Nos vemos todos los días.

—Quiero decir que no eres mi amiga.

—¿No lo soy? —Estaba un poco sorprendida.

Habíamos estado pasando mucho tiempo juntos en la escuela por la función. Y había estado yendo a Esperanza, a la casa de los Bravo, para aprender a luchar. La señorita González dijo que trabajar juntos sería una experiencia que nos uniría, y si aprender a luchar gracias a una abuela que hasta *yo* acababa de conocer no era una experiencia de unión, no sabía qué lo era. Pero tal vez él tenía razón. Gus no quería que fuéramos amigos, sin importar cuánto lo intentara yo. Debería darme por vencida y ya.

—No, no lo eres —dijo—. Y por mí está bien. Así lo prefiero.

—¿Prefieres qué? —insistí—. ¿No tener amigos?

—Sí —dijo—, tal cual.

—Pues me parece muy raro —dije—. Y si no quieres amigos, okey. Dime de todos modos. ¿Qué onda con las lombrices?

—Qué molesta eres —dijo Gus—. Va, te diré. Se las voy a echar a Brandon encima durante la función.

—Que, ¿qué? —grité—. No puedes hacer eso.

—¿Por qué?

—Porque arruinará la función y esto significa mucho para Cy y es mi mejor amiga y no te lo voy a permitir —dije, sin detenerme a respirar.

—Las lombrices son mi arma ilegal —dijo Gus—. ¡La Lluvia de Lombrices! O tal vez la Tunda de Lombrices. No he decidido.

—¿Y eso en qué es más digno para las lombrices? —pregunté—. ¿Tirarlas y ya? Digo, ya que te importan tanto.

Gus me miró como si se arrepintiera de haberme contado.

—Y no dice nada —añadí—. Pensé que lo tuyo era manifestarte. ¿Cómo va a saber la gente por qué te llevaste las lombrices?

—Buen punto —dijo Gus, pensativo—. Okey, voy a hacer un monólogo. A la mitad de la pelea. Voy a detener la acción y dar un discurso sobre las lombrices.

—Tampoco puedes hacer eso —dije. Imaginé lo decepcionada que estaría Cy si Gus saboteaba la función—. *El Cascanueces* no es el lugar para tu agenda política con las lombrices.

—Me tengo que ir —dijo.

—Espera. —Me paré frente a su bicicleta para evitar que se fuera—. Déjame ayudarte. Ya se me ocurrirá algún plan. Uno que sea a la vez una manifestación y no afecte la función.

Gus desvió la mirada, pero no se fue.

—Si se te ocurre una mejor idea antes del estreno, podría considerarla —dijo—. Pero si no... —Gus movió su bicicleta para esquivarme y se fue pedaleando.

—No te preocupes —le grité—. ¡Pensaré en algo!

CAPÍTULO 31

El centro de Esperanza estaba decorado para las fiestas decembrinas. La plaza estaba adornada con farolitos, ristras rojo brillante y columnas envueltas en listón verde. Había estrellas grandes de papel maché colgadas en lo alto. Las ramas de un pino estaban adornadas con ornamentos de lata reciclados. En el centro de la plaza ensamblaron una de las estatuas de rodadoras de Rosie, un ángel. Estaba pintado de dorado y tenía en la cabeza un halo hecho con un gancho de metal. Una mamá tomó una foto de sus dos niños pequeños enfrente de él, y no pude evitar sentirme orgullosa. Rosie me había enseñado un álbum con artículos hablando de su obra. Sus estatuas con plantas rodadoras seguramente estaban en cientos, quizá miles de fotos.

El aroma del humo de los piñones, chocolate caliente y masa frita flotaba a lo largo de las mesas que rodeaban la plaza, donde los vendedores ofrecían de todo, desde joyería artesanal hasta velas de cera de abeja y salsas caseras, roja y verde. Yo había traído el dinero que había ahorrado de hacer encargos y trabajar en el merendero, y estaba lista para comprar.

—¿Tu mamá nunca te ha traído? —preguntó Manny. Nos detuvimos delante de un teatro de títeres montado en una bicicleta donde dos coyotes de retazos estaban aullando al ritmo de "Mi burrito sabanero".

—No —dije, sonriendo por las marionetas—. Nunca vinimos a Esperanza juntas.

—Se ve bien, ¿no? —preguntó Manny, mirando alrededor—. A mí me encantaba venir con mis hermanos cuando era niño. Veníamos con tu abuela. Pa a veces llegaba a casa a tiempo para Navidad y se nos unía.

—Debió ser duro —dije—. Que no estuviera con ustedes en estas fechas.

Manny sacó un dólar y me indicó que lo dejara en la lata de propinas. Me acerqué y metí el billete en la ranura cortada en la tapa de plástico. Los coyotes menearon sus colas en agradecimiento.

—Sí —dijo, metiendo las manos en los bolsillos de su chamarra—, pero también era un poco más fácil cuando no estaba.

Nos detuvimos en un puesto donde vendían especias y revisé los frasquitos en busca de algo para Alex.

—¿Por qué? —pregunté, levantando un anís estrella y oliéndolo. Se lo acerqué a Manny para que lo oliera.

—Cuando no estaba en casa, sabíamos qué hacer —dijo Manny, inclinándose para oler la especia—. Rosie era la jefa. Y era confuso tenerlo ahí y luego no. A veces volvía a casa unos días, a veces por semanas. Nunca sabíamos con certeza. Mateo lloraba horrible cada vez que Pa se iba.

—¿Crees que se hubieran sentido mejor si su papá no hubiera estado ahí en absoluto? —pregunté, sin mirar a Manny.

—Yo no dije eso —contestó. Se me quedó viendo como si intentara entrar en mi cerebro.

Pagué un frasco de una combinación de especias llamada La Llama. La pequeña etiqueta hecha en casa estaba decorada con flamas naranjas. La mujer atrás del puesto envolvió el frasco con papel de china blanco y lo metió en una bolsita de papel antes de entregármelo. Me ocupé en meter el paquete en mi bolso de tela para las compras.

—No sé si haya algo que pueda decir que te haga pensar de otra manera sobre mí y sobre nosotros —dijo Manny—. No puedo cambiar nada de lo que paso, ¿sabes? Estoy aquí ahora. Y no intento actuar como si estuviera bien no haber estado más ahí para ti.

—En lo absoluto —lo corregí—. No haber estado ahí en lo absoluto.

—Vale —dijo Manny—. Sé que a tu mamá probablemente le encantaría esto.

—Por favor no hables de mamá —dije, caminando hacia otro puesto.

Manny alzó las manos.

—Perdón.

—¿Podemos comprar y ya?

—Sí —dijo Manny—. Podemos hacer eso.

Manny me había abierto la puerta para que le dijera exactamente cuál era mi opinión de que nos hubiera abandonado, y yo la cerré. Se había ido muchas veces cuando yo estaba en Esperanza, pero yo también había evitado hablar de Alex y la adopción. Tal vez no quería saber. Tal vez tenía miedo de lo que diría.

Caminamos por la plaza, señalando cosas interesantes que veíamos, como la forma en que parecían seguirnos los ojos de los santos de madera en un puesto, y cuando el titiritero se subió a su bicicleta y se fue disparado al baño portátil. Nos detuvimos para comer tamales y tomar ponche. En otro puesto comimos sopaipillas con miel de abeja. Compré un brillo dorado para el rostro en forma de estrella para las gemelas, un frasco de sales de baño de manzanilla para mi mamá, una baraja de tarot de lotería para Cy y un mameluco negro con una máscara de luchador plateada impresa enfrente para el bebé. Todavía no llegaba, pero pensé que mamá apreciaría que le comprara un regalo también.

—Veamos qué está haciendo este cuate. —Manny indicó a un hombre joven con cabello largo, sentado en una silla plegable más adelante de los puestos. El hombre tenía una máquina de escribir azul, viejita, montada sobre una mesa de juegos. A un lado estaba un pizarrón que decía POEMAS $10.

—¡Es poeta!

—¿En serio vende poemas? —preguntó Manny, mirando del letrero al hombre.

—Seguro —contestó el hombre—. ¿Quiere uno? ¿A lo mejor para la damita? —Me sonrió.

—¿Y cómo lo hace? —pregunté—. ¿Solo escribe?

—Así funciona la poesía —dijo el hombre—. Me das un poco de información y unos diez minutos, y escribo un poema.

Estaba impresionada. Cuando escribíamos poesía en la escuela siempre parecía tomar mucho más que diez minutos.

—Mira no más —dijo Manny—. Está bueno. Quiero un poema para la niña. Mi hija.

—Ya estás —dijo el hombre. Tomó una hoja nueva de papel de una charola de madera y la metió en el carrete de la máquina de escribir. Luego levantó una libreta y un lápiz—. Entonces, esta jovencita es tu hija —dijo, mirando a Manny—. ¿Cómo se llama?

—Adela —dijo Manny.

—Qué lindo nombre —dijo el poeta—. Cuéntame de Adela.

—Bueno, pues, su mamá la llamó así por las Adelitas —dijo Manny—, las soldaderas mexicanas.

Yo conocía la historia. Las Adelitas no eran "soldaderas mexicanas" nada más, como decía Manny. Eran mujeres que habían peleado junto con los soldados hombres durante la Revolución Mexicana. Pero también eran niñas y mujeres secuestradas, como Perséfone, robadas de sus familias y obligadas a unirse a los hombres. Mamá decía que eran mujeres que perseveraron a pesar de la situación tan difícil en que estaban, ya fuera voluntariamente o no. Dijo que quería que yo también fuera una guerrera, que determinara mi propio destino.

—Soldaderas mexicanas, muy bien —dijo el poeta—. ¿Qué más?

—Bueno —dijo Manny—, tiene doce. —Me miró como para confirmar.

—Ajá —dijo el poeta, anotando.

—Y es alta como su viejo —siguió Manny.

—Okay —dijo el poeta—. ¿Y cómo es?

De repente tuve la sensación de que el poema era una mala idea.

—¿Qué quieres decir con cómo es? —preguntó Manny y se rio—. Es como una niña de doce años.

—Me gusta la ciencia —le dije al poeta.

—Súper —dijo el poeta, anotándolo. Miró de nuevo a Manny—. ¿Qué tiene de especial Adela?

Los tamales y el ponche y las sopaipillas dieron vueltas en mi estómago. Sentía ganas de echarme a correr, lejos de la plaza y del poeta y de la forma tan incómoda como estaba ahí parado Manny, mirando hacia abajo al tipo con su libreta y su lápiz. Me preocupó que Manny le hiciera una

Quebradora Bravo al pobre poeta flacucho si no dejaba de hacerle preguntas.

—No necesito un poema —le murmuré a Manny—. Solo vámonos.

—Ay, que no te dé pena escuchar todas las cosas magníficas que tu papá piensa de ti. —El poeta miró a Manny, expectante—. ¿Qué cosas te encantan de Adela, papá?

Yo contuve el aliento y no me atreví a mirar a Manny.

—Oye, mano, creí que *tú* eras el poeta —dijo Manny, su voz lo suficientemente fuerte para llamar la atención de una pareja que iba pasando. Su rostro estaba rojo—. ¿Para qué te voy a pagar si quieres que yo te escriba el poema?

El poeta soltó una risa nerviosa.

—Sí, pero yo no conozco a Adela como tú.

—Solo escribe el maldito poema —dijo Manny.

Aventó un billete de diez dólares al suelo cerca de los pies del poeta y se fue. Podía sentir mi cara ardiendo de la vergüenza. Levanté el dinero y lo dejé en la mesa.

—No te preocupes por el poema —dije—. Gracias por intentarlo.

Me alejé, dejando atrás al poeta y cualquier noción de que escucharía todas las cosas que Manny sabía y amaba de mí.

★ ★ ★

Esa noche, después de cenar, encontré a Manny sentado afuera, en el ring. Estaba fumando un cigarro que rápidamente lanzó al suelo y pisó con la punta de su bota cuando me vio.

—Perdona.

—No deberías fumar.

—Sí, lo sé —dijo, dándole una palmadita a la lona. Sus piernas colgaban de la orilla del ring. Me impulsé para subirme junto a él y me acerqué.

—¿Qué haces aquí afuera? —preguntó—. ¿No están viendo una película o algo?

—Sí —dije—. Quería mirar las estrellas. Las luces son demasiado brillantes en Thorne. Es difícil verlas. —Ver las estrellas era solo una parte de la verdad.

—Oye —dijo Manny, sin mirarme—, perdón por hoy. Lo del poeta. No debí prenderme de esa manera.

—No es como si el poeta supiera que nos acabamos de conocer. —Dejé escapar una risa desganada.

Desde donde estábamos sentados podía ver las luces blancas y rojas que el tío Mateo había colgado afuera de su remolque. Titilaban en la oscuridad como un mundo mágico a lo lejos. Por un momento deseé estar ahí, bebiendo una taza de té de flores, escuchando música clásica y ayudándolo con algún proyecto de costura.

—Cuando era chiquito creía que mi papá era un dios —dijo Manny, recargándose en las cuerdas—. Como Zeus o algo.

—Zeus era un tarado —dije, pensando en todos los mitos griegos que había leído—. Tuvo un montón de esposas y siempre estaba haciendo cosas horrendas, como convertir a la gente en animal.

—Un poco, ¿verdad? —Manny se rio—. Pero bueno, tu abuelo era la persona más fuerte que había conocido. Era recio. No había nada ni nadie que pudiera vencerlo.

Yo pensé en lo débil y confundido que a veces parecía Pancho. Cómo le dolía la cabeza y se tenía que sentar a oscuras en la salita. Lo triste que era que no recordara algunas cosas. ¿Manny también pensaba en eso?

—Pero como te dije antes, nunca estaba ahí —continuó.

—Sí, los dioses griegos están demasiado ocupados volteando de cabeza la vida de los mortales como para aparecer en Navidad —bromeé.

—O en las graduaciones —añadió Manny.

—O para saber algo de sus hijos. —Lo miré y sonreí burlona.

—Me lo merezco —dijo—. No creo que mi papá supiera mucho de mí realmente.

—¿Cómo era cuando sí estaba?

—Cuando estaba aquí, todo giraba en torno al entrenamiento —dijo Manny—. No queríamos decepcionarlo. Por mucho tiempo estuvimos de acuerdo porque queríamos lo que él quería.

—¿Y qué pasó? —pregunté, deslizándome más hacia adentro para sentarme a la misma distancia que Manny—. ¿Algo cambió?

—Sí —dijo—, se murió mi hermano.

—Speedy. —Asentí.

—Cuando nos lastimábamos, mi papá siempre nos decía, "Mijo, en las luchas no se llora". Cuando Speedy murió fue la primera vez que lo *vi* llorar. Era como si todo lo que creíamos ser como familia se empezara a desmoronar. Cambió todo. Me cambió a mí, supongo.

Cuando Manny hablaba de Pancho, parecía lo más cerca de una disculpa a lo que pudiera llegar. Pero yo estaba cansada de que los adultos estuvieran tan ocupados pensando en sí mismos y en lo heridos que estaban, que no pudieran ver que estaban lastimando a alguien más.

El sonido de la risa de las gemelas se escuchó en el interior de la casa.

—Deberías regresar —dijo Manny, bajándose del ring—. Tengo que ir a ver a tu tío un ratito de todas maneras.

—Okey —dije. Odiaba que se hubiera roto el hechizo. No quería que nuestro tiempo juntos terminara.

—Ah, y oye. —Manny se volvió para verme—. Perdón por no haber estado para ayudarte con la obra.

—*El Cascanueces* —dije.

—Es un buen nombre para un movimiento de luchas. —Manny rio—. ¿Cuándo es?

—El jueves —dije, estremeciéndome por la broma de Manny.

—Okey. —Se tocó la sien—. El jueves, ahí estaré.

—¿Me lo prometes?

—Ahí estaré —dijo, jalando mi trenza—. Te lo prometo.

★ CAPÍTULO 32 ★

Las gemelas y yo estábamos sentadas a la mesa de la cocina, haciendo cosas de la escuela. Ellas estaban leyendo un libro titulado *Bendíceme, Última*, y yo trabajaba en mi proyecto de mitología. La señorita Murry nos había dicho que pensáramos en la mitología de nuestra propia vida, así que estaba creando un panteón de mi familia. Tomaba fotos de todos con mi pequeña cámara instantánea azul. Hasta ahora tenía a mamá en el museo con algunas de sus herramientas. En la foto, trae puesto su respirador, lo que la hace ver como alguien salido de una película de ciencia ficción, y la playera que Alex le dio hace algunos cumpleaños, que dice Este hueso es mío.

Escribía con cuidado el encabezado, letras gordas con plumón de gel morado, cuando la puerta se abrió de par en par y el tío Mateo apareció con una ráfaga de aire helado.

Yo solté un grito ahogado. Las gemelas chillaron.

—Te ves... —empecé.

—Increíble —terminó Maggie.

—Perfecto —añadió Eva.

Traía puesto un vestido de terciopelo verde oscuro que barría el suelo, su falda larga decorada con pájaros de hojalata, corazones y flores. Una boa dorada enredada en el cuello como guirnalda. Llevaba en la cabeza la peluca rosa de colmena que había visto en su remolque. Su rostro estaba maquillado en dorados y rosas, dos puntos rojo brillante en sus mejillas.

—Eres como un árbol de Navidad vivo —dije, admirando a mi tío.

El tío Mateo hizo una reverencia y dio una vuelta. Su falda con crinolina giraba hipnóticamente.

—Muy bien, ayudantes de Santa, ¿listas? —preguntó—. ¿Quién viene?

—Nosotras —dijo Maggie, dejando su libro de pasta blanda.

—Yo no sé —dije. Tapé y destapé mi pluma de gel—. Estoy esperando a Manny.

Las gemelas se voltearon a ver entre ellas. Pude ver que Eva puso los ojos en blanco.

—Ándale —me animó Maggie—, será divertido.

—Además —añadió Eva—, quién sabe cuándo aparezca el tío Manny.

Sentí el comentario de mi prima como una silla de metal contra la espalda, sacándome el aire. Me imaginé tirada en el piso de la arena, doblándome del dolor. Yo sabía que tenía razón, pero me dolía de todas maneras.

—¿Eva, Mags, pueden llevar esa bolsa a la camioneta? —preguntó el tío Mateo, señalando una bolsa de tela cerca de la puerta y haciendo ademanes para que lo hicieran antes de empezar a protestar—. Gracias.

Cuando Eva y Maggie se fueron, el tío Mateo se dirigió a mí.

—Entiendo por qué no quieres venir —dijo, alisando su falda antes de sentarse con todo cuidado a la mesa.

—Pero es que sí quiero ir —dije—. Solo no quiero...

—Perderte de ver a Manny —dijo—. Lo entiendo.

—Pensé que las cosas serían distintas ahora que se quedará en Cactus y está luchando como La Montaña otra vez.

—Cuando era niño, yo también era así con mi papá. —El tío Mateo tanteó su peluca de colmena—. Esperaba y esperaba y esperaba, temiendo no verlo si salía a jugar con mis amigos o si hacía cualquier cosa afuera de la casa.

—Manny me dijo —comenté—. Dijo que llorabas.

—Sí —dijo el tío Mateo—. Pero eso fue antes de saber que en las luchas no se llora. —Guiñó un ojo.

—Cómo olvidarse de eso —dije entre dientes.

—Aun estando en casa, no pasaba mucho tiempo con nosotros a menos de que estuviéramos entrenando —dijo el tío Mateo—. Su mente nada más iba en una dirección. Las luchas eran su trabajo, pero también eran su obsesión, y cualquier cosa que se metiera en su camino era una mera distracción.

Todo esto me sonaba familiar. Me dolió el estómago.

—Como Manny.

—Yo sé que no es fácil oír la verdad, cariño, pero tienes doce años y estás aquí porque quieres saber cuál es la verdad —dijo el tío Mateo—. Yo te dije que no creo en usar máscaras, así que voy a arrancar la de la familia Bravo.

Tomó mis manos entre las suyas, algo que imaginé que Manny haría. Pero Manny todavía actuaba como si me quisiera a cierta distancia. Decirme cómo era crecer con Pancho, como si eso explicara todo. Era como si siguiera siendo el adolescente de la foto, temeroso e inseguro.

—¿Por eso Manny no estaba ahí? —pregunté—. ¿Por eso sigue sin estar ahí? ¿Porque es una obsesión? —Ya empezaba a parecer una tragedia griega.

—Te gusta la ciencia, ¿no?

Asentí.

—Entonces sabes que a veces hay cosas que se meten en tu composición genética. ¿Sabes qué significa eso?

—Sí —dije—. Son cosas que recibes del entorno.

—Así es —confirmó el tío Mateo—. Factores medioambientales. No tener un papá cerca de nosotros fue uno de los factores medioambientales que nos afectaron. Que te afectan a *ti*. —Enrolló y desenrolló su boa dorada alrededor de su mano—. No pretendo buscarle una excusa a Manny. Todo lo que digo es que yo sé que no fue fácil para Manny ni para Speedy ser padres tan jóvenes cuando apenas eran niños hambrientos por la aprobación de nuestro papá. Altera algo en la forma como te ves a ti mismo.

—Lo que dices es que Manny está condenado a seguir el ejemplo de Pancho —dije, mirando a mi tío a los ojos.

—No, no estoy diciendo eso —contestó el tío Mateo—. Pero intento darte una idea de por qué es como es.

Afuera de la ventana podía ver a Hijo olisqueando la tierra.

—Todos tenemos que descubrir nuestros propios caminos —siguió—. Tomamos decisiones. Es posible romper círculos viciosos, esos factores medioambientales, pero no siempre es tan simple. Es más fácil para algunas personas que para otras, por supuesto.

—No sé si lo estás defendiendo o no —dije.

—Ni una ni otra —dijo el tío Mateo levantándose—. Solo intento ser honesto contigo. Yo sé que a los adultos no siempre se les da.

—Para nada —estuve de acuerdo.

—Sí creo que la gente puede cambiar —dijo el tío Mateo—. Pero no puedes forzarlo. Y no creo que nadie deba quedarse sentado esperando a que se dé ese cambio.

—¿Me estás diciendo que debería dejar de esperar a Manny? —pregunté—. ¿Tú dejaste de esperar? ¿A Pancho?

El tío Mateo subió la mirada como si estuviera recordando. Sus pestañas postizas abanicaban como patas de araña contra el polvo de oro en su rostro. Esperé una respuesta.

Él parecía tener todo tan claro. Yo sabía que él era el único adulto que no me mentiría. Sus hombros subieron y bajaron al respirar hondo lentamente, como si liberara años de espera. Abrió la boca y luego la cerró. Después lo volvió a intentar.

—Eventualmente me di cuenta de que todo me estaba pasando de largo mientras yo esperaba que mi papá volviera a casa —dijo—. Luché por un tiempo porque era la única manera de estar cerca de él. Pero no era lo que yo quería. Sabía que, si vivía mi vida con la intención de complacerlo, yo no sería feliz. Así que, sí, supongo que dejé de esperar. —Me miró de frente y se inclinó hacia mí—. Pero no digo que tú debas dejar de esperar. Tú toma tus propias decisiones, ¿okey? —Apretó mis manos y las dejó ir.

—¿Por qué no todo en la vida puede tener una respuesta de sí o no, en lugar de tantas opciones?

—Sé a qué te refieres —dijo el tío Mateo. Miró dentro de su morral de tela y sacó algunos libros—. ¿Por qué no empiezas con una decisión fácil? —Levantó dos libros ilustrados de Navidad—. ¿Qué debo leer hoy?

Me quedé viendo las coloridas portadas.

—Ese —dije, señalando *Una piñata en un pino*.

—Buena decisión —dijo mi tío—. Tengo muy buena voz para cantar.

Me ofreció su codo y yo enganché mi brazo en él.

Afuera, Maggie estaba persiguiendo a Hijo por el jardín mientras Eva se reía descontroladamente.

—Pero, ¿qué está pasando? —dijo el tío Mateo.

—¡Dámelo! —gritó Maggie, lanzándose para atrapar al perro.

—Hij... —Eva intentaba hablar y reír y jadear al mismo tiempo—. Hijo.

—¿Qué con Hijo? —pregunté. Maggie estaba luchando por sacar algo del hocico del perro.

—Estaba rascando cerca de tu remolque. —Eva se sorbió los mocos y se quitó las lágrimas de los ojos—. Fuimos a ver qué estaba haciendo y había desenterrado el... —Empezó a reírse otra vez. Tenía ríos de rímel corriéndole por las mejillas.

—¿Qué? —preguntamos al mismo tiempo el tío Mateo y yo.

—Tenía el diente postizo de Maggie. —Eva chillaba y reía—. Seguro se lo llevó el día que lo perdimos y lo enterró.

Maggie venía hacia nosotros dando pisotones, sus botas negras de luchadora levantando nubes de tierra atrás de ella.

—Lo tengo —declaró victoriosa, levantando un diente asquerosamente cubierto de tierra, su retenedor rosa doblado por las mordidas de Hijo. Lo guardó en el bolsillo de su chamarra y se subió a la camioneta del tío Mateo.

—¿Para qué lo quiere? —le pregunté a Eva.

—No sé —dijo Eva subiéndose a la camioneta—. Pero más le vale mantenerlo lejos de mí o va a acabar volando por la ventana.

De camino a la librería, entre los acordes de la música clásica del tío Mateo y las discusiones de las gemelas, pensé en lo que el tío Mateo había dicho. Tenía que tomar mis propias decisiones respecto a Manny. Se sentía como algo difícil y me daba miedo. Tomar decisiones parecía tan definitivo. Y me di cuenta de que todo este tiempo había estado extrañando tener un papá conmigo, pero también había extrañado algo que nadie me había dado... la opción.

★ CAPÍTULO 33 ★

Cuando Brandon entró al merendero cojeando, sin apoyar la pierna derecha con ayuda de unas muletas, Cy gritó. Todos en el merendero voltearon a nuestra mesa, temiendo que algo terrible hubiera pasado. Y así era.

—Brandon Rivera, esta es la peor broma que has hecho en tu vida. —Apretó los dientes y quiso quitarle una de sus muletas.

Pero me di cuenta por la expresión de dolor en su rostro que no era una broma. Brandon no había ido a la escuela. Se había perdido el ensayo general. Cy ya estaba preocupada, y con buena razón.

—¿Todo bien? —gritó Marlene desde la barra.

—No realmente —dijo Brandon—. Me torcí el tobillo y no siento nada de empatía por nuestra loca directora.

Marlene miró hacia nuestro grupo como si no tuviera ningún interés en involucrarse en nuestro drama. Siguió organizando los recibos.

—¿Qué te pasó? —preguntó Gus, haciéndole espacio a Brandon, que se sentó con cuidado y recargó sus muletas en la mesa.

—Gracias por preguntar —dijo entre dientes en dirección a Cy—. Qué gusto que a alguien le importe. Traté de ponerle a mi hermano una llave de pierna de figura cuatro y me torcí. El doctor dijo que pudo haber sido mucho peor.

—Así que, a pesar de que Mateo y la señora Bravo te dijeron varias veces que no probaras hacer los movimientos por tu cuenta, lo hiciste de todas maneras —dijo Cy, sacando llamaradas de los ojos—. ¡Y ahora arruinaste todo!

Se estiró por encima de la mesa como si intentara ahorcar a Brandon. Brandon se movió fuera de su alcance. Bajó la mirada a sus manos con culpabilidad.

—Si te hace sentir mejor —dijo—, me dolió mucho. —Sonrió disculpándose.

Cy sacudió la cabeza.

—Lamento que te lastimaras —dijo, calmando su ira—. En serio. Espero que tu pierna mejore.

—Gracias —dijo Brandon—. Perdón por arruinar la escena.

—Si no puedes estar en la función —dijo—, ¿quién va a ser el Cascanueces?

Antes de que Cy pudiera decir nada, Marlene puso en la mesa una charola con malteadas.

—Cuatro malteadas Posadas —anunció—. Bon appétit.

—Supongo que ahogaré mis penas —dijo Cy, deslizando un vaso hacia sí.

Bebimos nuestras malteadas en silencio, todos tristes como si fuera velorio. Había estado pensando en una forma de deshacerme de las lombrices y evitar que Gus arruinara el estreno. No se me había ocurrido nada y cuando volví al clóset de mantenimiento, la caja ya no estaba. Gus dijo que no confiaba en mí lo suficiente como para dejarla ahí. Pero ahora ya se había arruinado de todas maneras.

—¿Quieren algo más, niños? —preguntó Marlene, mirando a cada uno a la cara—. Todos se ven como si alguien se hubiera muerto.

—Oh, a mí me gustaría matar a alguien —murmuró Cy entre dientes.

—¿Nada de comida entonces? —preguntó Marlene, golpeando la mesa con su pluma.

—No, gracias —dije.

Marlene giró sobre sus zapatos ortopédicos y se alejó.

—Necesitas calmarte —dijo Gus—. Es una obra y ya. Alguien más puede ser el Cascanueces. Podemos actuar la escena de la pelea y ya. Nadie notará la diferencia.

Cy se levantó.

—En primer lugar, no me digas que me calme —dijo—. En segundo lugar, *nosotros* notaremos la diferencia. Ya hay una pelea normal en el original. Se supone que en esta versión sería lucha. Esa es la sorpresa. Y nadie sabe los movimientos más que nosotros. No podemos entrenar a otro en unos cuantos días.

—Okey, entonces, ¿por qué no eres *tú* el Cascanueces? —dijo Gus—. Como dijiste, te sabes el papel.

—Porque yo soy la directora —dijo Cy, aferrándose de la orilla de la mesa—. Yo tengo que mantener controladas todas las pelotitas en el aire.

—Algo definitivamente se está saliendo de control —dijo Brandon—, y no son las pelotitas. —Sorbió malteada sonoramente.

Cy se levantó resoplando y llevó su vaso vacío hasta la bandeja de plástico donde juntaban los platos sucios cerca de la barra antes de dirigirse a la salida.

—¿Adónde vas? —le grité.

—Necesito ir a mi lugar del pensamiento —dijo.

—¿Adónde? —preguntó Brandon.

Cy no contestó, pero yo sabía que solo iba a caminar. Su lugar del pensamiento no era un espacio físico.

—Supongo que los veo mañana —dijo Brandon, batallando para salir de su asiento. Tiró una de sus muletas y se la recogí.

—Lamento lo de tu pierna —dije—. Cy no hablaba en serio. Solo está estresada.

Brandon subió los hombros y se despidió con la mano. Gus le detuvo la puerta para que saliera.

—Qué suerte tiene —dijo Gus cuando volvió a nuestra mesa.

—¿Por qué? —pregunté—. No me parece muy suertudo.

—Ya no le voy a tirar las lombrices encima —dijo Gus con cara de amargura—. Pero tal vez a alguien más.

—Dijiste que no lo harías —me quejé.

—Estoy bromeando —dijo—. No voy a tirar las lombrices. Pero algo más va a pasar a menos de que se te ocurra un buen plan.

—¿Sabes qué? Eres malo —lo acusé—. A lo mejor por eso no tienes amigos. Porque eres malo y sabes que nadie querría ser amigo tuyo mucho tiempo.

—Ajá, sí —dijo Gus. Pero por un momento pensé que se veía herido—. ¿Ya se te ocurrió algo?

—Sí —dije con tanta seguridad como pude, aunque no era cierto—. ¿Las lombrices siguen en la escuela?

—En mi casillero —me informó Gus—. Sanas y salvas.

—Muy bien —dije—. Tenlas contigo el viernes.

—Pero eso es después de la función —dijo—. ¿Me vas a decir cuál es el plan?

—Todavía no, pero lo haré después de la función. ¿Va?

Gus me miró como si tratara de decidir si creerme o no.

—Sé que no somos amigos, pero confía en mí.

Tal vez no sabía cómo confiar en alguien, pero, al final, asintió. Y yo sabía que no tenía más opción que confiar en él también.

CAPÍTULO 34

La zona tras bambalinas retumbaba con el ruido y la energía de los de séptimo año vestidos de soldados, ratones, copos de nieve y los invitados a la fiesta. Los niños del club de teatro de la preparatoria estaban dando retoques de último minuto al vestuario y el maquillaje, poniendo seguros y cosiendo tiras de Velcro para mantener todo en su lugar, pintando los labios de los copos de nieve y asegurándose de que los bigotes de los ratones tuvieran suficiente pegamento para quedarse en su lugar bajo el calor de las luces del escenario. Cy, la señorita González y el señor Pace corrían dando indicaciones.

El escenario se había transformado en la sala de Marie. En un extremo había un sillón del salón de maestros cubierto con una manta. Junto estaba un pequeño árbol de Navidad de cartón rodeado de cajas vacías envueltas como regalos. Había sacos de dormir enrollados en una esquina, esperando a Marie y Fritz. Me asomé desde atrás del telón. La obertura de *El Cascanueces* se escuchaba en el sistema de audio y los reflectores proyectaban copos de nieve en las paredes del auditorio. Los niños de sexto año recibían a la gente con bastones de dulce y programas.

Busqué entre la gente esperando alcanzar a ver a Manny y a las gemelas, a Rosie y a Pancho, y al tío Mateo. Le había pedido nueve boletos a la señorita González. En ese momento casi esperaba que nadie viniera. Cuando Cy me había llamado para una junta de emergencia y anunció su idea, hubiera pensado que estaba bromeando. Excepto que conozco a Cy y nunca haría bromas sobre la presentación.

—¡Te ves espectacular!

Cerré el telón y me volví para mirar a Cy. Estaba vestida con un pantalón negro bombacho, una blusa de botones con rayas negras y blancas, una corbata de moño negra y tenis blancos de plataforma. Traía unos audífonos con micrófono y cargaba su portapapeles. Esa noche tenía una doble labor como directora y réferi.

—Me veo como una gatita pachona —dije, jalando el moño en mi cuello—. No, me veo como una de esas espeluznantes muñecas antiguas. Las que despiertan a mitad de la noche y se paran junto a ti para verte dormir.

—Tienes una opinión muy fuerte de tu vestuario —dijo Cy y se estremeció. El vestido que llevaba puesto era blanco con florecitas rosas. Mi cabello estaba suelto y una diadema rosa evitaba que me cubriera el rostro. Cy se rio—. Los zapatos son fabulosos.

Bajé la vista hacia mis zapatillas de ballet. Mi mamá había comprado blancas, pero el tío Mateo me había ayudado a teñirlas de rojo. Eran lo único que me gustaba del ridículo atuendo.

—¿Estás lista? —preguntó Cy.

—¿Tengo otra opción? —Me subí las medias blancas, que ya se me habían empezado a bajar de la cintura.

—¿De casualidad te he dicho que este va a ser el mejor *Cascanueces* en la historia de la Secundaria Thorne? —preguntó, sacudiéndome de los brazos.

—Sip —dije.

—¿Y de casualidad también te he dicho que eres la mejor amiga del mundo? —Sonrió—. ¿Y que esto no sería posible sin ti?

—Créeme —dije—, si no fueras mi mejor amiga, no estaría haciendo esto.

—Va a ser in-cre-í-ble. —Dio una vuelta con los brazos estirados.

—Seguro —dije, nada convencida.

Las luces se atenuaron y se volvieron a encender.

—Ya es hora —chilló Cy.

—¿Tan pronto? —pregunté—. Creo que todavía hay gente entrando. ¿No deberíamos esperar?

—Tengo que ir a encontrar a Brandon —Me dio un rápido abrazo antes de alejarse dando saltitos—. ¡Rómpete una pierna! Pero no literalmente porque, bueno, ya sabes.

El público aplaudió mientras los invitados salían y el escenario quedaba a oscuras, nada más que tenebrosas luces azules para simular el descenso de la noche sobre la casa de Marie. Yo me metí en mi saco de dormir al tiempo que Cy dirigía a los ratones hacia la oscuridad de la sala. El público se rio mientras los ratones corrían frenéticamente, chocando unos con otros.

Se escuchó la música del árbol, primero suave y luego alcanzado un crescendo cuando un par de soldados rodaban hacia el escenario del enorme árbol de Navidad de madera, reemplazando el pequeño de cartón. Un reflector giró para revelar el árbol. Brillaba con diamantina verde y guirnaldas plateadas. El público aplaudió encantando.

Un solado empujó el cañón de cartón y retumbó dos veces el sonido del bombo para representar una explosión al inicio de la batalla. Yo me enderecé en mi saco de dormir en lo que ratones y soldados salían corriendo de ambos lados del escenario, blandiendo espadas de cartón. Me quité rápidamente de en medio y me pegué al árbol, una Marie temerosa. El Padrino Drosselmayer estaba de pie junto a mí, mirando, con su parche en el ojo, su capa y su sombrero de copa.

Gus corrió al escenario vestido con pants grises y un cinturón del que colgaba un sable de cartón, un suéter gris bajo su capa de fieltro gris, con la orilla rasgada, tenis grises y, por supuesto, la máscara del Rey Ratón de siete cabezas. Movió su cola y le enseñó las garras al público, que lo vitoreaba. Y luego, del otro lado del escenario, Brandon apareció como el Cascanueces. Se suponía que debía marchar hacia el centro del escenario y sacar su espada cubierta de papel aluminio, pero, en cambio, se apartó con sus muletas, una bota ortopédica cubriendo su tobillo.

Cuatro pares de ratones marcharon cargando tablas de triplay. Voltearon las tablas para revelar las esquineras y las cuerdas pintadas. Los ratones conectaron los extremos para crear un cuadrado. Cuando los espectadores se dieron cuenta de lo que estaba pasando, enloquecieron.

Dos ratones abrieron una esquina del círculo cuadrado y Gus avanzó hasta el centro. Luego los otros dos ratones abrieron una esquina para Brandon.

—Buenas noches a todos. —La voz de Cy retumbó tras bambalinas—. El evento principal de esta noche es una lucha de campeonato. ¿Qué está en juego? El corazón de la bella Marie.

La luz me iluminó y yo junté mis manos y las llevé a mi mejilla, fingiendo sentirme halagada. Levanté el cinturón que habían hecho los chicos de vestuario. Yo les había enseñado una foto del de Rosie y lo crearon a partir del suyo. Era de cartón forrado con terciopelo rojo y lentejuelas, con un corazón de papel aluminio pegado en el centro. Lo levanté para que todos lo vieran. El público aplaudió.

—Primero, de las cloacas de Thorne, Nuevo México, con un peso de ciento diecinueve libras, ¡el Rey Ratón!

Gus flexionó los brazos y levantó los puños al aire. El auditorio lo abucheó entre risas. Él manoteó ignorándolos.

—Y del taller del Padrino Drosselmayer, con un peso de cien libras, ¡el Cascanueces!

Brandon saludó levantando una muleta al aire y el público silbó y lo animó.

Sonó la campana y ambos empezaron a rodearse. Los ratones que sostenían las tablas se alejaron hacia el perímetro del escenario para darles espacio a Gus y Brandon.

—Amigos, parece que el Cascanueces está lastimado —dijo Cy con su voz de comentarista—. Inconcebible. No puedo imaginar qué estaba pensando. Espero que no les moleste irse temprano a cenar porque esta pelea acabará pronto.

El Rey Ratón acorraló al Cascanueces, llevándolo hacia el sillón. Agarró las dos muletas y las lanzó a un lado. Engancharon las manos hasta que el Rey Ratón terminó por sentar al Cascanueces en el sillón. El Cascanueces negó con la cabeza y levantó las manos como si pidiera clemencia. El Rey Ratón se pavoneó por el escenario.

—Parece que Marie tendrá que agarrarle el gusto a la vida de alcantarilla —dijo Cy—. Espero que no sea un *desperdicio* de tiempo.

El público se rio con el chiste de Cy.

Mientras el Rey Ratón azuzaba al público abucheándolo, salí de atrás del árbol de Navidad y me puse la capa roja del viejo atuendo de Rosie en las luchas. Me arranqué la diadema y me puse la máscara roja que le había pedido prestada al tío Mateo.

Mientras el Rey Ratón seguía vanagloriándose, el Cascanueces se deslizó fuera del sillón y yo gateé atrás de él. Se levantó lentamente sobre su pie bueno, pero el Rey Ratón volteó, sorprendiéndolo con un cabezazo. El público soltó un grito ahogado al ver al Cascanueces caerse contra el sillón.

Rosie nos había enseñado que el secreto para hacer que pareciera un cabezazo real era dar un fuerte pisotón con el movimiento. El sonido y el movimiento amplio creaban la ilusión de que te estampabas en alguien, cuando en realidad no era así.

Gus sacó unos pasos de baile que no habían sido parte de los ensayos y el público le aplaudió animado.

—El Rey Ratón está sacando todo su repertorio —anunció Cy—. Creo que este se llama el "hombre corriendo". Que, por cierto, también sería el apodo del Cascanueces si no fuera por el tobillo lastimado.

El Rey Ratón jaló al Cascanueces hasta levantarlo del sillón. Este intentó cojear para alejarse, pero el Rey Ratón cruzó el ring con un rebote exagerado desde una de las tablas y corrió, golpeando al Cascanueces en el pecho con su cola a su regreso. El Cascanueces se tambaleó en una graciosa caída en cámara lenta hasta acabar en el piso.

—El roedor real le está dando una real paliza al Cascanueces —dijo Cy.

Con el Cascanueces en el suelo, el Rey Ratón le levantó su pierna buena para inmovilizarlo. Cy corrió hacia el escenario, hincándose junto a ellos.

—Uno —gritó.

Cuando escuché la primera palmada, me tembló el estómago como si fuera gelatina. El público coreó el conteo, como sabíamos que iban a hacer.

—Dos —contaron el público y Cy. Esa era mi señal. Salí de atrás del árbol. El ratón que sostenía el costado del ring más cerca de mí lo levantó y corrí por abajo hacia el centro, la capa roja de Rosie ondeando a mis espaldas.

Atrás de mi máscara podía ver al auditorio de pie. Gritaban, silbaban y aplaudían, igual que la multitud en la arena. Miré hacia un lado del escenario donde la señorita González y el señor Pace estaban parados, una expresión desconcertada en su rostro. Habían visto los ensayos entre Brandon y Gus, pero mi aparición era una sorpresa. Luego la cara de la señorita González se transformó lentamente en una sonrisa de deleite color rojo, como el traje de Santa.

—¿Qué está pasando? —gritó Cy levantándose y regresando a las sombras—. ¿Quién es esa misteriosa doncella enmascarada?

Le tiré un codazo en la espalda al Rey Ratón. Rodó lejos del Cascanueces y le di un pisotón falso en la pierna. El Rey Ratón se agarró la pierna y gimió de dolor. Mientras se retorcía en el suelo, solté otro codazo en el abdomen del Cascanueces.

—Esperen —gritó Cy—. ¡Está luchando con los dos! ¡Esto es el caos!

Mientras el Cascanueces y el Rey Ratón se levantaban poco a poco, volteé hacia el público y, por primera vez, entendí por qué Manny y Pancho y Maggie amaban el círculo cuadrado. Mis entrañas vibraban con la energía de la emoción del público. Estaban gritando por *mí*. O por lo menos por la persona en la máscara y la capa. Así que les di una pose como Rosie, las manos en las caderas y los brazos flexionados. La gente rugió con admiración.

—Tendrá brazos enclenques, pero poderosos —dijo Cy—. La pregunta es, ¿puede terminar con esta pelea?

El Rey Ratón y el Cascanueces miraban a un lado y otro confundidos. Agarré al Rey Ratón de un brazo y lo lancé hacia un extremo del ring. Mientras se movía en cámara lenta, agarré al Cascanueces e hice lo mismo, mandándolo cojeando en la dirección opuesta. Los dos fingieron rebotar desde las cuerdas y se dirigieron uno contra el otro, con Brandon batallando para andar con un pie y Gus moviéndose tan lento como la melaza con tal de llegar al centro del ring en el mismo instante. Yo miré un reloj invisible en mi muñeca y bostecé. El público rio. Cuando llegaron a mí, los agarré de la cabeza e hice como si los estampara uno contra otro. Cayeron de espaldas, lado a lado, de una manera exagerada.

Yo miré hacia atrás y vi que cuatro ratones habían bajado una de las tablas, con el lado plano hacia arriba. Me subí en la tabla como si estuviera en la esquinera de hasta arriba. Ahuequé la mano contra mi oído hacia el público, como había visto hacer a Manny en algunas de sus funciones, haciéndole saber a la gente que quería oírlos. Niños, padres, maestros... todos estaban de pie. En alguna parte del auditorio empecé a escucharlos corear: ¡*Ma-rie!* ¡*Ma-rie!* ¡*Ma-rie!* Sentí que estaba de vuelta en la arena viendo a Manny ayudar a Apolo, revelando la verdadera identidad de El Águila. Podía ver por qué significaba tanto para él. *Esto* se sentía más emocionante que la mañana de Navidad.

Miré a Gus y a Brandon acostados sobre su espalda. Esta era la parte que más miedo me daba. La tabla estaba a menos de dos pies del suelo. Necesitaba caer junto a Brandon sin pisarlo. En el par de días que tuvimos entre la lesión de Brandon y la función, habíamos practicado conmigo saltando desde una silla. No era la gran cosa. Pero en ese momento no podía confiar que las piernas no me fallaran.

—Salta —me animó Gus desde donde yacía.

—Por favor no te caigas sobre mi pierna —rogó Brandon, apretando los ojos.

Respiré hondo y salté. Mis pies en zapatillas tocaron el suelo en un movimiento no tan rápido y no tan grácil, y me lancé sobre Gus y Brandon.

—Uf —gimió Brandon al darle un codazo en el estómago.

—Perdón —susurré.

Cy salió corriendo otra vez. Se hincó y contó, el público contando con ella.

—¡Uno! ¡Dos! ¡Tres!

Me impulsé para levantarme, haciendo mi mejor esfuerzo por no aplastar a nadie. Cy tomó el cinturón y me lo entregó.

—La ganadora de la contienda, con una *doble* inmovilización —dijo Cy, alzando mi brazo—, ¡Marie!

Agité el cinturón en el aire, victoriosa. Si quedaban murciélagos entre las vigas del auditorio, seguramente habrían salido despavoridos por el estruendo del auditorio.

CAPÍTULO 35

Era otra vez Marie, en mi vestido floreado, cuando encontré a mamá y Alex esperándome en el pasillo.

—Okey —dijo mamá—, tengo que admitir que sí estuvo genial. Aun si tenía que ver con las luchas. Lo hicieron increíble.

—Eso fue lo mejor que he visto en la vida —dijo Alex, abrazándome—. Qué bueno que no se fueron con la idea esa del calcetín que escuché.

—Rosie y el tío Mateo fueron unos buenos maestros —dije. Sonreía tan grande, que me dolía la cara.

Mamá asintió, dispuesta a reconocerlo también.

—A tu hermanito le pareció muy emocionante —dijo—. Estuvo pateando mucho. Creo que cree que necesitas una pareja, pero no parecías necesitar ayuda ahí arriba.

—Fue un esfuerzo de equipo —dije con orgullo.

Alex saludó con la mano a alguien atrás de mí. Volteé y vi a Rosie y a Pancho, a las gemelas y al tío Mateo, pero no a Manny. Se quedaron a unos cuantos pasos de nosotros, como si no estuvieran seguros de acercarse.

—Por qué no vas a saludar —dijo mamá, señalando hacia ellos—. Aquí te esperamos.

El tío Mateo y Rosie saludaron con la mano también. Pancho se nos quedó viendo y Rosie le murmuró algo al oído. Finalmente sonrió y saludó también. Corrí hasta ellos y las gemelas me taclearon.

—¡Eso fue lo más genial del mundo! —gritó Eva.

—¡El mejor *Cascanueces* que he visto! —estuvo de acuerdo Maggie.

—El único *Cascanueces* que has visto —dijo Eva.

—Te veías igualita a una luchadora que conocí —intervino Pancho—. Se llamaba La Rosa Salvaje.

No sabía si Pancho estaba bromeando o si realmente había olvidado que la mujer a su lado era La Rosa Salvaje.

—Espero que Brandon no se lastimara —dijo el tío Mateo angustiado—. La verdad es que solo debió haberse quedado sentado.

—Está bien —dije—. Cansado de tanto saltar en un pie, pero ningún niño de séptimo salió lastimado en la producción de este espectáculo.

Miré a lo lejos.

—¿Dónde está Manny?

Nadie dijo nada durante unos segundos. Las gemelas miraron al suelo, evitando mis ojos.

—Lo siento, niña —dijo Rosie—. Tu padre quería estar aquí, pero tuvo un viaje.

—¿Un viaje? —pregunté, frunciendo el ceño—. Pero sabía que era hoy en la noche. Dijo que vendría. *Lo prometió.*

El tío Mateo apretó mi hombro.

—Vente, Pa —dijo, guiando a Pancho hacia la salida—. Ustedes también. —Les hizo señas a las gemelas para que lo siguieran.

—Te vemos el fin de semana —dijo Maggie, dándome un abrazo.

Rosie se quedó junto a mí mientras el tío Mateo llevaba a Pancho y a las gemelas afuera.

—¿Dónde está? —pregunté una vez que se fueron.

—Tuvo una junta con alguien sobre un trabajo importante —dijo Rosie—. Lo siento.

—Pensé que ya tenía un trabajo —dije—. Aquí. En Cactus.

—Quería venir, Adela —dijo Rosie. Se veía triste. Me pregunté si era por mí.

—Claro. —Contuve las lágrimas. No iba a llorar enfrente de Rosie—. ¿No pudo ni siquiera llamar o mandarme un mensaje y decirme que no iba a venir? —Miré la pantalla de mi teléfono en caso de que tuviera algún mensaje.

—Regresa hoy más tarde —dijo—. Quiere desayunar contigo mañana en el merendero, antes de que te vayas a la escuela.

—¿Mi mamá lo sabe? —dijo—. ¿Que va a ir mañana?

—Creo que sí —asintió Rosie—. Puedes contarle de tu presentación, ¿sí?

351

—Si le importara, hubiera estado aquí hoy —murmuré—. ¿Qué clase de persona no cumple una promesa?

Rosie tomó mi mano. ¿Cuántas veces se había tenido que disculpar por padres que no llegaban en el primer día de escuela, en los campeonatos de lucha en la preparatoria, en los cumpleaños y en otros días importantes? Estaba enojada con Manny, pero también estaba enojada conmigo por creer que estaría aquí. ¿Cuántas oportunidades le había dado mi mamá antes de, finalmente, dejar de creer?

—¿Alguna vez deseaste que Pancho o tus hijos no fueran luchadores? —pregunté—. ¿O Maggie? Ella quiere ser luchadora. ¿No te cansas de disculparte en su lugar?

—Yo no puedo controlar lo que hace la gente —dijo Rosie—. Si pudiera, nunca te habría perdido. —Sus ojos brillaban como el cuarzo ahumado.

—¿Manny y mi mamá? —dije—. ¿Querías que se quedaran juntos?

—No, mija —dijo—. No tenían que quedarse juntos para que nosotras pudiéramos ser parte de la vida de la otra.

—¿Supiste algo de mí? —pregunté—. ¿En todos estos años?

—Un poco. No mucho. Yo quería mucho a tu mamá —dijo—. Y una de las cosas que amaba de ella era que fuera una mujer de palabra. Cuando le dijo a Manny que se había acabado, lo dijo en serio. Eso lo admiro.

—Aun si significaba que yo no pudiera ver a ninguno de ustedes —dije—. Eso no está bien.

—No, no lo está —dijo Rosie—. Lo que hicieron fue egoísta. Y confuso, ¿sí?

—Mucho —dije—. A lo mejor sería más fácil si la vida fuera como las luchas y siempre supieras quién es el bueno y quién es el malo.

—Pero aun en las luchas nunca está claro —dijo Rosie—. Todos tenemos un poco de los dos a veces, ¿no?

Pensé en las palabras de Rosie. Nos pasaban familias enteras hacia la salida.

—Estuviste magnífica esta noche. —Rosie apretó mi mano—. Estoy muy orgullosa de ti, Adela.

—Gracias, Rosie —dije—. Y gracias por tu ayuda.

—¿Te veo el sábado?

Asentí. Me dio un beso en la mejilla y empezó a caminar hacia la salida para encontrarse con Pancho y el resto de la familia.

—Rosie, espera —la llamé. Ella volteó—. Necesito darte tu capa. La dejé en el auditorio.

—Ay, no te preocupes —dijo Rosie, sonriendo—. Quédatela. Te queda mejor a ti.

★ CAPÍTULO 36 ★

A cada ratito mi mamá salía balanceándose de la cocina. Se veía como si mi hermanito estuviera a punto de llegar en cualquier momento, aunque todavía le faltaban otros dos meses. Fingía hacer cosas que se tenían que hacer en ese momento. Limpió la barra. Otra vez. Revisó si las azucareras necesitaban rellenarse. No. Se aseguró de que todas las mesas vacías tuvieran servilletas y cubiertos. Parte de mí quería que se fuera. Su energía nerviosa llenaba el ambiente. Pero a otra parte de mí le daba gusto que se quedara. Había pedido libre la mañana en el museo para poder estar en el merendero cuando Manny llegara.

Marlene salió de la cocina y se acercó. Puso un licuado frente a mí.

—Mono con vaca en un tornado —anunció, dejando el vaso con autoridad en la mesa.

—No tengo hambre —dije, mirando el licuado de crema de cacahuate, plátano y leche con chocolate.

—¿Te traigo un tazón de esperanza mejor? —amenazó Marlene.

—Ay, no. —Sacudí la cabeza. Si la esperanza fuera algo que pudieras ordenar de un menú y comer de un tazón, quizá lo habría aceptado.

—Entonces, tómatelo —dijo Marlene.

Le di un trago al licuado y sentí que bajaba por mi garganta como cemento frío. Estaba nerviosa, pero era una clase distinta a los nervios de anoche. *El Cascanueces* había sido una clase de nerviosismo de "si la riego en esto, espero que me trague la tierra". Lo que sentía esperando a Manny era un nerviosismo de "todo depende de esto". Era casi demasiado.

No quería mirar el reloj en la pared. Podía escuchar cada movimiento del minutero resonando, así como el corazón delator en la historia de miedo que habíamos leído en la clase de la señorita Murry en Halloween. Había una maraña de sentimientos en el golpeteo de mi propio corazón: expectativa, decepción, tristeza, ira. Y, en algún lugar en medio de todo eso, todavía quedaba una pizca de esperanza.

Dos tercios del licuado y siete minutos después, Manny entró. Llevaba un gorro de esquí negro cubriendo su cabeza rapada, una chamarra de cuero maltratada sobre una playera negra, pantalones de mezclilla y botas pesadas. Se acababa de rasurar.

Instintivamente, volteé a ver la ventana de la cocina con alivio, olvidando por un momento que estaba enojada con él por no ir a la función. Sabía que mamá estaría ahí, mirando. Así era, junto con Alex y Marlene. Todos miraron de inmediato a otra parte.

—Perdón por llegar tarde —dijo Manny, sentándose frente a mí. Murmuró algo sobre el tráfico. O quizá era algo sobre el despertador.

Estuve a punto de decir *Está bien*, pero no estaba bien. Ya había dicho esas palabras tantas veces, que no parecían significar nada ahora, igual que las disculpas de Manny.

—Primero, dime qué está rico —dijo, abriendo el menú como si nada pasara—. Luego cuéntame todo de la obra, ¿sí?

—Todo está rico —dije, viendo el menú que me era tan familiar.

—Mmm —dijo Manny—. Creo que me voy a ir por los hot cakes de maíz azul y el desayuno de huevos revueltos.

—Es mucha comida —le advertí.

—¿Ya me viste? —preguntó Manny, tocándose el abdomen.

Marlene le trajo café y tomó su orden.

—Lamento haberme perdido la función —dijo Manny cuando Marlene se alejó—. En serio. Ma dijo que fue otra cosa.

—Est... —casi lo dije de nuevo, pero me detuve—. *Deberías* lamentarlo. ¿Dónde estabas?

Manny alisó el mantel individual de papel con los dedos.

—Surgió algo. Bueno, no solo *algo*. Es un algo muy gordo.

—¿Qué es? —pregunté.

—Un viejo amigo de la Federación de Lucha del Atlántico tiene una historia para mí —dijo—. Me dará una oportunidad de ganarme el cinturón.

—¿El cinturón? Genial —dije—. ¿Eso qué significa?

—Significa... —Manny dudó. Tomó un sorbo de café y dejó la taza con cuidado encima del anillo de café que había absorbido el mantel de papel—. Pues, significa que me voy a Delaware.

—¿Delaware? —Traté de imaginar Delaware en un mapa dentro un cúmulo de otros minúsculos estados—. ¿Por cuánto tiempo?

El *ba-rum-pa-pum-pum* de "El niño del tambor" llenaba el merendero. Alex subió el volumen un poco. El barítono profundo y pesado me provocó una sensación extraña, incómoda y atemorizante, como cuando estás en la montaña rusa y sientes que el estómago se te sale. Quería salir corriendo del merendero.

—La cosa es que tengo que restablecerme un poco —dijo— antes de tener una oportunidad de competir por el título.

—Pero dijiste que te ibas a quedar —le recordé—. Te vas... ¿para siempre?

—Quedarme *era* el plan —dijo—, pero cuando llega una oportunidad así... Tengo que hacerlo, Addie. No quiero irme definitivamente, pero sí me tengo que ir.

—Pensé que te gustaba Cactus —fruncí el ceño—. Pensé que Cactus era tu hogar.

—Y lo es —dijo Manny—. Pero también es poca cosa, no la papa grande. Entiendes, ¿no?

—Poca cosa puede ser algo bueno también —insistí, pensando en las papas amarillas chiquitas que Alex salteaba en mantequilla en una olla holandesa de hierro—. ¿Y qué hay de Pancho?

—¿Qué con él?

—Está enfermo —dije—. ¿No quieres estar aquí? ¿Y si algo pasa?

—Me dio su bendición —dijo Manny—. Quiere que lo haga.

Marlene trajo la comida de Manny. Me miró como si pudiera ver algo en mi rostro que yo no sabía que estaba ahí.

—¿Estás bien, cariño? —preguntó. Miró a Manny y lo fulminó.

Asentí. Marlene dudó antes de alejarse.

—¿Y yo qué? —pregunté—. ¿No quieres mi bendición? ¿Por eso viniste?

—Esto no cambia nada, Addie —dijo Manny, cortando sus hot cakes—. Puedes irme a visitar.

—¿En *Delaware*?

—Lo dices como si te estuviera invitando a otro planeta o algo —dijo, riéndose nervioso—. Delaware es bonito.

—Yo no quiero ir a Delaware.

—Está bien, pues, entonces te veo cuando venga a Esperanza —dijo—. No importa, ¿cierto?

Manny vertió miel de maple sobre sus hot cakes. Quería decirle nunca debes echarla directamente encima. De lo contrario, la miel se absorbe y desaparece. Lo pones a un lado para sumergir los pedazos. Era mi secreto con la miel. Quería compartirlo con Manny, pero no lo hice.

—¿Y qué hay de la adopción? —Podía sentir la ira aumentando en mí—. ¿Alguna vez lo vamos a hablar? ¿O solo te ibas a ir otra vez sin mencionarlo? Por eso te busqué, ¿sabes? ¿Qué opinas? ¿Te importa siquiera?

—Por supuesto que me importa —dijo Manny. Se recargó en su asiento y se frotó el rostro con las manos.

—No parece. —Lo miré fijamente.

—¿Qué quieres que haga, Adela? —preguntó—. Tu mamá te alejó de mí porque yo no podía ser quien ella quería que fuera. Esto es lo que soy.

Miré lo que me podía ofrecer. ¿Era suficiente para mí?

—Quiero que actúes como si quisieras ser mi papá —prácticamente grité—. ¿O eso no es lo que eres?

—Yo quiero ser tu padre —dijo, mirando alrededor del merendero para ver si alguien nos estaba observando—. Caramba, *soy* tu padre. —Exhaló.

—Entonces, ¿por qué te vas?

—No tengo opción —dijo Manny, inclinándose sobre la mesa hacia mí.

—Como no tuviste opción antes.

Recordé mis conversaciones con Rosie y con el tío Mateo sobre las decisiones. Yo sabía que no era que no tuviera opciones. Era que no me estaba eligiendo a mí.

—No seas así, Addie —dijo.

—¿Cuándo vuelves?

—Pronto —dijo—. Muy pronto.

—¿Estarás aquí para Navidad?

—N... No lo creo —dijo—. No sé cómo esté mi agenda, pero tengo que estar dispuesto a echarle ganas. Tengo que estar dispuesto a hacer cualquier cosa.

—Por el cinturón —dije. *No por mí.*

Manny no levantó la mirada de su plato, donde apuñaló sus huevos y un hot cake con el tenedor.

Pensé cómo casi lo había llamado papá en el panteón. Lo cierto es que la genética no podía convertirlo en un padre. Un nombre no lo volvía mi padre. El dinero no lo volvía mi padre. Manny no era mi papá. Era el tipo que aportó una parte de los genes. Tenía ganas de decirle un montón de cosas horribles. Que deseaba nunca haber encontrado su foto. Que deseaba nunca haberlo conocido.

Antes de poder decir nada, Marlene se acercó para decirle que la comida era cortesía de la casa. Mientras hablaban, tomé mis palabras hirientes y me las tragué con un sorbo del licuado. Pensé de nuevo en cómo mi mamá me había explicado que preparar un fósil es casi una cirugía. Los fósiles son frágiles, y tienes que tener mucho cuidado de no dañarlos cuando los estás sacando de la roca en la que han permanecido millones de años. Y a veces no hay manera de sacarlos sin que se rompan. Manny era así también, un fósil atrapado en una roca. No estaba segura de que pudiera liberarse algún día.

—¿Te puedo dar un aventón a la escuela? —preguntó Manny.

—No —dije—. Tengo mi bicicleta. Voy a ver a mis amigos.

En la escuela, cada que teníamos que hacer tarjetas para el Día del Padre, yo hacía una de todas maneras. Incluso antes de Alex, cuando no tenía un papá. Imaginaba cómo se vería mi papá. Siempre era alto, como yo, con cabello negro. Buscaba en la caja de crayolas el tono de café que empatara con nuestra piel.

El papá que yo dibujaba siempre estaba haciendo cosas valientes y emocionantes. Un año estaba escalando una montaña justo en dirección de una cabra que tenía la cabeza agachada, los cuernos apuntando hacia él, lista para pelear. Otro año estaba navegando un barco pirata. Estaba en el puesto de vigía con un catalejo contra su ojo. Mi favorita era el papá en el globo aerostático en un cielo lleno de globos aerostáticos. Imaginé que, algún día, él y yo podríamos subir a uno en la fiesta de globos de Albuquerque. Pero en ese momento, sentada frente a Manny, supe que esto era todo lo que recibiría de él. A lo mejor cambiaba algún día. Pero no estaba listo todavía.

—Es temporal, Addie —dijo Manny—. Voy a volver. —Esperó a que dijera algo. Luego se levantó y se limpió la boca por última vez. Soltó la servilleta y flotó hasta su plato como un fantasma—. ¿Te veo en la casa? Podemos hablar más ahí. Y sigo queriendo saber de la función. Tu abuela tomó videos, ¿sabes?

No contesté.

Esperó unos segundos más. No levanté la mirada. Finalmente, jaló mi trenza y se fue.

Tan pronto como cerró la puerta tras él, Mamá reapareció de la parte de atrás. Miró mi cara y salió apresurada del merendero. La ráfaga de viento que entró por la puerta hizo que los copos de nieve de papel colgados del techo oscilaran y giraran como si fuera una tormenta de nieve real.

Corrí a la ventana y me asomé a través de las persianas en lo que Manny y mi mamá hablaban. No se tocaron. El cuerpo de mamá se veía tieso y mantuvo las manos sobre su vientre. Era la primera vez que veía juntos a mis papás. Cuando terminaron de hablar, Manny se despidió con la mano, subió a su vehículo y se fue.

Salí y miré a mamá, que seguía en el lugar donde Manny la había dejado.

—¿Estás bien? —preguntó, acercándose a mí.

—No —dije. Pateé la llanta de mi bicicleta, que estaba recargada afuera del merendero, y se cayó.

—Ven —dijo mamá—. Vamos adentro.

La seguí al interior del merendero y volví a mi gabinete.

—Se va. —No podía mirarla a los ojos—. Tenías razón.

—Lo siento mucho, Addie.

Se sentó en el gabinete junto a mí, su vientre apretado contra la mesa y me ofreció un raro abrazo. Me incliné hacia ella.

—También me rompió el corazón —dijo mamá.

—¿Me lo contarías? —pregunté—. ¿Por favor?

Y lo hizo. Mamá me contó la historia de dos enamorados de la infancia que vivían en Esperanza e hicieron un pacto de irse. Ella quería que Manny dejara a su padre demandante, que tuviera un futuro distinto, uno que no incluyera sufrir, siempre viajando y nunca junto a su familia. Uno donde no tuviera que vivir bajo la sombra de un legado.

Planearon mudarse juntos a Albuquerque con su bisabuela, donde irían a la universidad y trabajarían. Mamá se adelantó, pero Manny siguió posponiéndolo por las luchas. Luego, el verano después del primer año de universidad de mamá, se dio cuenta de que estaba embarazada. Manny le dijo que se iría a Albuquerque antes de que yo naciera. Pero surgió una oportunidad, una que Manny no podía dejar pasar, de luchar con su papá y Speedy en Florida. Dijo que se retiraría de las luchas después de eso. Solo un año más. Y luego murió Speedy.

Se perdió mi nacimiento, y cuando finalmente llegó a Albuquerque, dijo que luchar era todo lo que siempre había querido hacer y no podía dejarlo. Le pidió a mi mamá que se casara con él y se regresara a Esperanza. Pero mi mamá sabía que estaba cansada de esperar y no quería abandonar sus propios sueños para el futuro.

Pasó el tiempo, la carrera de Manny avanzó y lo vimos menos cada vez. Mamá sabía lo mucho que lo había lastimado a él y a sus hermanos no tener cerca a su padre, y no podía aceptar que me hiciera lo mismo. Él fue de visita hasta que cumplí más o menos un año, cuando mamá finalmente le dijo que no volviera a menos de que pensara quedarse. Ella prefería no saber nada de él a saber que elegía las luchas en lugar de elegirme a mí.

La historia era tan simple. No había heredera de una fábrica de lápices dando a luz, ningún engaño familiar, ningún chismoso que acabara en el horno, como en la telenovela. No había Padres de la Patria zombis, ni Rey Ratón, ni Zeus, ni Hades, ni malos que pudieras abuchear y estar en su contra. Eran solo cosas de mortales: decepciones y corazones rotos, y una familia y dos personas que iban por caminos diferentes, y una que no era lo suficientemente grande para elegir, así que eligieron por ella. Y al escuchar a mi mamá contarme su historia, pude entenderla, o por lo menos creí hacerlo. A todos se nos había roto el corazón. A mamá y a mí, pero también a Manny.

—Mamá —dije—, debiste hablarme de él. Y quizá dejarme decidir si quería que fuera parte de mi vida. Te equivocaste en no hacerlo.

Mamá pareció desconcertada, y por un momento pensé que se había enojado.

—Tienes razón —dijo—. Lo siento.

—Yo también lo siento. Tenía tantas ganas de conocerlo, que no me importó si te lastimaba a ti ni a Alex ni a nadie. Igual que Manny. A él no le importa a quién lastima cuando se enfoca en algo. Yo no quiero ser así, mamá.

—Eso depende de ti —dijo—. Tú decide cómo quieres ser.

—Y, mamá —dije—. Quiero a Alex. Pero no quiero que me adopte. Y no es porque quiera que Manny sea mi papá o porque no quiera que Alex sea mi papá. Solo no me siento lista para tomar esa decisión ahorita. ¿Está bien?

—Por supuesto —dijo mamá.

—¿Crees que Alex se ponga triste?

—Alex lo entenderá.

—¿Sabes cuál es una de las cosas más padres de haber ido a Esperanza? —pregunté.

—¿Qué?

—Todo este tiempo estuve buscando a Manny, queriendo saber quién era —dije—. Pero creo que te encontré a ti también.

—Interesante —dijo mamá—. No sabía que estaba perdida.

Sentí calor atrás de mis ojos y cómo crecía el nudo en mi garganta, amenazando con reventar.

—Está bien llorar —dijo mamá, mirando mi rostro.

—En las luchas no se llora —dije, sorbiendo los mocos—. ¿Qué no sabes?

Mamá puso los ojos en blanco. Las dos nos reímos. Y luego llegaron las lágrimas.

CAPÍTULO 37

El viernes antes de las vacaciones de invierno fue un día muy ocupado. Me brinqué el almuerzo para meter copias de las invitaciones que había impreso en cada casillero de los de séptimo grado. En la clase de la señorita Murry entregué mi proyecto de mitología. Era un collage con escenas del cielo y el paisaje de Nuevo México, montañas y plantas rodadoras, cactus y pinos piñoneros que había recortado de revistas de naturaleza, letras gruesas y moradas con diamantina, y pequeñas fotos de mi cámara instantánea pegadas como si fueran la ilustración del panteón del libro de mitología de D'Aulaires.

Logré tomar fotos de todos, hasta de Hijo. Había fotos de Pancho en la salita, las gemelas en el círculo cuadrado, Rosie en su taller rodeada de plantas rodadoras, el tío Mateo con sus tijeras doradas y su máquina de coser y su peluca rosa, Manny en el gimnasio y Alex en el merendero. Marlene con su libreta. Cy en la noche de la función. Rosie me había dejado tomar prestada una foto de Speedy para escanearla e imprimirla para el póster. En la parte de atrás, en tarjetas escolares había escrito una serie de mitos familiares cortos sobre padres poderosos que crían a sus hijos bajo su hechizo, madres fuertes que crían a sus hijos solas, hijas buscando su linaje fantasma, un perro que se transforma en el mejor peleador cuando nadie puede verlo, diosas de las estrellas que bajan a la Tierra en la forma de niñas, una mejor amiga cuyo vínculo es tan fuerte como el de una hermana, historias sobre dolor y pérdidas y familias que se encuentran.

Yo había colgado la Polaroid en la pared de la sala con todas las demás fotos del muñeco de nieve de plantas rodadoras y había sacado mis impresiones de la sociedad histórica y las había colgado en mi recámara. Cuando la señorita Murry me devolviera mi proyecto de mitología, planeaba colgarlo también.

Tan pronto como sonó la campana de la tarde, dejándonos ir por el día, me apuré para encontrar a Cy en su casillero.

—Vienes, ¿verdad? —pregunté. Le había contado a Cy sobre Gus y las lombrices y mi plan.

—Claro —dijo—. Todo esto suena de lo más extraño, y sabes que me gusta lo extraño. Además, tú salvaste la función. Dos veces. No te dejaría colgada.

Estaba feliz de que quisiera unirse a nosotros. Necesitaba a mi mejor amiga ahí.

—¿Crees que irá alguien más? —pregunté. Los niños salían corriendo de la escuela como si no pudieran escapar con suficiente velocidad.

—Ahí estaré —dijo Brandon, pasando a nuestro lado cojeando con su bota ortopédica—. Es todo lo que importa.

Cy quiso pegarle con su botella de agua, pero él se movió con sorprendente velocidad.

Afuera, Gus esperaba con la caja. La levantó a forma de saludo.

—Las invitadas de honor ya están aquí —dijo—. Te seguimos.

Caminamos más allá de los juegos atrás de la escuela, atravesamos el diamante de beisbol y el campo de educación física. Un puñado de niños de séptimo grado se nos habían unido en la marcha. Unos cuantos más llegaron al punto de encuentro cuando llegamos.

—Gracias por venir a la primera reunión del Club de Técnicos —dije, dirigiéndome al grupo.

—¿Técnicos? —preguntó Brandon.

—Sí —dije—. Como en las luchas. ¿Los buenos? Esos somos nosotros. Un club para la acción, el cuidado y la equidad en la escuela. No nos vamos a tardar. Sé que todos están deseando empezar las vacaciones.

—*Es* una hora bastante inconveniente para reunirnos —admitió una compañera llamada Delia.

—Gus dijo que en sus otras escuelas los chavos expresaban su opinión y cuestionaban todo aquello con lo que no estaban de acuerdo —continué—. Así que pensamos que sería bueno tener algo sí, un club de activismo, en la Secundaria Thorne.

Hubo murmullos de asentimiento.

—Nuestra primera tarea, y la única del día de hoy, es una celebración de la vida.

Le hice una seña a Gus, que se hincó en el suelo y abrió la caja. Sacó diez bolsitas de plástico.

—¿Son lo que creo que son? —preguntó una niña llamada Carol, acercándose.

—¿*Tú*? —dijo Brandon, mirando de las lombrices a Gus con ojos desorbitados.

—No sabemos de dónde salieron estas lombrices, cómo las capturaron o si las mataron para venderlas a la escuela para disecciones —dije—. Pero pensamos que merecían un final más digno.

Gus empezó a cavar un hoyo en la tierra con la palita de jardinería que yo había traído.

—Aj —dijo Cy, apretándose la nariz—. Las huelo hasta acá.

—Es el formaldehído —nos informó Gus—. Es lo que las conserva.

—Si quieren aprender más sobre crueldad animal —dije—, incluyendo cómo se usan animales para experimentos y disecciones, vean la exposición de Gus en la biblioteca. Y nuestro primer acto volviendo de las vacaciones será exigir más información de dónde provienen estos animales y ver si la escuela quiere colaborar con nosotros para buscar alternativas, en lugar de diseccionar animales.

—No hay alternativas para abrir un gusano muerto —dijo un niño llamado Tristan.

—Claro que sí. —Gus se levantó, mirando el hoyo que había cavado—. Algunas escuelas usan modelos o programas de computadora. Y otra pregunta es si necesitamos diseccionar animales para aprender de ellos.

—¿Listos? —pregunté.

Gus abrió las bolsas y, una por una, dejó caer las lombrices en la fosa.

—De vuelta a su hogar —dijo, rellenando el hoyo con tierra una vez que todas las lombrices estuvieron ahí. Aplanó la tierra.

Coloqué una piedra y una lombriz de plástico de juguete encima como lápida y muestra de respeto.

—¿Necesitamos un minuto de silencio? —preguntó Cy, mirando al grupo.

Todos bajaron la cabeza. Cuando levanté la vista de nuevo, me encontré con la mirada de Gus y, por primera vez, no la desvió.

—Les mandaremos información de nuestra siguiente reunión después de las vacaciones —dijo Gus—. Gracias por venir.

Los niños empezaron a cruzar el campo de vuelta. Brandon nos hizo una seña de paz y siguió al grupo.

—Eso no fue tan extraño como esperaba —dijo Cy—. Pero estaré en la siguiente reunión de todas maneras.

—¿Y bien? —le dije a Gus, que juntó la caja y las bolsas vacías—. Nada mal, ¿no?

—Sí —dijo—. Nada mal.

—Sé que quizá no fue tan increíble como las cosas que has hecho en tus otras escuelas —dije—. Te has mudado mucho, ¿eh?

—Sí —dijo Gus, mirando hacia otra parte—. Mi papá trabaja para el gobierno. Odio tener que hacerlo.

—Suena pesado —dije—. Este es el único lugar que conozco. Debe ser difícil hacer amigos.

Se encogió de hombros.

—¿Sabes qué lo hace más difícil? —preguntó Cy—. No dejar a otros ser tus amigos.

Gus no dijo nada. Cuando llegamos a las bicicletas, metió la caja en un bote de reciclaje cerca.

—Las veo en enero —dijo, montando su bici.

—Nos vemos, Gus. —Cy hizo un gesto con la mano.

—Oye —le dije antes de que pudiera irse—. Acabo de pensar en un buen apodo para ti. Además de Gus.

—No necesito otro apodo —dijo Gus.

—Por supuesto que sí —insistí—. Los amigos no dejan que sus amigos se pierdan de un gran apodo. ¿Quieres oírlo?

—Yo sí —dijo Cy.

Mire a Gus, esperando.

—Está bien —dijo—. ¿Cuál?

Me empecé a reír.

—Ay, no otra vez. —Gus se cubrió el rostro con la palma de la mano.

—Okey —dije, respirando hondo y tratando de estar seria—. Es... ¡Gusano! ¿Entiendes? Porque eres Gus y otra palabra para lombriz es...

—¡Gusano! —chilló Cy y se dobló de la risa.

—Ya entiendo —dijo Gus.

Sacudió la cabeza, pero no estaba segura de haber visto algo que semejara una sonrisa real antes de que se marchara pedaleando.

★ CAPÍTULO 38 ★

Después de despedirme de Cy, me fui en bicicleta a la sociedad histórica. Al asegurar mi bicicleta esperaba que la Señora Leo con Sueño estuviera ahí, y recibí una agradable sorpresa cuando abrí la puerta y la vi en su mesa, igual que siempre. Levantó la vista y sonrió al reconocerme. Le sonreí de vuelta.

—Hola —dije al pasar junto a su mesa.

—Hola —me devolvió el saludo.

—Miren quién está aquí —dijo Rudy. Dejó su lápiz y juntó las manos sobre el escritorio—. La señorita Bravo.

—¿Cómo? —Me paré en seco.

—Perdona —dijo Rudy—. Se me olvidó tu nombre. Pero no tu cara ni lo que estabas buscando. Siempre recuerdo las consultas de la gente.

—Ah —dije—. Es Adela. Y sí, estaba investigando a los Bravo.

—Lo sabía —dijo, meneando su dedo hacia mí—. ¿Qué te trae de vuelta? ¿Recibiste un correo de que ya estaba lista la caja de los Bravo?

—Ah, no. No recibí nada —dije—. Me gustaría verla si ya está lista, pero vengo por otra cosa.

—Dime, pues —dijo Rudy.

—Quería saber qué tiene que hacer la gente para donar sus cosas —dije—. Ya sabe, para que las cuiden y esté disponible para otros.

—Bueno, si entra dentro del marco de lo que coleccionamos, cualquier cosa relacionada con la historia de Esperanza y Thorne, lo recibimos —explicó Rudy—. La gente a veces nos contacta y pregunta si nos interesa algo de lo que tienen. Y a veces nosotros buscamos a personas que tienen cosas que nos gustaría guardar aquí.

—Okey —dije, metiendo el brazo en mi mochila—. Tengo algo para la colección de luchas.

Saqué una bolsa de papel café arrugada y un folder escolar verde y los dejé en el escritorio de Rudy.

—¿Qué es? —preguntó Rudy, abriendo el folder. Sacó la foto de Rosie y soltó un silbido—. Mira nomás.

—Es La Rosa Salvaje, la campeona mundial de lucha —le dije—. Era Rosa Terrones aquí. Ahora es Rosie Bravo.

—Esto es fantástico —dijo Rudy, admirando la foto. Dejó la foto encima del folder y abrió la bolsa de papel. Levantó con cuidado la capa roja de Rosie, desdoblándola y sosteniéndola con ambas manos.

—Es la capa que tiene puesta en la foto —dije.

—Increíble.

—Lo es, ¿verdad? —Sonreí.

—¿Y cómo las conseguiste? —preguntó—. No las tomaste *prestadas* de alguien, ¿o sí?

—Oh, no. —Me reí—. Rosie es mi abuela.

—Imagínate nada más —dijo Rudy—. ¿Sabe que las trajiste aquí?

—Me las regaló —dije—. Y quiero que ustedes las cuiden. ¿Lo harán?

—¿Y de qué manera crees que estos objetos entran en nuestra colección? —Me miró por encima de sus lentes como si me estuviera aplicando un examen.

—Bueno, coleccionan cosas que cuentan la historia de la zona de Dos Pueblos. Eso incluye a los Bravo y a la Liga de Lucha Cactus —dije—. Rosie debería estar incluida. Es una parte importante de esas historias. Ella fue luchadora también y, sin ella, mucho de lo que los Bravo hicieron no hubiera sido posible. Sin mencionar que es parte de la cultura local. Ella hace las estatuas de plantas rodadoras.

Rudy se sentó y me estudió.

—¿Alguna vez has pensado trabajar en un archivo? —preguntó—. Me siento honrado de añadir esto a nuestra colección.

—Genial —dije—. Quiero que estén en un exhibidor para que todos los que entren puedan verlas. Rosie las tenía en una caja de cartón en su taller. Ese no es lugar para cosas tan valiosas como estas, ¿cierto?

—Tienes toda la razón —estuvo de acuerdo Rudy.

★ CAPÍTULO 39 ★

En la mañana de Navidad, después de abrir nuestros regalos, mamá y yo nos pusimos nuestros suéteres y nos fuimos juntas en lo que Alex iba por Marlene.

—Qué mal que Cy no pudo acompañarnos —dijo mamá.

—Sí —estuve de acuerdo—. Yo también quería que viniera. —Cy se había ido a Filadelfia a visitar a su familia para las fiestas.

Cuando llegamos al muñeco de nieve de plantas rodadoras, había algunas personas más admirándolo y tomándose fotos. La creación de rodadoras se elevaba por encima de nosotras por lo menos trece pies. Estaba pintada de blanco y traía la bufanda azul que Rosie había tejido. Su sombrero, rostro y botones estaban hechos de metal reciclado. Las manos eran dos guantes de carnaza metidos en dos palos de escoba. Me sentí llena de orgullo al ver el trabajo de mi abuela.

Alex se entretuvo poniendo la cámara y el tripié. Una familia, una mamá y un papá con dos niños pequeños, preguntó si les podía tomar una foto. Se pararon juntos, sonriendo, dijeron whisky y Alex tomó varias fotos con el teléfono del papá. Cuando se los devolvió, le dieron las gracias y los niños se colgaron de su papá para ver las imágenes mientras él las pasaba. Podía escucharlos reírse de las caras que habían hecho o si habían cerrado los ojos.

Alex terminó de poner la cámara y caminó de regreso hasta donde estábamos mamá, Marlene y yo recargadas en el cofre del coche de mi mamá. Entonces, dos vehículos se estacionaron atrás del nuestro. Reconocí la camioneta de Rosie.

—¡Rosie! —grité cuando mi abuela se bajó.

Me sonrió antes de rodear la camioneta para ayudar a bajar a Pancho. Atrás de ellos, el tío Mateo, Carter y las gemelas se bajaron de otra camioneta. Maggie sostuvo abierta la puerta para que Hijo bajara. Todos traían suéteres de cactus navideños.

—¿En serio, mamá? —Me reí—. ¿Dónde encontraste tantos suéteres?

—Tengo mis mañas —dijo mamá—. El próximo año necesito recordar comprar uno tamaño perro. —Señaló a Hijo.

Mi mamá no era mucho de abrazos, pero eso no quería decir que yo tampoco lo fuera. Le puse los brazos alrededor y ella me apretó a su vez.

Eva saltó sobre la espalda de Maggie y Maggie la cargó hasta mí.

—¡Feliz Navidad! —gritaron las gemelas. Estaban vestidas con sus trajes de tzitzimime, las chamarras de satín dorado con cráneos y estrellas encima de sus suéteres. Eva traía una diadema de reno sobre su nido de cabello negro y dorado.

—Estos suéteres son tan tontos —dijo, prendiendo y apagando las luces.

—No lo digas muy fuerte —le advertí, riendo—. Mi mamá te puede oír.

Pero mi mamá estaba ocupada saludando a Rosie y a Pancho. Tomó la maceta de cuetlaxóchitl que Rosie le entregaba y dejó que la abrazara. Miré su rostro. No estaba feliz, pero tampoco estaba triste. Debió ser duro para ella invitarlos a la foto. Pero quizá mi mamá estaba evolucionando.

El tío Mateo traía una caja de regalo blanca bajo un brazo. Soltó la mano de Carter y tomó la mía, apartándome del grupo.

—Tengo algo para ti. —Me entregó la caja.

—¿Para mí? —dije, sorprendida—. Yo tengo regalos para todos ustedes, pero se los iba a llevar más tarde.

—Este no es de mi parte.

—Oh. Okey. ¿Lo abro ahorita?

—Seguro —dijo.

Me puse de cuclillas y arranqué el papel blanco que ocultaba el contenido de la caja. Jadeé cuando saqué la máscara y la levanté. Era en tonos de verde y azul para empatar el paisaje de Nuevo México, bordada con un diseño de estrellas, plantas rodadoras y cactus.

—Manny me la encargó. Eso quiere decir que me pidió que la hiciera para ti —explicó—. Feliz Navidad, Adela.

Me metí la máscara por encima de la cabeza, bajándola hasta cubrir mi rostro y pasé la mano por la suave tela. No era un poema, pero era poesía.

—Guau, por diez —dijo Eva, caminando hacia nosotros.

—Eva —Rosie le advirtió a sus espaldas.

—¿Qué? —Sonrió traviesa a Rosie—. No dije nada.

—¡La pandilla de chicas tzitzi apoderándose del mundo! —gritó Maggie.

—¡La pandilla de las chicas bdeloideos apoderándose del mundo! —grité de vuelta.

Maggie y Eva se voltearon a ver confundidas. Tendría que contarles de los bdeloideos. Eva se me acercó por detrás y me puso una llave al cuello, de la que yo batallé para salir porque me estaba carcajeando.

—¡Nada de luchas en Navidad, cabezonas! —nos gritó Rosie.

—Yo te enseño cómo zafarte de esas llaves después —dijo el tío Mateo, como si me leyera la mente.

—Muy bien —dijo mamá—, todos hacia el muñeco de nieve.

Estudié a Alex y a mamá a través de las aberturas de mi máscara mientras danzaban uno alrededor del otro, acomodando a todos en su lugar. Rosie y Pancho flanqueaban el muñeco de nieve de un lado. El tío Mateo, Carter y

Marlene estaban al centro. Maggie, Eva y yo, las tzitzis, estábamos sentadas al frente con Hijo.

Otra vez pensé en esas páginas de transparencias en la vieja enciclopedia de Alex. En esta ocasión me imaginé en capas sobre capas, y a todas estas personas, incluyendo a Manny, como parte de quien yo era.

Alex puso el temporizador, luego corrió a pararse junto a mamá del otro lado del muñeco de nieve. Atrás de nosotros estaba el paisaje constante de montañas y cielo.

—¡Digan tzitzis! —dijo Maggie, como si estuviera sacando chispas de entre los dientes.

Sonreímos. Gritamos "¡Tzitzis!". Hicimos caras chistosas y de miedo. Cualquiera que nos hubiera visto tomarnos nuestras fotos hubiera pensado que éramos una familia, y sí lo éramos. Una familia largo tiempo perdida, una familia postiza, una familia de sangre, una familia elegida. Parte mito y parte ciencia. Éramos todo eso.

★ AGRADECIMIENTOS ★

En la introducción de su novela clásica *Bendíceme, Última*, Rudolfo Anaya escribió: "Pero una novela no se escribe para explicar una cultura, crea la propia". Si bien mis historias son una mezcla de verdad e imaginación, la creación de un nuevo espacio con su propia cultura, espero sinceramente haber hecho justicia a los lugares reales, las cosas y las vivencias que inspiraron este libro. Estoy agradecida con todos los que me compartieron su experiencia y su conocimiento personal.

Muchas gracias a todos los compañeros de equipo, tanto en narrativa como en la vida, que ayudaron a hacer posible este libro y me apoyaron en mis años de redacción: Joanna Cárdenas y todos en Kokila y Penguin; Stefanie Sánchez von Borstel; Steph C; Delia Cosentino; Jessica Mills; Stephanie Roe y los niños de sexto y séptimo grado de la Secundaria Grant en Albuquerque, generación 2020-2021, que fueron tan generosos con su tiempo y respondieron mi cuestionario; Stephanie Flores-Koulish; Xelena González; Pablo Cartaya; la familia Pérez; la familia Zeeb; todos mis queridos amigos, y a los educadores, cuidadores, libreros y lectores que mantienen viva mi historia. Y por supuesto, a Emiliano Brett y Bagel. Me tienen siempre en su esquina.